Die deutschsprachige Autorin **Melody Rose** hat ihre Leidenschaft für Bücher in die Wiege gelegt bekommen. Schon mit ihrer Mutter ist sie in fremde Welten eingetaucht. Mit dem Schreiben von Fanfictions hat sie begonnen und später ihr Zuhause in dem Verfassen von Romanen gefunden.

MELODY ROSE

# Auf vier Pfoten ins Weihnachts-Glück

Überarbeitete Neuausgabe November 2022

© 2022 dp Verlag, ein Imprint der  dp DIGITAL PUBLISHERS
GmbH

Made in Stuttgart with ♥
Alle Rechte vorbehalten

*Auf vier Pfoten ins Weihnachtsglück*

ISBN 978-3-98778-171-1
E-Book-ISBN 978-3-98637-754-0

Covergestaltung: Anne Gebhardt
Umschlaggestaltung: ARTC.ore Design
Unter Verwendung von Abbildungen von
stock.adobe.com: © Stekloduv, © VVadi4ka, © Natalia, © Sensvector, © sljubisa
shutterstock.com: © Phatthanit
depositphotos.com: © Cundrawan703
elements.envato.com: © aarleykaiven, © GranzCreative

Lektorat: SL Lektorat
Satz: dp DIGITAL PUBLISHERS GmbH
Druck und Bindung: Books on Demand GmbH, Norderstedt

Copyright © 2021, dp Verlag, ein Imprint der dp DIGITAL PUBLISHERS GmbH
Dies ist eine überarbeitete Neuausgabe des bereits 2021 bei dp Verlag, ein Imprint der dp DIGITAL PUBLISHERS GmbH erschienenen Titels Clarctons Petshop – Auf vier Pfoten ins Glück (ISBN: 978-3-96817-910-0).

*Für all diejenigen, die Narben auf ihren Seelen haben.*
*Ihr werdet gesehen. Ihr seid nicht allein.*

# Vorwort

Liebe Leserinnen,
liebe Leser,

ein Vorwort zum zweiten Band der *Verliebt in Clarcton*-Reihe – unglaublich. Auch wenn das Schreiben des Buches schon ein Jahr zurück liegt, erinnere ich mich gerne an die Reise.

Als der dp Verlag auf mich zukam, ob ich Lust hätte, noch einmal nach Clarcton zu reisen, da wusste niemand, dass die Idee zu dem kleinen Petshop schon auf meinem Laptop schlummerte und nur darauf wartete, in die Welt entlassen zu werden. Das Schreiben hat unfassbar viel Spaß gemacht, und das Wiedersehen mit der Cakery war für mich auch einfach Gold wert.

Ich habe jeden Augenblick genossen und bin dankbar für die erneute Reise in meine Lieblingskleinstadt.

Clarcton ist eine Kleinstadt, in der alle Menschen willkommen sind. Wir können dahin reisen, wenn es uns nicht gut geht. Wenn wir die Augen schließen, dann sehen wir die Cakery vor uns, hören das Bellen der Hunde und die Sirenen der Feuerwehrautos.

All das und noch so viel mehr ist Clarcton.

Nun darf ich euch viel Spaß wünschen mit Clarissa und Matthew.

Und natürlich den tierischen Begleitern, die uns alle
verzaubern, denn gemeinsam mit ihnen sind wir auf
dem Weg ins Glück.

Eure Melody Rose
September 2022

# Kapitel 1 – Clarissa

Ami zieht an ihrer Leine, und schon liege ich auf dem eisigen Gehweg. Der Karton, den ich zuvor im Arm gehalten habe, springt auf, und der Inhalt verteilt sich auf dem schneebedeckten Boden. Augenblicklich wird ein Teil durchweicht. Darunter auch der dunkle Spitzenslip, den ich vor Jahren gekauft habe. Nicht, dass er je im Einsatz war. Ami, meine französische Bulldogge, rennt auf mich zu und leckt mich ab, als würde sie fragen, ob alles in Ordnung ist. Ihr Name ist einfach perfekt gewählt – das französische Wort für Freund, denn genau das ist sie. Meine beste Freundin in jeder Lebenslage.

Zum Glück tut mir nichts weh, als ich mich aufrappele und meine Klamotten aufhebe. Ich lege sie, egal ob nass oder trocken, zurück in die Kiste. Zum Glück gibt es in der neuen Wohnung bereits eine Waschmaschine. Nach wenigen Minuten bin ich angekommen und sehe auf.

Ich stehe vor einem älteren Gebäude. Die Wände sind rot, beziehungsweise sie waren es mal. Die Farben sind verblasst, aber das tut meiner Freude keinen Abbruch, denn das Schönste befindet sich direkt vor mir: die Glasfront, an der noch der Schriftzug meiner Vorgängerin klebt. Es sind nur noch einzelne Buchstaben übrig, sodass ich mir nicht sicher bin, wie der Name ihres Geschäftes lautete. Aber nun wird es meines sein, mein Traum, den ich mir erfülle, und das ist einfach ein unbeschreibliches Gefühl. Eine einzelne Freudenträne läuft mir die Wange hinab. Viele Jahre habe ich nach dem passenden Gebäude für meinen Laden gesucht. Ich habe das Internet durchforstet, bin viele hundert Meilen gefahren und habe mir unzählige Angebote angesehen, bis es *klick* gemacht hat.

Ausgerechnet in einer Kleinstadt namens Clarcton, mitten in den kanadischen Rocky Mountains, bin ich fündig geworden. Hier gibt es nicht einmal tausend Einwohner, und es wird wahrscheinlich nicht einfach, ein Business zu starten, aber das Angebot war unschlagbar. Und das Schönste ist: Direkt über dem Geschäft liegt meine Wohnung, in die ich nun ziehen werde.

Mein Schlüssel, den ich bei der Übergabe bekommen habe, passt, und im Laden lasse ich erst einmal Ami von der Leine. In den kommenden Wochen stehen die Renovierungsarbeiten an, und ich bin gespannt, wie alles wird. Doch das Wichtigste ist: Dieser Laden gehört mir ganz allein.

Zwei Stunden später sitzen Ami und ich auf dem Boden, da ich noch keine Couch habe. Die Luftmatratze für die erste Nacht ist aufgepumpt, und die Müdigkeit durch die lange Autofahrt und das Kistenschleppen steckt mir in den Knochen. Ich kraule Amis Köpfchen und sehe, wie ihre Lider immer schwerer werden. Müde kaue ich an dem Bagel, den ich heute Mittag an einer Tankstelle gekauft hatte. Ich habe eine Mikrowelle, aber der Elan, noch irgendetwas einzukaufen, war einfach nicht da.

„Wollen wir schlafen gehen, hm?", murmele ich Ami zu. Sie sieht mich müde an, was ich als ein *Ja* deute. Also gehen wir ins Schlafzimmer. Es gibt hier noch keine Lampen, die Handytaschenlampe zeigt mir den Weg.

Schnell entledige ich mich meiner Klamotten bis auf das Shirt und kuschele mich dann unter die Fleecedecke.

Wenigstens funktioniert die Heizung, denke ich, bevor ich in den ersten Schlaf im neuen Heim gleite.

Irgendetwas kratzt an meinem Arm. Ich höre ein leises Winseln und schlage die Augen auf: Ami. Die Sonne scheint bereits in das Zimmer und kämpft sich durch den leichten Schneefall vor dem Fenster. Ami muss raus, das zeigt sie mit Kratzen und Winseln, also stehe ich auf, ziehe mir frische Klamotten an und setze eine Mütze auf. Ich sollte dringend duschen. Da heute Sonntag ist, habe ich den Tag für die Planungen, bevor ich morgen die Telefonate durchführen kann. Ich muss mit meinen Lieferanten reden, ihnen mitteilen, dass ich nun vor Ort bin. Außerdem muss ich recherchieren, ob es doch die Möglichkeit eines günstigen Handwerkerservices gibt, der mich unterstützen kann. Es stehen noch unzählige Dinge auf meiner To-do-Liste, aber das Wichtigste ist, dass ich hier bin.

Ich lege Ami ihr Geschirr und die Leine an, dann gehe ich an die frische Luft. Eiseskälte schlägt mir ins Gesicht, und ich atme tief ein. Daran muss ich mich wirklich gewöhnen.

Ich laufe in Richtung des kleinen Ortskerns, um mehr von der Umgebung zu erkunden.

Die Gehwege sind von leichtem Schnee bedeckt; für Anfang Oktober reicht mir die Menge allerdings vollkommen aus. Auch wenn ich nie ein großer Winterfreund gewesen bin, fühlt es sich hier anders an. Der Schnee passt zur Umgebung, die eiskalte Luft ist angenehm. Es kommen mir nur wenige Menschen entgegen, und dann finde ich ein Schild, das auf einen Park verweist. Das sollte genau das Richtige für mich und Ami sein! Also gehe in die Richtung, die der Pfeil mir zeigt.

Ami entdeckt viele neue Gerüche und schnuppert an jeder Ecke. Zum Glück haben wir heute Zeit. Es gibt da nur eine Sache, die sich bemerkbar macht: Hunger. Ich sollte dringend etwas essen.

Ich lasse Ami von der Leine, nachdem mich ein Schild darüber informiert, dass das erlaubt ist.

Sofort rennt sie los und erkundet alles. Ich lächele vor mich hin und setze mich auf eine überdachte Bank. Kurz zücke ich mein Handy, um ein Foto zu machen. Das ist die neue Wahlheimat: Clarcton. Ich kann das alles noch gar nicht fassen.

Ich bin so begeistert von Ami, die sich gerade durch den Schnee buddelt, als wäre sie ihn gewohnt. Es ist das erste Mal, dass sie welchen sieht, und sie scheint es zu lieben. Mein Magen knurrt erneut. Ich muss sie jetzt wirklich schnappen und mir etwas zu Essen suchen, außerdem sollte ich mich noch an die weitere Planung setzen. In einem dicken Ordner habe ich sämtliche Zeichnungen, Artikelnummern und weitere Informationen rund um den Shop zusammengetragen. Aber ich habe noch nichts bestellt und muss noch renovieren. „Ami!", rufe ich, und sie dackelt auf mich zu. „Lass uns nach Hause gehen." Sie wedelt mit dem Schwanz, und ich leine sie an.

Wir nehmen einen anderen Weg zurück in der Hoffnung, eine Bäckerei oder Ähnliches zu finden. Ich hätte vielleicht einkaufen sollen, bevor ich losgefahren bin.

Ich bleibe vor einem Laden stehen, an dem ein blasslilafarbenes Geöffnet-Schild baumelt. *Clarctons Cakery* steht darauf, und es sieht direkt einladend aus. Cakery. Ich schmunzle. Was ein tolles Wortspiel. Da werde ich bestimmt etwas finden. Mein Spiegelbild schimmert mir von der Glasfront des Ladens entgegen und ich lächele mir selbst zu. Die kurzen Haare, die ich mir vor der Reise habe schneiden lassen, betonen mein schmales Gesicht. Die kastanienbraune Farbe ist ein guter Kontrast zu meinem leicht gebräunten Teint. Schnell mache ich Ami vor dem Laden fest und betrete ihn. Sofort steigt mir eine Mischung verschiedener Gerüche in die Nase. Mein Magen meldet sich erneut. Wir sind hier richtig, Mädchen, scheint er zu flüstern.

An der Theke steht eine Frau. Sie hat rötliche Haare und lächelt mich an, ihr Babybauch ist nicht zu übersehen. „Herzlich willkommen – was darf ich dir bringen?"

Ich erwidere ihr Lächeln und betrachte die Auslage. Mir läuft das Wasser im Mund zusammen. Die Auswahl ist groß. Verschiedene Gebäckarten strahlen mir entgegen, unter anderem Cupcakes und Cheesecake, aber auch belegte Bagels. „Ich nehme den Bagel mit Käse und den Cupcake." Ich zeige auf einen.

„Gute Wahl."

„Honey?" Ein Mann kommt in die Backstube, und die Frau dreht sich zu ihm um. Auf den ersten Blick sieht er grimmig aus, aber dann wird sein Blick liebevoll, als sie ihn anlächelt. „Du sollst dich hinsetzen. Die Babys mögen keine große Aktivität mehr."

Sie streckt ihm die Zunge entgegen, und er legt liebevoll die Hand auf ihren Babybauch und streicht darüber. Mein Herz zieht sich schmerzlich zusammen. Die

Liebe, die in dieser Geste liegt, ist fast greifbar. Wie sehr wünsche ich mir auch einen Menschen, der mir so viel gibt.

„Ich werde es ja wohl noch schaffen, meine Köstlichkeiten zu verkaufen." Der Mann führt sie zu einem Stuhl, nachdem er sich vergewissert hat, was ich bestellt habe, und packt mir meine Sachen ein. „Diese Frau treibt mich in den Wahnsinn", lacht er.

„Zwillinge?"

„Genau. Wir dachten lange, es wäre nur eins, und irgendwann kam die Überraschung. Aber wir freuen uns riesig."

Die Frau zieht die Brauen hoch. „Ich platze bald! Die Freude ist etwas getrübt!" Ich lache, denn ich sehe ihr breites Grinsen, das pure Glückseligkeit ausstrahlt. „Bist du neu in Clarcton?", fragt sie nun, und ich nicke.

„Ich habe hier ein Geschäft gekauft und bereite es nun auf. Ich bin erst seit gestern hier."

Der Mann packt ein Stück Cheesecake mit ein. „Kleines Willkommensgeschenk. Du wirst hier dein Zuhause finden, das habe ich auch."

Ich bedanke mich und zahle. „Was eröffnest du denn für einen Laden? Benötigst du Hilfe?"

Ich lächele, denn das erste Mal werde ich es laut aussprechen. „Es wird ein Shop für Tierzubehör – also keine Modeaccessoires, sondern nützliche Dinge wie beispielsweise wärmende Sachen für Hunde. Alle sind willkommen."

„Das ist eine schöne Idee! Wird es bei dir auch Tiere zu kaufen geben?"

Ich schüttele den Kopf. „Nein. Das ist erst einmal nicht geplant, immerhin kann ich noch nicht wissen, wie der Laden laufen wird.“

„Hast du denn schon einen Namen?“

„Leider nicht.“ Worüber ich ein wenig traurig bin.

Die Frau lächelt. „Kleiner Tipp: Suche dir zwei Begriffe, die zu deinem Laden passen, und mische sie. Das hat mein Tick-Tack-Grandpa auch so gemacht.“

„Tick Tack?“

„Er hat die Bezeichnung Uropa gehasst“, schmunzelt sie. „Wenn du Hilfe brauchst, melde dich bei uns. Wir sind Amelia und Jeremia. In Clarcton sind wir alle eine große Familie.“

Mein Herz wird warm, und ich strahle: Genau das habe ich seit Jahren gesucht.

„Danke, das ist sehr lieb. Ich bin Clarissa, aber alle nennen mich Ria.“

Die zwei verabschieden mich, und ich gehe hinaus, wo Ami wartet. Zum Glück trägt sie eines meiner wärmenden Outfits, das ich extra für sie angefertigt habe. „Lass uns nach Hause gehen, dort gibt es etwas zu Futtern.“

# Kapitel 2 – Matthew

Der Alarm geht los, und kurz runzele ich die Stirn, öffne aber dennoch die Augen. Das kann nur ein Fehlalarm sein, immerhin hatten wir seit Wochen keine Einsätze mehr. Die Wache ist für mehrere Kleinstädte verantwortlich, sonst würden mir wohl die Füße einschlafen. Als ich noch in der Großstadt war, bevor sich alles verändert hat, war ich immer auf Tour.

*Wohnungsbrand* steht auf dem Funkmeldeempfänger, und ich springe auf und ziehe mich an. Fast bin ich aufgeregt, habe seit bestimmt zwei Monaten den Adrenalinkick nicht mehr gespürt, der nun durch meine Adern fließt.

Trotzdem habe ich auf der Wache übernachtet.

„Matt – bist du fertig?"

Ich nicke und steige zu meinen Kollegen in das Fahrzeug. Wir alle sind angespannt, wissen bei Wohnungsbränden nie, was auf uns zukommt. Vielleicht müssen wir nur löschen; im schlimmsten Fall sind noch Menschen im Gebäude. Die zickzackförmige Narbe auf meinem Bauch schmerzt. Manchmal ignoriert man alle Sicherheitsmaßnahmen, versucht, Menschen zu retten, und verliert sie dennoch.

„Wo müssen wir hin?"

„Nach Clarcton."

Die Kollegen sehen genauso aus wie ich: aufgeregt und angespannt zugleich. Was wird uns erwarten?

Wir sind innerhalb von sieben Minuten am Einsatzort und steigen aus. Es sind keine großen Flammen von hier zu erkennen. Auch keine Rauchbildung.

Eine Frau kommt auf uns zu. „Das Gartenhaus!"

Ich nicke, sehe meine Kollegen an. „Kann es losgehen?" Als Einsatzleitung gebe ich die Kommandos und bin derjenige, der die Kontrolle behalten muss. Ich gehe in den Garten. Das Häuschen dort qualmt ein wenig, es brennt nicht lichterloh. Die Anzeigen kommen von der Leitstelle. *Rauchbildung* steht darauf. Die Mitarbeiter dort geben uns die Information immer so weiter, wie die Betroffenen sie schildern. Fast bin ich enttäuscht und rüge mich sofort innerlich selbst. Natürlich ist es gut, wenn etwas nicht lichterloh brennt.

„Bry! Du gehst rein und sicherst." Mein Schützling, der Auszubildende, nickt und geht voraus. Ich muss ihm dringend mehr zutrauen, deshalb lasse ich ihn bei leichten Einsätzen vorausgehen und seine Erfahrungen sammeln. Er beendet seine Ausbildung bald. Ich bin stolz auf ihn, schon jetzt. Mit seinen zarten neunzehn Jahren zur Feuerwehr zu gehen ist wirklich etwas Besonderes. Normalerweise entscheiden sie sich erst ein paar Jahre später für den Job. Man beginnt meist mit der freiwilligen Feuerwehr und dann geht es zur Berufsfeuerwehr. Sein Vater ist der Captain, wahrscheinlich ist er deshalb unter Druck, aber er macht es gut. Ich beobachte, wie Bry, der eigentlich Bryan heißt, auf das Häuschen zugeht. Er kniet sich hin und tastet die Tür erst ab, um die Temperatur abschätzen zu können, bevor er sie langsam öffnet. Genau so habe ich es ihm beigebracht.

„Was siehst du?", rufe ich ihm zu. Er soll es beschreiben, damit ich die Maßnahmen einleiten kann.

„Kleine Flammenbildung am Boden, dennoch sollten wir schnell handeln. Es ist Holz."

Und in diesem Moment sehe ich die Stichflamme, die Bry nach hinten wirft. „Fuck! Gas geben! Wir brauchen den Pulverlöscher!"

Das kann nur Benzin gewesen sein. Das weiß ich aus meiner Erfahrung, und die Stichflamme ist das Anzeichen dafür. Ich ziehe mir die Maske auf, renne nach vorn und zerre Bry zurück. „Ist alles okay?" Er nickt, sein Gesicht ist schmutzig. Auf den ersten Blick erkenne ich keine ernsthaften Brandwunden. „Geh zum Einsatzwagen."

„Nein, ich bleibe hier." Ein strenger Blick reicht, und er gehorcht resigniert.

Die Männer rücken an, und gemeinsam bekämpfen wir die Flammen.

Es dauert nicht lange, immerhin ist es kein großer Brand, dennoch ärgere ich mich, dass ich Bry vorgeschickt habe. Das darf nicht wieder passieren. Als alles erledigt und gesichert ist, gehe zu der Frau, die uns gerufen hat. „Wir haben den Brand gelöscht. Können Sie mir sagen, wie er zustande gekommen ist?"

„Mein Mann raucht immer heimlich in dieser Hütte, er hat Demenz."

Ich nicke, und in diesem Moment kommen die Kollegen mit einem Zigarettenstummel zurück.

„Wenn Sie davon wissen, sollten Sie zumindest einen Aschenbecher bereitstellen. In Gartenhäusern gibt es oft Benzinstellen, beispielsweise durch den Rasenmäher. Das hätte übel ausgehen können."

Die Frau nickt. Tränen laufen ihr über die Wangen, und sie tut mir leid. „Bitte betreten Sie das Gartenhaus für einige Tage nicht. Wir sehen in fünf Tagen nochmal vorbei, um es zu kontrollieren, ob es einsturzgefährdet ist." Ich gebe ihr unsere Visitenkarte. Ein Nachbarschaftsdienst – den man so nur von unserem Departement bekommt – für die Bewohner der Gegend.

„Vielen Dank. Es tut mir so unendlich leid, Mister."

Ich winke ab. „Das ist unser Job, passen Sie auf sich und Ihren Mann auf."

Damit verabschieden wir uns und setzen uns wieder ins Fahrzeug.

„Bry, alles okay?" Ich sehe ihn besorgt an.

„Du hättest mich nicht gleich in den Wagen schicken müssen! Es geht mir gut!" Er ist sauer auf mich, und ich kann es nachvollziehen.

Ich bin vorsichtiger geworden seit damals. „Ich habe dich geschützt und musste erst einmal die Lage checken. Sei nicht so frech, dein Vater bringt mich um, wenn dir etwas zustößt."

Er schnaubt nur, hält aber den Mund. Er hasst es, der Sohn zu sein, und ich verstehe es. Aber es liegt an mir, mein Team zu schützen und nicht ein weiteres Mal in meiner Laufbahn zu versagen.


Ein paar Stunden später hat der Schichtwechsel ohne nennenswerte Ereignisse stattgefunden, und ich freue mich auf zuhause. Ich wohne, je nach Schneeaufkommen, zehn Minuten von der Wache entfernt. Aktuell ist es zum Glück noch nicht schlimm. Vor zwei Jahren hat es einen riesigen Schneesturm gegeben, der durch alle Medien ging.

An der Tür trete ich meine Schuhe ab, bevor ich sie öffne. Sofort rennt mir Luckey entgegen. Zum Glück wohne ich in einem Haus mit meiner Tante Mags, die sich um meinen Hund und natürlich um Riley kümmert.

„Luckey", lache ich, als er an mir hochspringt. Er ist erst ein knappes Jahr alt, deshalb noch sehr verspielt und aktiv. Luckey ist ein Siberian Husky. Sein Name ist an Lucky angelehnt – *glücklich*. Er war der Balsam für meine Familie. Ich habe versucht, den Teil, der uns genommen wurde, irgendwie zu ersetzen. Für Riley. Ich werde niemals ihre Mutter ersetzen können, weil einfach niemand Maya ersetzen kann, dennoch hat ihr Luckey sehr geholfen.

„Daddy!" Mein Wirbelwind rennt auf mich zu. Ich breite die Arme aus und hebe meine wundervolle Tochter hoch.

„Du stinkst!"

„Bekomme ich dann keinen Begrüßungskuss?", schmolle ich. Sofort drückt sie mir einen dicken Schmatzer auf, und ich lasse sie hinunter. Sie schmiegt sich an Luckey. „Ich gehe kurz duschen und komme dann hoch, in Ordnung, mein Engel?"

„Komm Luckey, Daddy muss sich erst mal waschen."

Ich lache und nicke, dann gehen die zwei die Treppen hinauf. Riley wird so schnell groß. Gefühlt war es gestern, als ich dieses kleine Bündel in meinen Armen gehalten habe und wusste, dass sie mein ganzes Leben lang von mir behütet werden wird.

Die Liebe, die in einem solchen Augenblick durch die Adern strömt, ist unfassbar. Man würde sofort aufhören zu atmen, um das kleine Wesen zu beschützen. Sie war so klein, kam über sechs Wochen zu früh auf die Welt. Mit zweiunddreißig Zentimetern und eintausendfünfhundert Gramm war sie winzig. Ich erinnere mich gerne daran, wie wir sie damals mit auf die Wache genommen haben.

Die großen Männer, die sonst herumgrölen und in der Wache feiern, wenn kein Einsatz anstand, sind auf einmal still geworden. Sie waren die besten Onkel, die sich ein Kind wünschen könnte.

Unter der Dusche erlaube ich mir einen kurzen Augenblick der Ruhe. Das Wasser prasselt auf mich herab, und ich atme tief durch. Wir brauchten nach Mayas Tod einen Neuanfang und vor allem Unterstützung. Mags hat uns sofort aufgenommen, und auch wenn sie bereits dreiundsechzig Jahre alt ist, gibt sie ihr Bestes, um jeden Tag alles für Riley und mich zu tun.

Ich schlüpfe in ein Shirt und eine Jogginghose und gehe dann nach oben. Mags steht in der Küche und rührt gerade in einem Topf herum, es riecht himmlisch.

„Hey, Mags." Ich drücke sie kurz an mich. Meine Tante ist klein, ein wenig rundlich, und ihre grünen Augen blitzen meist vergnügt. Sie hat stets ein Lächeln auf den Lippen. Ich erinnere mich noch an die Tage meiner Kindheit, als ich hier gespielt habe und hingefallen bin. Sie hat immer gepustet und dann gesagt: „Das Leben ist zu kurz, um zu weinen, und Narben gehören dazu. Nun los, renn weiter und sammle so viele Augenblicke wie möglich."

Mags zeigt mit dem Kochlöffel auf den Topf. „Hast du Hunger?"

Ich nicke und setze mich an den Tisch. Riley kommt zu mir und sieht mich an, also nehme ich sie auf den Schoß und drücke sie an mich.

„Jetzt riechst du nicht mehr nach Rauch, Dad." Ich lächle, weiß genau, wie sehr sie es hasst, wenn ich von der Arbeit komme. Vor allem, seit sie damals selbst im Feuer saß und ich mich entscheiden musste, ob ich sie oder Maya rette.

Tante Mags stellt einen deftigen Eintopf auf den Tisch, und mir knurrt der Magen. „Du bist einfach die Beste, Mags."

Riley setzt sich auf ihren Platz. „Zum Glück hat Dad nicht gekocht", lacht sie. Ich kneife ihr spielerisch in die Seite und muss lächeln, denn eigentlich hat sie recht. Kochen gehört zu den Dingen, die ich nicht beherrsche. Ich kann super Brote schmieren, und auch ein Rührei bekomme ich noch hin. Aber spätestens, wenn es um Töpfe geht, hört meine Fähigkeit schon auf. „Ich vermisse Mommys Pancakes."

Ich schlucke, diese Momente hat sie in letzter Zeit immer öfter. Sie wird nun bald fünf und begreift, dass Maya nicht mehr zurückkehrt. Wir haben lange überlegt, wie wir ihr beibringen, dass Mommy jetzt ein Engel ist, und ihr klarmachen, dass die Situation sich nicht mehr ändern wird. Dass Maya nie mehr zurückkommt und trotzdem in ihrem Herzen weiterleben soll. „Ich auch. Sollen wir morgen Pancakes machen? Da habe ich frei."

Sie sieht mich schockiert an, und sofort löst sich der Knoten in meinem Bauch. „Bitte nicht. Tante Mags, machst du uns welche?"

„Aber natürlich, mein Engel."

Auch wenn Mags Maya nie kennengelernt hat, schimmert die Traurigkeit in ihren Augen. Sie war mein Ventil, als ich gedroht habe zu explodieren. Demnach hat sie sich viele Erinnerungen, die ich an Maya habe, anhören müssen. Oft habe ich die Tränen nicht mehr zurückhalten können und meine Stimme hat dadurch versagt. Trotzdem war sie geduldig und hat mich immer wieder in den Arm genommen.

Auch Riley habe ich abends an ihrem Bett oft etwas von ihrer Mom erzählt, und nach und nach gemerkt, dass die Geschichten kürzer werden. Irgendwann sind mir keine weiteren Details mehr eingefallen. Es fühlt sich an, als wäre es gestern gewesen, dabei sind es nun auch schon fast zwei Jahre. Seit mehr als fünfhundert Tagen versuche ich, das Loch in meinem Herzen zu stopfen, und weiß nicht, ob ich es je schaffe. Dann sehe ich meiner Tochter ins Gesicht, sehe ihre Augen, die denen ihrer Mutter so ähneln, und schöpfe Hoffnung. Für dieses Wesen lohnt es sich, jeden Tag weiterzukämpfen.

Und dann genießen wir den Eintopf, als würde die Wolke der Trauer nicht über uns schweben und anfangen zu nieseln.

# Kapitel 3 – Clarissa

Wir kommen zuhause an. *Zuhause.* Es klingt komisch in meinem Kopf. Ich schütte Hundefutter in Amis Napf, und sie stürzt sich darauf, als würde sie kurz vor dem Hungertod stehen. Mein Magen meldet sich. Ich werde ebenfalls bald verhungern.

Ich breite meinen Einkauf vor mir auf dem Boden aus, nachdem ich mich im Schneidersitz niedergelassen habe. Mir läuft das Wasser im Mund zusammen. Ich habe die Qual der Wahl. Cheesecake, Cupcake oder Käsebagel?

Alles!, schreit mich mein Magen an, und ich lasse meine Vernunft siegen. Erst einmal etwas Ordentliches, denke ich und schnappe mir den Bagel. Ich beiße genüsslich hinein. Heilige ...! Wie kann etwas Einfaches so unfassbar gut schmecken? Es scheint eine Art Kräuterbutter darauf zu sein sowie knackig frischer Salat. Der Käse ist würzig, aber nicht zu stark. Das ist einfach unfassbar. Ich verputze den Bagel schneller, als ich Gaumensex sagen kann. Das letzte Stück Käse gebe ich Ami, die schon die ganze Zeit mit wedelndem Schwanz vor mir steht. Ich kann dieser Hündin einfach nichts abschlagen, was echt unglaublich ist. Wenn ihre Knopfaugen blitzen und sie dann noch ihr Köpfchen schief legt, dann bin ich einfach machtlos.

Der Cupcake folgt – ich muss ihn einfach noch probieren, auch wenn ich bereits von dem Bagel satt bin. Es thront eine kleine Kirsche darauf, und er ist mit Schokosplittern überzogen. Das Icing ist dunkelrot, der

Muffin an sich aus dunklem Teig. Allein die Optik überzeugt wahrlich – das ist ein Kunstwerk.

Auf die Geschmacksexplosion, die schon beim ersten Bissen meinen Gaumen prickeln lässt, bin ich nicht vorbereitet. Wow. Das ist wie ein purer Orgasmus, wobei … vielleicht sogar besser. Wie kann solch eine Kleinigkeit so unglaublich sein?

Der Teig schmeckt nach dunkler Schokolade. Normalerweise bin ich kein Fan davon, doch der Cupcake ist mit einer Frischkäsecreme gefüllt. Sie ist nicht besonders süß, steht aber in wundervollem Kontrast zum Teig. Das Icing schmeckt nach Kirschen, doch mit einer säuerlichen Note, was das Ganze wirklich interessant macht.

Amelia scheint eine wahre Göttin des Backens zu sein. Ich sehe Ami an, die weiter bettelt. „Schokolade ist nichts für dich." Als würde sie meine Worte verstehen, dreht sie sich um und geht beleidigt in die Ecke, wo sie sich niederlässt. Ihr Körbchen ist einer der wenigen Gegenstände im Raum. Aktuell liegt hier noch Teppichboden, was dringend geändert werden muss. Die Decken sind hoch und die Wände kahl. Es muss Leben hier reingebracht werden. Das Herzstück wird der Laden werden. Trotzdem möchte ich mir einen gemütlichen Rückzugsort schaffen.

Schon jetzt fühlt es sich wie ein Zuhause an. Ich kann es kaum erwarten, bis sich die Räume mit Leben füllen und ich Erinnerungen sammeln kann. Der Neuanfang ist notwendig, weil ich lange genug meinem Traum hinterhergerannt bin. Jetzt, wo Dad allerdings Li hat und glücklich ist, habe ich es geschafft, an mich selbst zu glauben und vor allem an mich zu denken.

Mein Telefon klingelt. Ich lächele, als ich *Dad* darauf lese, und nehme ab.

„Ria. Du solltest dich melden, wenn du ankommst."

„Tolle Begrüßung, Dad. Tut mir leid – es war gestern so spät, ich wollte dich nicht wecken."

„Ich habe vor Sorge kein Auge zugetan." An dem Grinsen in seinen Worten erkenne ich die Lüge.

„Du schläfst immer wie ein Stein – oder muss ich etwa Li fragen?" Li ist die neue Lebensgefährtin meines Dads. Nachdem damals die Ehe mit meiner Mutter in die Brüche ging, habe ich mich gefragt, ob ich ihn je wieder lächeln sehen würde. Dann kam Li in sein Leben, und auf einmal wurde aus einem verzweifelten, alten Mann ein junger Vogel, der noch einmal die Flügel ausbreitet, um die Liebe zu spüren.

„Nein, lass es lieber. Spaß beiseite: Wie geht es dir?"

Die Frage ist schwierig. Ich weiß nicht so wirklich, was ich darauf antworten soll. „Es geht mir gut, aber ich bin sehr nervös."

Mein Vater schnaubt. „Das wäre doch auch komisch wenn nicht, oder Clary? Du hast all deine Sachen gepackt, um einen Laden zu eröffnen, für den du noch nicht einmal Waren hast."

Ich schlucke. Er war schon immer der Beste darin, mir den Spiegel der Realität vor Augen zu halten, ohne dabei anmaßend zu klingen. „Ich weiß, aber es war eine einmalige Gelegenheit."

„Meinst du nicht, dass du auch etwas in unserer Nähe gefunden hättest? Ich könnte dich unterstützen." Nun höre ich die Trauer in seiner Stimme, den Verlust. Immerhin bin ich seine einzige Tochter, und auch wenn er Li hat, ist es schwer für ihn.

„Du weißt, dass ich nicht bleiben wollte."

Er seufzt, doch ich bin überzeugt, dass er es versteht. „Wenn du Hilfe bei den Renovierungen brauchst, dann melde dich bitte. Soll ich dir noch Geld schicken?"

„Nein, bitte nicht, Dad. Ich versuche, selbstständig zu sein, und du weißt genau, dass ich genug gespart habe."

„Nur weil du selbstständig ist, bedeutet es nicht, dass ich nicht mit offenen Armen hinter dir herlaufe, falls du fällst."

Ich seufze. „Manchmal muss ein Mensch aber fallen, um wieder fliegen zu können. Vertrau mir, Dad. Ich schaffe das."

Das Telefonat endet mit getrockneten Tränen auf meinen Wangen. Niemals hätte ich erwartet, dass er unter meinem Umzug leidet. Er wird klarkommen, doch ich weiß nicht, was ich erwartet habe. Ich vermisse ihn auch, immerhin sind wir seit sechsundzwanzig Jahren unzertrennlich. Er ist derjenige, der mich aufgefangen hat. In allen Momenten, in denen ich traurig war, hat er meine Wangen geküsst und somit Bäche von Tränen aufgehalten. Als ich damals Mom verlor, die gnadenlos unterging und die Rettungsringe nicht annahm, war er für mich da.

Meine Mutter war spielsüchtig, hat das ganze Geld, welches mein Vater verdient hat, verzockt. Dann ist sie in einer Nacht-und-Nebel-Aktion abgehauen und nie zurückgekehrt.

Er hat die Liebe seines Lebens verloren, mir aber seinen Schmerz nie gezeigt. Er hat lieber einem kleinen Mädchen Geschichten von Hunden erzählt, die Schlitten ziehen, und von Sternen am Himmel.

Ich liebe meinen Dad, wirklich. Aber dieser Schritt war notwendig, und es fühlt sich einfach richtig an, hier in Clarcton zu sein, auch wenn es viele Meilen von Halifax weg ist.

Ich sitze auf meiner Luftmatratze und habe den Laptop auf meinem Schoß. Zum Glück konnte ich den Vertrag des Vorbesitzers übernehmen und habe wenigstens WLAN, um mein Business ordentlich starten zu können. Es war waghalsig, ohne jedwede Produkte einfach herzukommen und in die Selbstständigkeit zu starten. Als die Lieferanten mir allerdings in vorherigen Telefonaten schon zugesagt haben, dass sie pünktlich liefern, konnte ich nicht mehr warten. Ich habe mit dem Produktionsteam gesprochen und alles hat gepasst. Ich designe Kleidung für Tiere, vor allem Hunde, seit ich ein kleines Mädchen bin. Spielzeuge für Vierbeiner habe ich entworfen, als ich gerade einmal Buchstaben schreiben konnte. Das ist meine Passion. Irgendetwas in mir sagt, dass das hier ein holpriger Weg, aber sich die Reise lohnen wird.

Was wäre das Leben denn ohne ein wenig Risiko? Also habe ich in den vergangenen Jahren hart gearbeitet, habe erste Prototypen erstellt und mich stets weiterentwickelt. Am Anfang sahen die Klamotten für Hunde und Katzen noch absolut schäbig aus, waren zu eng und nicht komfortabel. Mittlerweile ist das natürlich nicht mehr so. Zur selben Zeit habe ich bis zu fünfundvierzig Stunden pro Woche in einer Marketingagentur gearbeitet, um mir die Basics anzueignen. Eigentlich war ich dort die Idiotin für alles, und es hat mich nicht erfüllt, aber der Verdienst war gut. Und auch wenn der Chef ein riesiger Idiot war, war es in

Ordnung. Es hat seinen Zweck erfüllt, und jetzt weiß ich, wie man Plakate richtig erstellt, um die Aufmerksamkeit darauf zu lenken.

Social Media ist meine größte Waffe, auch wenn ich mir noch nicht sicher bin, wie wichtig Internetwerbung hier in Clarcton ist. Ich werde wohl eher mit Flyern durch die Straßen ziehen müssen, aber auch das ist absolut in Ordnung.

Ich habe mir in den vergangenen drei Monaten, in denen ich mich auf das hier vorbereitet habe, etliche Listen erstellt. Ich habe mit ein oder zwei Lieferanten gesprochen, die ich nun persönlich kennenlernen werde.

Mein Vater hat nicht Unrecht mit dem, was er sagt. Vielleicht hätte ich noch mehr vorbereiten können. Natürlich, das kann man immer – es ist jederzeit möglich, mehr herauszuholen und aus sich zu machen. Trotzdem war es gut, ins kalte Wasser zu springen. Ich spüre es einfach. Und eins ist klar: Mein Laden wird am ersten Dezember eröffnen, ob er komplett fertig ist oder nicht.

Die Leute lieben es, in der Winterzeit einzukaufen, und ich weiß genau, wie schwer es ist, das richtige Geschenk für den Vierbeiner zu finden. Tiere sind Teil der Familie, und während man Menschen beispielsweise Schmuck schenken kann, wenn einem nichts einfällt, bleiben für Tiere kaum Möglichkeiten. Genau dafür bin ich da – und ich kann es kaum erwarten.

Noch ein Monat und achtzehn Tage. Aktuell ist es Mitte Oktober, und wenn mir der Winter hier keinen Strich durch die Rechnung macht, klappt das auch mit den Lieferanten. Immerhin habe ich mit ihnen alles besprochen, und es wurde mir versichert, dass eine einmonatige Produktions- und Lieferzeit durchaus ausreicht. Es wird doch wohl machbar sein, in dieser Zeit zu renovieren. Von der Ausstattung mal ganz zu schweigen. Der Plan ist also da, und das ist der Strohhalm, an den ich mich klammere.

„Ein wenig verrückt sind wir schon, nicht wahr?", murmele ich und streichle Amis Ohren.

# Kapitel 4 – Matthew

„Dad? Darf ich bei dir schlafen?" Als Riley mich mit ihren tiefgrünen Augen ansieht, erinnert sie mich so sehr an ihre Mom. Es schmerzt augenblicklich in meiner Brust, das Stechen ist unerträglich. Ja, es ist schon besser geworden, aber immer öfter stelle ich mir die Frage, ob es irgendwann aufhört.

„Natürlich." Die Müdigkeit des Tages steckt in meinen Knochen. Es mag komisch klingen, aber ein Einsatz ist in unserer Wache eine wirkliche Seltenheit. Doch genau das habe ich gebraucht, nachdem die Vorfälle mich damals in Ottawa fast um den Verstand gebracht haben. Ich war so unter Dauerstrom, bin von einem Einsatz zum nächsten gerannt, und das ist auf Dauer fast unmöglich durchzustehen. Es ist eine Großstadt, demnach kann man das nicht mit unseren Einsätzen hier im Bereich rund um Lakery und Clarcton vergleichen. Und dann kam der Einschnitt in meinem Leben, der alles verändert hat. Die eigene Adresse auf dem Funkgerät zu sehen, ist der Albtraum jeder Rettungskraft. Niemals werde ich den Augenblick vergessen, als mein Herz stehengeblieben ist und ich wusste, dass meine Frau und meine Tochter im Haus sind. Rauchbildung.

Als wir ankamen, wäre ich am liebsten ohne Ausrüstung losgerannt. Der Captain hat einen kühlen Kopf bewahrt, doch als sie dann etwas von einsturzgefährdet gemurmelt haben ... Noch nie in meinem Leben bin ich so schnell gerannt, trotzdem bin ich zu spät gekommen. Ich konnte nur eine Person retten.

Diese starrt mich gerade an. „Gucken wir noch eine Folge Paw Patrol?" Ich kann diese Hunde nicht mehr sehen. „Aber klar doch." Ich streiche ihr über die Haare.

Eine halbe Stunde später liegen wir aneinander gekuschelt im Bett, und ich merke, dass der Riss in meinem Herzen in jeder Sekunde, die ich mit meiner Tochter habe, mehr heilt.

Wir haben uns umgezogen, Riley liegt in ihrem Paw-Patrol-Pyjama da. Manche Menschen würden wohl sagen, das

Modell wäre für Jungen, doch davon halte ich nichts. Das Strahlen, als sie endlich einen Schlafanzug gefunden hat, auf dem ein riesiges Feuerwehrauto und Marshall – der Feuerwehrhund – zu sehen sind, war es mir wert. Egal, ob in Dunkelblau oder Pink. Wir müssen dringend damit aufhören, Kindern Stempel aufzudrücken.

Ich trage eine Schlafhose und ein Shirt, obwohl ich nachher zu Mags gehen werde, sobald dieses wundervolle Wesen eingeschlafen ist. Wonach es aktuell nicht aussieht. „Daddy? Marshall ist genauso ein Held wie du."
Ich drücke sie enger an mich, und gemeinsam sehen wir uns die Folge an, die ich mittlerweile mitsprechen kann. Wann kommt wohl endlich die Phase, in der auch andere Sendungen interessant werden?

Diese komischen Rettungshunde ziehen sich nun schon seit zwei Jahren durch unser Leben. Wenn man sich Rileys Kinderzimmer ansieht, könnte man gar meinen, es wäre ein Museum für Paw-Patrol-Spielzeug.

„Was genau findest du denn toll an der Serie?", frage ich sie zum wiederholten Mal, als die aktuelle Folge vorbei ist und Riley endlich herzhaft gähnt.

„Sie erinnert mich an meinen Daddy."

Mein Herz stolpert. Ich schalte den Fernseher aus, und Riley kuschelt sich in das große Kissen. „Erzählst du mir noch eine Geschichte über Mommy?"

Ich nicke. Natürlich. Jeden Abend gibt es eine Erzählung über ihre Mutter, und sie endet immer mit denselben Worten.

Die Erinnerung an unser erstes Treffen prasselt auf mich ein, und ich verpacke sie in eine Geschichte. Wir dürfen sie niemals vergessen.

*Es hat aus allen Wolken geregnet, kein leichter Nieselregen, sondern einer, der einen frieren lässt. Ich war gerade auf dem Weg nach Hause, es war eine lange Schicht. Damals war ich auch schon Feuerwehrmann, allerdings in der Ausbildung. Es hat mich geschafft und war manchmal mühselig, aber es hat sich in jedem Augenblick gelohnt. An der Bushaltestelle war nichts, wo ich mich unterstellen konnte. Normalerweise hatte ich immer eine Jacke mit Kapuze dabei. Heute nicht. Als am Morgen die Sonne warm schien, hätte ich nie mit Regen gerechnet.*

*Dann kam sie auf mich zu, und in diesem Moment fühlte es sich an, als würde der Regen für einen kurzen Moment aufhören. Sie war wunderschön. Ihre blonden Locken klebten nass an ihrem Gesicht. Ohne auch nur einen Moment zu überlegen, ging ich auf sie zu. Ich zog meine Jacke aus und hielt sie schützend über ihren Kopf.*

*Die Jacke war klatschnass und brachte wahrscheinlich gar nichts, aber sie fing lauthals an zu lachen. „Hoffentlich* löschen Sie besser Feuer, als fremden Frauen helfen zu wollen und sie dabei noch nasser zu machen, als sie ohnehin schon sind."

Ich wurde knallrot.

„Ich – äh also, ich bin noch in Ausbildung." Dieser Fakt hatte sie nicht interessiert, denn sie lächelte einfach weiter. Der Bus kam. Eigentlich hätte ich einsteigen müssen, doch ich konnte nicht. Gefesselt von ihren Augen, ihrem Strahlen und allem, blieb ich. Es sollte eine Stunde dauern, bis der nächste kam, aber all das war in diesem Moment vergessen.

„War das Ihr Bus?" Ich nickte nur und schämte mich nicht dafür, wegen ihr dageblieben zu sein. Noch immer hielt ich die Jacke über ihren Kopf. Mittlerweile war mir eiskalt. „Er ist gerade weggefahren."

„Ich kann warten." Sie lachte erneut, und in diesem Moment verliebte ich mich in sie. Zuvor hatte ich noch nie an Liebe auf den ersten Blick geglaubt, doch jetzt wusste ich, dass es sie gab.

Es war klar, dass sie eines Tages die Mutter meiner Kinder werden würde. Natürlich würde sie zuvor in einem weißen Kleid vor mir stehen und mich zum glücklichsten Mann der Welt machen.

Mein Herz gehörte ihr ab der Minute, in der ich sie sah. Und es gehört ihr bis heute.

„Gute Nacht, Mommy. Wir lieben dich. Danke, dass du mein Engel bist."


Das sind die Worte, mit denen jede Geschichte endet. Mit dem Gute-Nacht-Sagen meiner kleinen Tochter. Dann streichen wir gemeinsam über den Traumfänger, den Maya damals angefertigt hat.

Riley gleitet in den Schlaf, und ich sehe aus dem Fenster. Die Sterne sind klar, trotz des leichten Schneefalls heute.

Manchmal wünsche ich mir, dass ich Maya sehen könnte. Was würde ich dafür geben, sie dort oben sitzen zu sehen! In manchen Momenten tut der Verlust so weh, dass ich mich zusammenreißen muss. Ich weiß dann nicht mehr, wie Atmen funktioniert. Die Psychologen haben etwas von fünf Phasen der Trauer geredet, aber ich halte das für Schwachsinn. Sie ist nicht in Abschnitte unterteilt – nein. Der Schmerz macht die Trauer aus, und noch immer brennt sie in mir und erinnert mich jeden Tag daran, was wir verloren haben.

# Kapitel 5 – Clarissa

Der Tag gestern ging mit Recherchen schnell vorbei. Am Abend habe ich mich mit Ami auf die Luftmatratze gekuschelt und noch auf Netflix gestöbert. Nun ist es bereits neun Uhr, Ami und ich waren bereits eine Runde Gassi. Es schneit nur ein bisschen, darüber bin ich froh.

Die Liste mit Möbelhäusern steht bereit – heute wird erst einmal Geld ausgegeben. Clarcton ist ein kleiner Ort, hier gibt es nichts, wo ich für den Laden einkaufen kann. Das ist der Nachteil vom Dorfleben – das bin ich nicht gewöhnt. In meiner alten Heimat in Ottawa war ich innerhalb von zehn Minuten an den wichtigsten Orten – zu Fuß.

Ich parke meinen Pick-up vor der Cakery – nachdem ich mir gestern Abend noch die Sünde des Cheesecakes einverleibt habe, werde ich der kleinen Bäckerei treu bleiben. Und es gibt doch kein besseres Frühstück als einen kleinen Cupcake.

„Clarissa! Schön dich wiederzusehen." Die herzliche Begrüßung, als ich reinkomme, sorgt für ein heimatliches Gefühl in meiner Brust. Wie kann man sich so schnell an einem fremden Ort so gut fühlen?

„Hallo Jeremia. Wo hast du denn deine Frau gelassen?"

„Verlobte", murrt er, und ich kann ihm den Unmut ansehen. Ich ziehe die Augenbrauen hoch.

„Wir schaffen das vor der Geburt nicht – sie wünscht sich eine kleine gemütliche Hochzeit und ich auch, aber dass sie nicht in ihr Traumkleid passt und daher erst später heiraten will, ist einfach unfassbar!"

Fast muss ich lachen, denn sein verzweifelter Ausdruck ist wirklich komisch. Irgendwie ist es seltsam, mit einem fremden Menschen über so private Dinge zu sprechen, doch hier fühlt es sich fast normal an, seine Probleme und Sorgen offen zu teilen. „An diesem Tag möchte eben jede Frau die wunderschönste auf der Welt für ihren Mann sein. Man strahlt wie die Sonne und untermalt das mit dem Outfit."

„Sie ist an jedem einzelnen Tag die hübscheste und attraktivste Frau der Welt."

Ich nicke. „Das ist Liebe."

Er lächelt. „Vielleicht kannst du ja einmal mit ihr reden? Ich bin echt verzweifelt."

Eine fremde Frau davon überzeugen, noch vor der Geburt ihrer Kinder vor den Altar zu treten? Nichts leichter als das! Männer denken wirklich immer, wir könnten alles miteinander klären.

„Klar, bestimmt", murmele ich. Irgendwie möchte ich das nicht, aber traue mich nicht, es laut auszusprechen.

„Du kannst uns gerne deine Nummer hierlassen. Natürlich nicht nur wegen meiner Verlobten, sondern vor allem, falls wir dich beim Laden unterstützen sollen."

Ich nicke strahlend. „Das wäre toll – vielen Dank!"

„Gerne. Und was darf es zum Frühstück sein?"

„Ich würde einen Cupcake nehmen. Empfiehl mir einen."

„Blaubeer–Marzipan. Magst du das?"

Die Mischung klingt gewöhnungsbedürftig, doch diesem Mann würde ich wohl alles abkaufen. „Klar."

Also packt er ihn ein. „Schade, dass ihr nicht auch was für Tiere im Angebot habt", sage ich.

Er runzelt die Stirn. Super, jetzt denkt er wohl, ich wäre durchgeknallt. „Das ist gar keine schlechte Idee. Ich rede mal mit Amelia, ob wir da nicht was für deinen Laden tun können."

Damit zwinkert er und gibt mir mein Wechselgeld raus. Wie können Menschen nur so nett sein? Schnell schreibe ich noch meine Nummer auf den Zettel, den er mir herüberschiebt, verabschiede mich und gehe zurück zum Auto. Ami liegt gemütlich auf ihrer Decke auf der Rückbank. Diese Hündin ist beim Fahren zum Glück die Ruhe selbst.

Der Himmel klart immer weiter auf; heute ist wirklich ein wunderschöner Wintertag. Das wird sich noch ändern, zumindest habe ich das in zahlreichen Foren über die Rocky Mountains gelesen. Ich fahre den Bergen entgegen, und gleichzeitig sehe ich welche in meinem Rückspiegel. Ein Lächeln stiehlt sich auf meine Lippen. Dies ist meine neue Heimat. Ich bin überglücklich, aber auch fokussiert auf mein Ziel. Die Eröffnung am ersten Dezember. Der Weg wird holprig, aber was wäre das Leben ohne große Herausforderungen?

Es dauert fast eineinhalb Stunden, bis ich beim ersten Möbelhaus ankomme. Es ist von einem schwedischen Hersteller und weltbekannt. Ich habe mir zuvor aufgezeichnet, wie ich mir die Ladeneinrichtung vorstelle: eine Mischung aus Gemütlichkeit und Professionalität. Ich weiß nicht, wie viele Skizzen im Müll gelandet sind, bis ich zufrieden war. Zudem muss ich noch einige Möbel für die Wohnung finden, unter anderem eine Kommode für meine Kleidung, und hoffen, dass sie es mir so schnell wie möglich liefern. Vor allem ein Bett ist ein absolutes Muss – viele weitere Nächte auf der Luftmatratze wird mein Rücken mir nicht verzeihen.

Ami wartet im Auto auf mich. Es ist noch nicht zu kalt, und da sie eine Decke hat, ist es in Ordnung. Das Fahrzeug kennt sie, im Gegensatz zur Wohnung, da würde sie sich viel unwohler fühlen.

Ein Mitarbeiter kommt auf mich zu, nachdem ich ihm zugewunken habe um zu zeigen, dass ich Hilfe brauche. „Kann ich Ihnen weiterhelfen?" Er ist groß und trägt einen roten Bart. Irgendwie erinnert er mich an einen Wikinger, nur das gelbe Hemd mit den blauen Streifen passt nicht ganz dazu.

Ich muss grinsen. „Ich glaube, ich werde Ihre Zeit länger in Anspruch nehmen." Wenn ich an all die Sachen denke, die ich auf meiner Liste habe, tut mir der Mann jetzt schon leid.

„Dann zeige ich Ihnen einfach, wo Sie die Sachen finden, und wenn Sie sich entschieden haben, melden Sie sich."

Es dauert zwei Stunden, bis ich eine Schlafzimmereinrichtung gefunden habe, die mir gefällt. Wenn mein Bauchgefühl dagegen ist, dann kann ich es nicht guten Gewissens kaufen. Ich entscheide mich letztlich für graue Holzoptik. Die Bretter sind in unterschiedlichen Farbnuancen gehalten, und ich kann es nicht erwarten, bis sie ankommen.

„Das Bett hat aktuell eine Lieferzeit von sieben Tagen." Ich habe mir den Mitarbeiter wieder geschnappt, damit er meine Bestellung aufnehmen kann.

Ich nicke – das muss ich verkraften. „Wann kommen die anderen Artikel?"

„In ungefähr zwei Wochen."

Puh.

Ich verlasse den Laden mit einem Kaufvertrag für das Schlafzimmer, eine Couch und einen Fernsehschrank. Um die anderen Dinge kümmere ich mich später. Die Büroeinrichtungen haben mir hier gar nicht gefallen. Ich benötige Regale, die schick sind und mich umhauen. Ich möchte einen rustikalen Stil, weil es irgendwie zu Clarcton passt.

Die Erschöpfung steckt mir in den Knochen, dennoch raffe ich mich auf und hole erst einmal Ami aus dem Auto. Hier in der Stadt ist die Luft nicht so klar wie in Clarcton. Heftig, dass mir das bereits nach wenigen Tagen auffällt. Der Verkehrslärm wirkt fast ohrenbetäubend. Wir gehen ein Stück, und ich entdecke einen kleinen Laden für Dekoartikel.

Er wirkt ulkig, ein bisschen heruntergekommen und gleichzeitig einladend. Zwischen den vielen Designershops geht er beinahe unter. Vielleicht zieht er mich deshalb magisch an.

„Nehmen Sie Ihren Hund gerne mit rein. Bei mir ist jeder willkommen." Ein älterer Mann mit gebeugtem Rücken öffnet die Tür, und ich lächele ihm zu.

„Vielen Dank, das ist sehr lieb." Er erwidert mein Lächeln und führt mich hinein.

Der Laden ist wunderschön, und ich verliebe mich im ersten Augenblick in die detailreiche Atmosphäre. Der Mann setzt sich in einen Ohrensessel. Ami möchte ihm folgen, und schnell halte ich sie an der Leine fest.

„Sehen Sie sich in Ruhe um, ich kümmere mich um die junge Dame."

Als ich die Leine loslasse, läuft Ami zu ihm. Er zögert und streckt dann eine Hand aus, um meine Hündin hinter den Ohren zu kraulen. Schon fühle ich mich noch wohler.

Ich drehe mich um. Der Laden bietet alles Mögliche an. Ich streiche vorsichtig über eine Schneekugel, in der ein Kinderkarussell zu sehen ist.

Als kleines Mädchen habe ich es geliebt, mit meinem Dad auf Jahrmärkte zu gehen. Wenn wir gemeinsam auf dem Karussell gefahren sind, dann war die Welt in Ordnung. Alles andere war ausgeblendet: die Probleme in der Schule, Mom. Es gab nur mich, meinen Dad und das Fahren im Kreis. Alle Gedanken waren ruhig, ich habe jeden Augenblick genossen. Mit Rodeo konnte ich dagegen nie viel anfangen, auch wenn mein Dad einer der besten Reiter war. Er hat sich ewig auf den Tieren gehalten, doch sie taten mir immer leid. Wahrscheinlich habe ich schon damals eine gewisse Verbundenheit mit ihnen gespürt.

Die Schneekugel muss auf jeden Fall mit.

„Darf ich der Dame ein wenig Futter geben? Ich hatte selbst bis vor kurzem einen Hund und es sind noch einige Leckerli da."

Ich nicke. „Natürlich." Wie aufmerksam dieser Herr ist. Ami scheint sich pudelwohl zu fühlen, und ich habe noch mehr Zeit, um mich umzusehen. Und dann entdecke ich es: In einer Ecke steht eine alte Hundehütte in Form eines Campingwagens. Das Holz ist schon ein wenig angeschlagen. Ich muss sie haben. „Steht die zum Verkauf?" Sie ist nicht so schön hergerichtet wie die anderen Sachen hier, daher bin ich nicht sicher.

„Nein, tut mir leid, junge Dame."

Ich bin enttäuscht; das wäre das Highlight im Schaufenster geworden. „Dann würde ich die Schneekugel gerne mitnehmen." Die Enttäuschung in meinen Worten ist deutlich zu hören. „Darf ich fragen, was sie mit der Hundehütte machen würden? Sie sahen aus, als hätten Sie schon eine konkrete Idee."

Und dann platzt die ganze Geschichte meines Ladens aus mir heraus; ich erzähle ihm jedes Detail und hole zwischendrin nur kurz Luft. Dabei spüre ich, wie mich die Einsamkeit übermannt. Es ist so schön, mit jemandem zu reden und ihm von meinen Ideen zu erzählen. Zuhause habe ich in den vergangenen Jahren keine Freunde gehabt, ich habe mich so in meine Geschäftsidee verrannt, dass ich niemanden an mich herangelassen habe. Meine Intension? Ich möchte den Leuten einen Tiershop präsentieren, in dem sie Geschenke für ihre Fellknäule finden können, aber auch nützliche Dinge. Ich möchte ein Zuhause bieten für alle Menschen mit ihren Tieren, damit sie sich wohlfühlen und dabei noch etwas Gutes für ihr Tier erwerben können. Als ich Ami bekommen habe, da musste ich so viel selbst für sie anfertigen, weil ich nie ganz zufrieden war. Ich möchte die erste Anlaufstelle für Haustieren in der Gegend werden.

Er verurteilt mich nicht, als mein Redeschwall nach gefühlten Stunden endet. „Und deshalb möchte ich diesen Laden unbedingt."

„Nehmen Sie die Hütte mit. Ich denke, sie wird einen guten Platz bei einer so wundervollen Frau haben."

# Kapitel 6 – Matthew

Ich wache mit kleinen Füßen im Gesicht auf. Wenn man mit dieser Raupe im Bett schläft, muss man sich vor jedem einzelnen Körperteil in Sicherheit bringen.

Gestern Abend habe ich noch zwei Stunden mit Mags zusammengesessen, und während sie sich ein Glas Rotwein genehmigte, habe ich mich für Ginger Ale entschieden. Wir haben uns lange unterhalten, und ich habe es genossen. Oft fehlt mir die Zeit dafür.

Die Sonnenstrahlen fallen durchs Fenster; langsam geht der Oktober zu Ende. Dann startet die Wintersaison hier in den Rocky Mountains.

Was soll ich heute nur mit meiner Kleinen unternehmen?

Gedankenverloren streiche ich ihr über die Haare. Sobald genug Schnee liegt, werden wir auf jeden Fall wieder Schlitten fahren gehen. Das liebt sie. Ich auch, wenn ich ehrlich bin.

Am liebsten bin ich in der Natur unterwegs, ohne ein Handy in der Tasche. Dabei brauche ich keinen Plan, kein genaues Ziel. Wenn ein Wasserfall auf der Strecke ist – Tag perfekt. Leider sind diese Ausflüge in den vergangenen Jahren immer weniger geworden, immerhin habe ich nun Riley, und die kann ich nicht wirklich von langen Wanderungen überzeugen.

Aber mir kommt eine Idee.

Wir sind aufgestanden, nach einer ausgiebigen Kuscheleinheit und einer gähnenden Tochter, die, sobald sie die Sonne entdeckt hat, hellwach war. Mags hat bereits mit den Pancakes angefangen. Es ist ein wundervoller Montagmorgen. Bei anderen beginnt nun die Woche, bei mir geht es erst morgen los. Der Rhythmus als Feuerwehrmann ist einfach ein anderer. Auch jetzt ist das Funkgerät an meinem Gürtel angebracht, bei Notfällen besteht dauerhafter Bereitschaftsdienst. Das gehört nun mal dazu, und jeder, der einen Nine-to-five-Job will, ist bei uns fehl am Platz.

„Was habt ihr zwei Hübschen heute vor?", fragt Mags, während sie einen riesigen Berg Leckereien vor uns auf den Tisch stellt.

Riley sieht mich mit großen Augen an, als ich ihr einen Pancake auf den Teller lege. „Ja, was denn? Was denn?" Sie hibbelt nervös auf und ab, und ich freue mich auf den Tag mit ihr. Die Zeit habe ich viel zu selten.

„Lass dich überraschen!" Mein Grinsen ist geheimnisvoll, und Mags tätschelt mir die Schulter.

„Aber Dad!" Riley protestiert, und ich muss lachen.

„Jetzt lass uns doch erst mal frühstücken. Ahornsirup?"

Ich ernte ein Augenrollen meiner Tochter, als hätte ich eine sinnlose Frage gestellt. Natürlich schwimmt kurz darauf ihr Teller in Sirup.

Auch ich nehme mir einen Pancake und stöhne nach dem ersten Bissen genüsslich auf, als sich das Vanillearoma in meinem Mund ausbreitet. „Die sind wunderbar, Mags. Vielen Dank." Ich kann gar nicht in Worte fassen, wie wichtig sie mir ist. Wie oft hat diese Frau mir schon eine Last von den Schultern genommen, von der ich gar nicht wusste, dass sie dort war?

„Gerne doch."

Wir frühstücken, und als Riley ins Bad rennt mit verschmierten Händen und einem Sirupgesicht, bleibe ich noch einen Moment sitzen und atme tief durch.

„Dad – Luckey muss an die frische Luft. Beeil dich!" Geduld hat Riley auf jeden Fall nicht. Schnell ziehe ich mir eine Jacke über und Schuhe an. Als ich sehe, wie sich Riley eine Schleife ganz allein bindet, bin ich unfassbar stolz und werde melancholisch. Sie wird so schnell groß. „Super gemacht, mein Schatz."

„Tante Mags hat es mir gezeigt", antwortet sie stolz. Ich sehe zu Mags und forme lautlos *Danke* mit den Lippen, doch sie winkt nur ab.

Ich nehme Luckey an die Leine und Riley an die Hand. Heute schneit es nicht, die Sonne zeigt uns noch einmal ihre schönste Seite, und ich genieße die leichte Wärme. „Was machen wir denn?", fragt Riley ungeduldig, die sich eindeutig mehr auf den Rest des Tages freut.

„Jetzt gehen wir eine große Runde Gassi." Ich ernte Augenrollen und frage mich, woher sie das neuerdings hat. Dieses Kind wird wirklich immer frecher.

„Und danach? Danach?"

Ich muss lachen, denn die Euphorie bei ihr ist groß. Durch meine Arbeit habe ich nicht so viel Zeit für sie, wie ich gerne hätte. „Wir machen einen Ausflug. Mags passt dann auf Luckey auf, da kann er leider nicht mit"

„Ausfluuug", kreischt sie. Es ist still heute, die meisten Leute sind arbeiten, und deshalb ist im Park nicht viel los. Menschen sitzen vereinzelt auf Bänken und starren auf Laptops oder Handys. Man mag sich kaum vorstellen, dass vor einiger Zeit keiner dieser Gegenstände zum Alltag dazugehörte. Manchmal ist es verrückt, wie schnell sich alles verändert.

Luckey schnuppert an jeder Ecke und genießt die etwas größere Morgenrunde. Meist mache ich vor der Schicht mit ihm einen zweistündigen Spaziergang. Mags und Riley lassen ihn in den Garten, und ich weiß auch, dass Mags mit ihm größere Runden läuft. Aber sie hat mit Rheuma zu kämpfen und kann deshalb nicht mehr so, wie sie möchte.

An manchen Tagen nehme ich Luckey einfach mit auf die Arbeit. Er wäre ein toller Feuerwehrhund geworden, aber der Chief hat den Antrag abgelehnt. Trotzdem hat niemand etwas dagegen, wenn der kleine Kerl zu Besuch kommt und uns beschäftigt.

„Dad, ich möchte jetzt wirklich gerne wissen, wo wir hingehen. Bitte, bitte."

Drei Stunden später sehe ich in die großen, strahlenden Augen meiner Tochter und kann mir ein zufriedenes Grinsen nicht verkneifen. „Schlittschuhfahren!", kreischt sie und klatscht freudig in die Hände. Dann schmiegt sie sich an meine Beine. „Kannst du das, Daddy?"

Das würde ich so nicht behaupten. Das letzte Mal stand ich in dem Alter auf dem Eis, in dem Riley jetzt ist. Vielleicht ein oder zwei Jahre später. Während viele meiner Freunde damals mit Eishockey angefangen haben, konnte ich nie etwas damit anfangen. Ich habe für mein Leben gerne Basketball gespielt, und auch wenn ich darin kein sonderliches Talent aufweisen konnte, habe ich es sehr genossen.

Wir leihen uns Schlittschuhe aus und gehen in die Umkleidekabine. Riley trägt ihre rosafarbenen Treter über der Schulter und sieht sehr stolz aus. Zuerst ziehe ich ihr die Schuhe aus, und sie wackelt erfreut mit den Füßen.

„Weißt du Dad, es ist gar nicht schlimm, wenn du das nicht so gut kannst."

Ich runzele die Stirn. „Ich weiß, immerhin kann man alles lernen und muss nicht in allem Profi sein."

Sie nickt. „Du bist der Held beim Feuerlöschen, und andere sind super im Eislaufen."

Wann ist dieses kleine Mädchen nur so weise geworden? „Das stimmt. Das letzte Mal Schlittschuhlaufen ist bei mir sehr lange her."

Sie kichert. „Hat es da noch Dinos gegeben?"

Für wie alt hält sie mich? Ich schüttele lachend den Kopf, doch als ich den ersten Schritt aufs Eis wage, da fühle ich mich so, als wäre ich zuletzt wirklich in der Zeit der Dinosaurier gelaufen. War das immer schon so rutschig?

Kaum stehe ich mit beiden Beinen auf dem Eis, wackele ich umher und rutsche mit den Kufen nur so über die aalglatte Fläche. Riley lacht vom Rand aus. Immerhin habe ich ihr gesagt, dass sie noch kurz dort warten soll. Ich konzentriere mich. Das ist bestimmt wie Fahrradfahren, und ich habe den Bogen gleich wieder raus.

Zehn Minuten später bin ich mir sicher, dass man Schlittschuhfahren durchaus verlernen kann. Das hier war eine miserable Idee, aber zumindest komme ich ein paar Meter vorwärts, um wenigstens meine Tochter abzuholen. Ich habe ihr eine kleine Stütze in Form eines Pinguins besorgt.

„Mach schön langsam und halte dich gut fest." Ich frage mich, ob man für Erwachsene nicht einen Eisbären hätte hinstellen können. Es wäre mir vollkommen egal, wie bescheuert ich damit aussehen würde. „So, und jetzt bewegst du einfach ein Bein nach dem anderen.“

Und dann staune ich nicht schlecht.

Meine kleine Tochter läuft wie ein Profi. Ich bekomme den Mund nicht zu und frage mich, wo genau sie das gelernt hat. Sie fährt mit dem Pinguin eine Runde nach der anderen, während ich verzweifelt versuche, ihr zu folgen. Ich höre die Menschen um uns herum tuscheln. „Seht ihr das kleine Mädchen?“

Ich bin stolz, strecke die Brust heraus und wackele schon wieder. Mist.

Mags hat vorhin gesagt, dass sie die Idee mit dem Ausflug auf die Eisbahn toll findet. Sie hat dabei so komisch gegrinst, und jetzt weiß ich auch wieso. Als Riley nach der gefühlt achten Runde bei mir stehen bleibt, strahlt sie mich an.

„Die Jungs im Kindergarten spielen Eishockey, und manchmal darf ich mitspielen. Außerdem haben wir letzte Woche erst einen Ausflug auf die Eisbahn gemacht, Dad. Aber auch du wirst es noch lernen.“

Dann fährt sie weiter, und ich bleibe stehen, bevor ich noch auf den Hintern fliege. Ich bin total verdutzt, amüsiert und gleichzeitig wahnsinnig stolz.

# Kapitel 7 – Clarissa

Ich muss dringend noch einkaufen. Bisher habe ich nur den Cupcake gegessen. Die Kombination klang so gewöhnungsbedürftig, doch es war einfach himmlisch. Ich frage mich allmählich, ob diese kleinen Törtchen von dieser Erde sind oder Amelia eine Göttin ist.

Am späten Nachmittag kehren Ami und ich nach Clarcton zurück. Sie hat die ganze Fahrt verschlafen; mit ihrem vollen Magen war das wahrscheinlich auch das kleinste Problem. Auf der Ladefläche meines Pickups befindet sich leider nur die Hütte, weil ich den Rest ja nicht sofort mitnehmen konnte. Enttäuscht bin ich darüber schon ein wenig, obwohl ich es nicht anders erwartet habe. Morgen früh habe ich eine Telefonkonferenz nach der anderen und bin wahnsinnig aufgeregt. Ich möchte mit rund fünf eigenen Produkten starten, die sich momentan in der Produktion befinden. Ich habe gute regionale Produzenten gefunden, die meine Ideen genauso toll finden wie ich. Eine Weste für Hunde für die kalten Tage, ein Halsband mit Klingel für Katzen, das sich automatisch öffnet, wenn sie irgendwo hängen bleiben. Außerdem habe ich für Hamster eine Art neues Hamsterrad entwickelt, das beruhigende Töne von sich gibt. Und mein letztes Produkt, mit dem ich an den Start gehen will, sind besondere Hundeleinen aus einem weichen Material, das nahezu reißfest ist. Normalerweise werden sie aus Paracord geflochten, das wollte ich nicht. Es fühlt sich nicht so schön an. Ich habe mich für Biothane entschieden, es besteht aus einem Polyestergewebe, das in meinem Fall mit Polyvinylchlorid umwickelt wird. Es ist eine Art Lederimitat und überzeugt mit derselben Haptik wie Leder. Biothane ist jedoch langlebiger, sodass die Tierhalter sich keine Gedanken machen müssen, in einem Jahr eine neue Leine erwerben zu müssen.

Ich möchte auch Tierfutter verkaufen sowie nach und nach den Shop mit eigenen Produkten ausstatten. Am Anfang ist es aber einfach unmöglich, all meine Ideen umzusetzen. Daher habe ich noch eine Konferenz mit Partnern geplant, sodass sich mein Shop auch mit ihren Produkten füllt – diese können dann bei mir erworben werden. Ein Laden mit fünf Produkten würde wohl doch ein wenig klein wirken und unorganisiert, das versuche ich zu vermeiden. Im Laufe der Jahre werde ich dann immer mehr meiner eigenen Ideen und irgendwann nur noch diese anbieten.

Ich parke den Wagen und trage die Hütte hinein. Bisher ist sie das Einzige, was im Laden steht. Nach den Konferenzen morgen werde ich mich nach Regalen umsehen und alles für die Renovierung besorgen. Erst muss ich mit der Produktion sprechen und danach habe ich ein Gespräch mit möglichen Lieferanten.

Ich gehe mit Ami nach oben in die Wohnung, und sie sieht mich müde an. Die Botschaft ist klar: *Bitte bring mich heute nirgendwo mehr hin und lass mich einfach schlafen.* Der Besitzer des wunderschönen kleinen Ladens hat sie so gefüttert, dass sie keine Lust mehr auf Bewegung hat.

„Ich gehe noch eine Kleinigkeit einkaufen." Ich verabschiede mich mit einem Kopfkraulen von ihr. Heute möchte ich die kleine Küche einweihen, vielmehr die

Mikrowelle. Mehr gibt es dort ja noch nicht, abgesehen vom Kühlschrank. Aber die Küche hat jetzt einfach keine Priorität. Der Gedanke daran, dass ich noch keine Lastenregale für den Shop habe, geschweige denn einen Verkaufstresen, macht mich nervös.

Mein Telefon klingelt, als ich gerade meinen Wagen erreiche. Die Nummer ist unbekannt. „Hallo?"

„Mrs Miller, hier ist Scout von Schiller Industries." Sofort weiß ich Bescheid. Das ist die Produktionsstätte meiner Produkte. Scout ist neunzehn Jahre alt und der Auszubildende der Firma, dennoch hat er ein solches Talent, dass ich bei unserem ersten Gespräch wirklich sehr begeistert gewesen bin. Seitdem ist er mein Ansprechpartner, natürlich alles in Absprache mit seinem Chef, den ich beim Gespräch auch kennengelernt habe.

„Hallo Scout. Wie geht es Ihnen?" Ich versuche, mir meine Nervosität nicht anmerken zu lassen. Hoffentlich gibt es gute Neuigkeiten.

„Mir geht es hervorragend, und ich bin mir sicher, Ihnen ebenfalls. Spätestens nach den guten Neuigkeiten, die ich habe." Seine Stimme klingt nicht ironisch.

„Na dann. Was sind das denn für Neuigkeiten?"

„Wir beenden diesen Freitag die Produktion Ihrer Bestellungen. Sie können also mit Ihrem Lieferanten alles Weitere klären."

Ich kann ein kurzes Jubeln nicht unterdrücken und werde von Spaziergängern komisch angesehen, immerhin stehe ich noch immer vor meinem Auto. „Das ist wunderbar. Schreiben Sie mir eine Mail mit der Information als Bestätigung, ich habe später noch ein weiteres Telefonat und melde mich dann bei Ihnen."

Da der Anruf nun früher kam als erwartet, drehe ich noch einmal um und gehe zurück in die Wohnung, um mit den Lieferanten zu sprechen. Alles geht schneller als erwartet, und ich finde jemanden, der sogar für nächste Woche noch freie Zeitfenster für die Lieferungen hat, weil ihm ein Kunde abgesprungen ist. Das ist einfach ein wunderbarer Tag! Ich bin so unfassbar glücklich, mein Herz pocht vor Aufregung. In diesem Moment sind alle Gedanken vergessen, alles Negative ist weg, und ich bin einfach nur zufrieden. Ich steige endlich in meinen Pick-up, und die Euphorie, die durch meine Adern fließt, ist ein willkommener Motivationsschub.

Es ist schon dunkel, als ich vom Einkauf nach Hause komme. Ich habe weitaus mehr in den Wagen geworfen, als nötig gewesen wäre. Vielleicht hätte ich zuvor eine Kleinigkeit essen sollen. Aber alles klang so unfassbar verführerisch, und wenn ich im Nachhinein drüber nachdenke, sind die meisten Käufe wahrscheinlich nur aus Lust und vor allem Hunger zustande gekommen. Immerhin habe ich dem Drang widerstanden, mir etwas in einem Restaurant zu holen. Clarcton hat keinen Lieferdienst, und ich hatte jetzt wirklich keinen Nerv, einen Umweg zu fahren. Aber nun habe ich ja genug Auswahl. Zuhause trage ich die zwei Einkaufstaschen hoch. Ami scheint so müde zu sein, dass sie mich nicht einmal begrüßt.

Schlechte Manieren hat diese Hündin! Ich gehe ins derzeitige Wohn-und Schlafzimmer und sehe sie in ihrem Körbchen liegen. Als sie meine Schritte vernimmt, öffnet sich nur ein Auge ein Stück. Welch eine Begrüßung! *Ich habe dich auch vermisst, Hund.*

Die Müdigkeit des Tages steckt mir in den Knochen; alles war so aufregend. Seit ich hier bin – und das ist schon über drei Tage her –, ziehen die Stunden nur so an mir vorbei. Ich gehe im Kopf durch, was ich bereits erreicht habe, und bin sehr zufrieden. Gedankenverloren öffne ich die Fertigpackung Spaghetti.

Ich gebe einen Schuss Olivenöl darüber – ich liebe diesen Geschmack. Die Spaghetti sind bereits vorgekocht. Mir rutscht die Flasche aus. „Ups", murmele ich. Naja, schmeckt dann eben ein bisschen öliger. Die italienische Küche ist mein Favorit, aber hier steht man wohl mehr auf Poutine. Der Geschmack von guten Spaghetti mit einer tollen Sauce ist einfach ein Genuss. Von Pizza brauche ich gar nicht erst anfangen, das ist meine größte Liebe. Ich werde mich dennoch erst einmal mit Mikrowellennudeln anfreunden müssen – italienische Küche kann man das wohl kaum nennen. Ich sehe auf den Zubereitungshinweis, stelle die gewünschte Minutenzahl ein und gehe dann ins Wohnzimmer.

Ich war heute bereits die ersten Möbel kaufen, die Produktion liefert nächste Woche. Ich denke, ich bin auf einem guten Weg, Dad.

Ich tippe die Nachricht gerade ins Smartphone, als ein lauter Knall aus der Küche ertönt, und ich Rauch sehe.

Verdammte Scheiße! Meine in die Jahre gekommene Mikrowelle ist wohl gerade explodiert.

Ich schrecke aus dem Schlaf hoch mit dem schlimmsten Muskelkater in den Beinen. Schlittschuhlaufen scheint also mein Endgegner zu sein, verdammt. Der Funk geht an, und ich sehe drauf. Schon wieder in Clarcton?

Sofort rappele ich mich auf. *Wohnungsbrand* wird angezeigt.

Ich küsse noch kurz die Stirn meiner Tochter und bin innerhalb weniger Minuten in der Wache. Ich mustere meine Kollegen, die schon bereitstehen. „In Clarcton geht es ziemlich ab in letzter Zeit, nicht?"

Ich ernte ein Lächeln von allen, doch die Müdigkeit steckt ihnen in den Gliedern. Wir sind es nicht mehr wirklich gewohnt, nachts rauszumüssen. Ich fühle mich manchmal wie ein Pensionär.

Es dauert circa zehn Minuten, bis wir an der angegebenen Adresse ankommen. Mein letzter Wissensstand ist, dass dieser Laden leer steht. Früher wurden hier Lebensmittel verkauft, doch die Besitzerin ist in einer Nacht-und-Nebel-Aktion abgereist. Die Gründe dafür werden wir wohl nie erfahren.

Vor dem Laden steht eine total aufgelöste Frau mit einem Hund auf dem Arm. Ich gehe zu ihr. „Haben Sie uns angerufen?"

Wow – sie ist wunderschön. Ihre kurzen braunen Haare sind zerzaust, ihr laufen Tränen über die Wangen, und ich lege eine Hand auf ihre Schulter. Sie ist einen Kopf kleiner als ich, hat eine Stupsnase und einen dunkleren Teint. Sie trägt nur ein Shirt und eine kurze Jogginghose. Ihr muss eiskalt sein.

„Die Mikrowelle ist explodiert, sie war recht alt", stammelt sie. Die Dame steht eindeutig unter Schock. Ich gebe den Männern ein Zeichen, das Haus zu betreten.

„Was ist denn passiert? Gab es einen Kurzschluss?"

Sie schüttelt den Kopf; die Hündin auf ihrem Arm zittert genau wie sie. „Ich habe Spaghetti gemacht." Das Weinen verschluckt ihre Worte, und ich verstehe nur wenig. „Ich mache immer ein wenig Olivenöl darüber für den Geschmack, es ist nur ein bisschen mehr geworden, dann bin ich zu Ami, und auf einmal hat es einen Knall gegeben."

Sofort lasse ich ihre Schulter los. So dumm kann wirklich niemand sein. Ich schnappe mir die Ausrüstung und renne den Männern hinterher. Wenn wir keinen riesigen Brand haben wollen, dann muss ich schnell sein. „Stopp! Da ist Öl drin."

Die Männer sehen mich an. „Ich habe gerade den Sand darauf verteilt", sagte mein Kollege, „es ist kein bleibender Schaden entstanden."

Doch. Bei mir. Öl war der Grund, warum damals mein Leben von einem auf den nächsten Tag Kopf stand. Wo eine verzweifelte Mutter versucht hat, die Flammen mit Wasser zu löschen. Mein Herz rast. Der Flashback überwältigt mich, und ich ziehe schnell die Handschuhe aus, um mir die Nasenwurzel zu massieren.

*Beschäftigen Sie sich für einen Moment mit etwas anderem. Dann geht es Ihnen sofort besser.*

Die Psychologin hat Recht, denn auch wenn mein Atem noch ein wenig zu schnell geht, merke ich, dass

ich mich langsam beruhige. „Es ist alles in Ordnung."
Meine Männer begleiten mich nach draußen. Sie mussten in den ersten Monaten, als ich hier ankam, meine ganze Wut ertragen. Jede Phase der Trauer haben sie abbekommen. Ich war sauer, habe meine alte Wache verlassen. Ich habe die Kollegen sehr gerne gemocht, aber hier sind wir eine große Familie geworden. Sie sind alles für mich.

Ich gehe auf die aufgelöste Frau zu, die mittlerweile von einem Kollegen eine Wärmedecke über die Schultern gelegt bekommen hat. Darin hat sie allerdings vor allem den Hund eingewickelt, viel Wärme bekommt sie so bestimmt nicht. „Es ist alles gut gegangen. Bitte nie wieder Öl und Mikrowellen verbinden – das hätte ganz schön schiefgehen können." Ich versuche, meine Worte weise zu wählen, ruhig und sachlich.

Warum verspüre ich den Drang, sie in den Arm zu nehmen? Sie sieht so verloren aus.

„Danke. Das hier ist alles, was ich habe. Das ist mein Neubeginn."

Ohne darüber nachzudenken, wische ich ihr eine Träne von der Wange und zucke sofort zurück. Was zum Teufel ...?

„Sie sollten noch zwei Stunden warten, dann können Sie bedenkenlos in die Wohnung zurückgehen. Nur die Spaghetti können Sie wohl in die Tonne werfen." Ich entlocke ihr damit ein kleines Lächeln und höre dann ihren Magen knurren.

„Matt – kommst du? Wir sind hier fertig." Bry läuft an mir vorbei.

Ich sehe sie noch einmal an. „Kommen Sie klar?"

Sie nickt nur, doch die Tränen auf ihren Wangen sprechen nicht dafür.

„Haben Sie ein Auto?", frage ich, und sie bejaht. Sie scheint verwirrt zu sein, das bin ich allerdings auch. Ich seufze, dann wende ich mich um und gebe meinen Leuten einen Wink. „Fahrt ohne mich und erstattet dem Chief Bericht. Wir sehen uns bei der Schicht morgen früh."

Meine Kollegen sagen keinen Ton, doch an den Blicken erkenne ich, dass sie sich dieselbe Frage stellen wie ich mir selbst: Was ist mit mir los und bin ich eigentlich total verrückt geworden?

Eine gute Stunde später sitzen die Frau und ich uns in einem Diner gegenüber, und ich habe keine Ahnung, was ich hier eigentlich tue. Ich sollte neben meiner Tochter liegen, mich entspannen und nicht mit einer völlig Fremden einen Burger bestellen. Als die Bedienung kommt, sehe ich Clarissa an, die aber wohl auch gerne Ria genannt wird. Mittlerweile kenne ich wenigstens ihren Namen, und wir reden nicht mehr so förmlich miteinander.

„Was darf es sein?" Die Kellnerin ist unfreundlich, was wahrscheinlich an der Uhrzeit liegt. Man sieht ihre Augenringe auf weiter Entfernung, es ist ihr also verziehen.

„Ich hätte gerne einen Chili-Cheeseburger mit Curly Fries, dazu eine Coke." Ich rattere meine Bestellung herunter; mit Riley und auch mit Mags war ich schon oft hier. „Was möchtest du?", frage ich Clarissa. Sie studiert noch fleißig die Speisekarte. Zum Glück durfte ihre Hündin mit rein. Oder wäre sie trotzdem mitgekommen?

Sie sieht sehr süß aus in der viel zu großen Feuerwehrjacke, die ich ihr gegeben habe. Im Auto hatte sie noch eine lange Hose, die sie einfach übergestreift hat. Das ist alles so verrückt.

„Ich hätte gerne den Veggie-Burger mit Kichererbsenpatty, wenn es geht Pommes dazu und eine Sprite." Die Bedienung nickt und ich sehe Clarissa interessiert an. „Du isst kein Fleisch oder generell keine tierischen Produkte?"

# Kapitel 9 – Clarissa

„Ich esse kein Fleisch und nur wenig Fisch. Tierische Produkte esse ich aber, vor allem liebe ich Käse." Ich zucke fast entschuldigend mit den Schultern. Wie gerne würde ich mich allgemein pflanzlich ernähren. Bisher habe ich allerdings noch keine Alternativen gefunden, die mir genügen.

Ich sehe in seine Augen und kann immer noch nicht glauben, was alles in den vergangenen Stunden passiert ist. Ich war so in Gedanken, dass ich gar nicht auf die Idee gekommen bin, dass sich Öl entzünden könnte. Matthew hat mir auf der Fahrt hierher erklärt, dass es keine Explosion war, sondern lediglich ein kleiner Brand. Auch wenn es sich im ersten Moment angefühlt hat wie eine Explosion, weil ich mich so erschrocken habe. Für mich ist es dennoch eine Vollkatastrophe.

Als wäre es nicht verrückt genug, sitze ich nun mit einem fremden Mann, der überaus attraktiv ist, nachts in einem Diner. Er hat breite Schultern, was wohl an seiner körperlich schweren Arbeit liegt. Dazu längere Haare und einen leichten Bartschatten, der auch seine Oberlippe ziert. Seine Augen sind dunkel, die Farbe kann ich im Licht nicht richtig erkennen. Er wirkt verschlossen, nicht gerade wie ein offenes Buch, das sich von jedem lesen lässt. Er ist wohl eher das Tagebuch mit einem Schloss daran, man muss arbeiten, um es knacken zu können. Vertrauen ist der einzig wahre Schlüssel.

„Wie bist du zur Vegetarierin geworden?", fragt er mich. In seiner Stimme liegt kein vorwurfsvoller Ton, so wie ich ihn oft bei der Frage höre. Ich habe keine Energie, mich mit anderen Menschen über Ernährungsformen zu streiten, es ist jedem selbst überlassen, wie er sich ernährt.

„Ich habe schon früh gemerkt, dass mir Fleisch nicht schmeckt. Ich habe es dann aber noch jahrelang gegessen, weil mein Vater keine Extrawurst am Tisch haben wollte." Ich muss über mein Wortspiel schmunzeln, und er tut es mir gleich.

„Ich finde es schade, wenn Eltern einem etwas vorschreiben. Man sollte so leben, wie man es für richtig hält, und auf Unterstützung hoffen."

Schnell winke ich ab. „Ich habe sonst jeglichen Rückhalt meines Dads gehabt, selbst jetzt, wo er mir nicht wirklich glaubt, dass mein Weg der richtige ist."

Es ist so leicht, mit Matthew zu reden. Seit sich mein Schock gelegt hat, gab es keinerlei peinliche Stille.

„Was meinst du damit? Du bist neu hier, oder? Der Laden gehört dir?"

Ich kannte bisher nur Männer, die kaum den Mund aufbekommen haben. Matthew wirkt interessiert und aufmerksam, und ich fühle mich wohl. „Genau. Ich bin erst seit drei Tagen in Clarcton. Am ersten Dezember möchte ich meinen Petshop eröffnen, wenn bis dahin nicht unbedingt alles in Flammen steht."

Er lacht. Es klingt kehlig und gleichzeitig irgendwie wunderschön. Ich bekomme eine Gänsehaut – was soll das denn?

„Ein Shop für Tiere also, ja?"

Gerade, als ich zur Antwort ansetzen möchte, kommt unser Essen. Der Burger ist riesig. Er steckt in einem Vollkornbun, und mir läuft das Wasser im Munde zusammen. Das ist eindeutig besser als die Spaghetti aus der Mikrowelle.

„Guten Appetit", sage ich und nehme Messer und Gabel in die Hand. Es wäre wohl äußerst unhöflich, dieses Genussteil in mich hineinzustopfen, wie ich es getan hätte, wäre ich allein. Verdammt – wann war ich das letzte Mal mit männlicher Begleitung essen? Ich kann mich ehrlich nicht daran erinnern. Den größten Teil der vergangenen Jahre habe ich vor meinem Laptop oder auf der Arbeit verbracht. Ich habe an Produkten gearbeitet und an der Planung des Shops und bin viele Meilen gefahren, um das Herzstück meines Plans zu finden: den Laden. Für Dates war keine Zeit. Ich korrigiere mich: Das ist noch immer so. Aber das hier ist ja auch keine Verabredung.

„Du isst den mit Messer und Gabel?" Nun sieht er wirklich verwirrt aus. Er hat seinen Burger bereits in der Hand und will gerade abbeißen.

„Nun ja ... ich dachte ... ähm ..."

Er lächelt mich an. „Sei einfach du selbst, Clarissa."

Ich nehme den Burger in die Hand, und als ich den ersten Bissen im Mund habe, entfährt mir ein zufriedenes Seufzen. Verdammt. „Das ist der Wahnsinn", sage ich und kaue. Matthew grinst und sieht mindestens genauso befriedigt aus wie ich – also wegen des Essens natürlich.

Die Pommes sind knusprig und innen weich und haben genau die richtige Würzung. Ich esse sie mit Aioli, das dazu gereicht wurde. „Es ist so lecker. Bist du öfters hier?“ Er klaut mir eine Pommes. „Dann möchte ich auch eine Curly probieren.“ Wir stellen unsere Körbe mit Beilagen in die Mitte des Tisches, und es ist, als würden wir uns ewig kennen.

Nachdem ich meinen Burger verputzt habe, bin ich mir nicht sicher, ob ich gleich platze.

Matthew grinst mich an. „Schon siehst du nicht mehr so hungrig aus.“

„Ich brauche dringend eine Küche.“

Er scheint zu überlegen. „Der Vater meines Kollegen löst seinen Laden auf und versucht gerade, alles günstig loszuwerden. Wenn du magst, kann ich mal nachfragen, ob er vielleicht auch einen Herd hat.“

„Das wäre absolut großartig.“

Er nickt. „Hast du schon Helfer für den Laden gefunden? Du hast gesagt, dass du zum ersten Dezember eröffnen willst. Das wird allein ziemlich sportlich, Clarissa.“

Ich liebe es, wenn er meinen Namen ausspricht. Er klingt so schön aus seinem Mund. „Ich schaffe das schon. Mein Dad hatte angeboten vorbeizukommen, aber ich denke nicht, dass sein Rücken das mitmacht.“ Ich verziehe das Gesicht, als ich an seinen Sturz von der Leiter vor einigen Jahren denke.

Er war immer ein toller Handwerker und hat im Haus alles, was man sich vorstellen kann, selbst gemacht. Bis er meinte, er könnte die Regenrinne säubern und dazu die Leiter einfach an die Wand stellen. Den dumpfen Aufprall und den markerschütternden Schrei meines Vaters höre ich noch immer in meinen Träumen. Es war pures Glück, dass er nur eine kleine Rückenverletzung hatte. Ihm ging es eine Weile gut, aber dann haben seine Bandscheiben Probleme gemacht, und seitdem kann er nicht mehr so, wie er möchte. Für ihn ist das schwierig zu akzeptieren; er versucht oft, Dinge zu reparieren, und muss dann aufgeben. Es ist hart, ihn so zu sehen. Zum Glück hat er Li.

Matthew räuspert sich. „Ich kann dir helfen, wenn du magst. Also ich meine – die Wache kann dir helfen. Wir bieten aktuell auch Nachbarschaftshilfe an."

Ich starre ihn an. „Meinst du das ernst? Ich meine ... ihr seid doch Feuerwehrmänner." Das habe ich ja noch nie gehört.

„Wir haben hier nicht so viel zu tun und haben das daher irgendwann eingeführt. Im Gegenzug freuen wir uns über Spenden oder Teilnehmer beim großen Feuerwehrfest im Frühjahr."

Ich nicke. „Das wäre wunderbar. Vielleicht gebe ich dir einfach meine Nummer und du meldest dich bei mir?"

„So machen wir das. Aber erst einmal trinken wir noch einen Milchshake. Oder gibst du etwa auf?"

„Niemals!" Ich lache, und er erwidert es.

Wir nehmen die Milchshakes mit, weil Ami langsam unruhig wird. Für sie war das alles natürlich auch stressig.

„Hast du Lust, noch eine Runde spazieren zu gehen?", frage ich. Woher kommt nur dieser Drang, Zeit mit ihr verbringen zu wollen?

„Ich glaube, Ami würde sich darüber sehr freuen." Es sieht umständlich aus, wie sie in der einen Hand ihren Milchshake hält und in der anderen die Leine. Ich habe sie überredet, den XXL-Shake zu nehmen, einfach nur um ihren Blick zu sehen, wenn der ganze Liter an den Tisch gebracht wird. Ihre Reaktion war unbezahlbar. Natürlich habe ich sie eingeladen; sie hat heute schon genug durchgemacht.

„Ich kann Ami nehmen, wenn du möchtest." Sie zögert, und ich würde es bei Luckey wohl nicht anders machen.

„Ich habe einen Siberian Husky ich kann mit Hunden umgehen. Alternativ kannst du mir aber auch gerne deinen Shake geben." Sie streckt mir die Leine entgegen, und ich lächele sie an.

Wir gehen eine Weile – das Diner liegt an einem kleinen Fluss, den eine Brücke überquert. Ich finde es wunderschön.

„Kommst du von hier?", fragt sie, während Ami an den Büschen schnuppert und dabei erfreut mit dem Schwanz wedelt.

„Nein. Ich bin vor ungefähr anderthalb Jahren herge-
zogen. Damals war ein Tapetenwechsel notwendig.“
Der Stich dauert nur kurz an, dennoch spüre ich ihn
durch Mark und Bein ziehen.

„Wohnst du direkt in Clarcton?“

Ich schüttele den Kopf und nenne Lakery, die Kleinstadt, die direkt daneben liegt. Ein leichtes Schmunzeln
umspielt ihre Lippen, wenn sie zuhört. Als hätte sie
Angst, unhöflich zu wirken, wenn sie sie zu einer gera-
den Linie verzieht. Sie trinkt den Milchshake und klap-
pert immer wieder mit den Zähnen. So traurig es ist,
aber ich sollte mich bald von ihr verabschieden. „Ich
glaube, wir gehen langsam in Richtung Auto, oder? Du
erfrierst sonst noch.“ Wir drehen um. „Wollen wir uns
morgen um zwölf Uhr in deinem Laden treffen? Ich
habe allerdings Bereitschaft, es kann also sein, dass ich
spontan wegmuss. Ich würde dir allerdings gerne helfen.“ Nicht, dass sie noch denkt, es könnte ein Date sein.

Sie nickt. „Das wäre großartig.“

Es ist also gar nicht so schlimm, mich zu verabschieden, immerhin sehe ich sie morgen bereits wieder.
„Ich fahre dich nach Hause, Matthew.“ Sie benutzt meinen vollen Namen, keine Abkürzung, und ich frage
mich, ob das wohl noch kommt. Ich mag den Klang ihres Namens auf meinen Lippen.

„Das wäre sehr nett.“

Also steigen wir in ihren Pick-up, und es endet ein
wundervoller, ziemlich verrückter Abend, den ich aktuell noch nicht einschätzen kann. Was war mit mir
los? Wieso hatte ich den Drang mit ihr essen zu gehen?
Warum zieht sie mich so an? Ich habe seit Mayas Tod
kein Interesse an Frauen gezeigt, dafür steckt die

Trauer noch zu tief in meinem Herzen. Clarissa wirkt auf mich allerdings so interessant, dass ich für kurze Momente den Eisblock in meiner Brust vergessen kann.

Dieselbe Frage stellt mir am nächsten Morgen die Crew. „Bist du echt noch bei ihr geblieben? Sie hat es geschafft, Öl in eine Mikrowelle zu geben", meint Bry entrüstet.

„Sie wollte sich Spaghetti mit Olivenöl machen. Wir urteilen nicht über andere, Bry." Mein Tonfall ist streng, und er senkt den Kopf. Verdammt, ich bin einfach noch sehr müde. Es war bereits zwei Uhr morgens, als sie mich abgesetzt hat. Um sechs Uhr hat der Wecker geklingelt, und ich habe Riley in den Kindergarten gebracht und mir Luckey geschnappt. Danach habe ich ihn mit hierhergebracht. Ich streiche über sein Fell. „Übrigens haben wir eine neue Aufgabe. Wir helfen der Dame von gestern, ihren Laden zu renovieren. Ich werde mir ein Bild davon machen, was genau zu erledigen ist, und freue mich, wenn so viele wie möglich von euch mit anpacken."

Der Captain sieht mich an. „Hat das etwas mit dem Blick zu tun, den du ihr zugeworfen hast?"

Ich bin ehrlich verwirrt. „Was meinst du?"

„Es sah aus wie Hoffnung, Matthew. Zumindest haben das die Jungs gesagt."

Ich schüttele den Kopf, lasse seine Worte auf mich wirken. „Wir helfen ihr natürlich. Immerhin haben wir diesen Dienst eingeführt. Du bist der Leiter dieses Projektes, wir melden uns nur in Notfällen bei dir, in Ordnung?"

„Danke“, murmele ich. Jetzt muss ich nur noch mit ihm unter vier Augen sprechen, immerhin ist sein Vater derjenige, der seinen Laden auflöst.

„Können wir noch kurz miteinander reden?“, frage ich ihn wenig später in einer ruhigen Minute.

„Klar. Was ist los?“

Ich kratze mich am Hinterkopf. Wir sind hier eine Familie, aber dennoch ist er mein Vorgesetzter. „Die Frau von gestern eröffnet einen Laden neu, das habe ich ja schon gesagt. Dein Dad hat doch seinen jetzt aufgelöst und versucht, die Sachen loszuwerden?“

Ich sehe ihn hoffnungsvoll an und er nickt. „Ja. Sie verkaufen sich schlecht. Wer mag hier auch schon etwas eröffnen? Mein Vater war ein Glückspilz, dass es so viele Jahre funktioniert hat.“

Clarcton ist wirklich nicht der beste Ort, um reich zu werden mit seinen Waren. Wenn allerdings die Leute dich ins Herz geschlossen haben, rennen sie dir die Bude ein. Dann wird Werbung betrieben, dass man sich gut festhalten muss. Ich finde es sehr altmodisch, doch zugleich mag ich den Charme, der dadurch ausgestrahlt wird. „Er ist zuhause. Ich habe ihm gerade geschrieben. Wenn ihr wollt, könnt ihr heute vorbeifahren und euch das Zeug ansehen.“ Wir. Es ist ein komisches Gefühl, das mich da durchfährt. Vielleicht doch Hoffnung?

Mein verräterisches Herz fängt wie verrückt an zu klopfen, als ich eine Nachricht bekomme, während ich gerade vor dem Laptop sitze und der Telefonkonferenz fleißig lausche.

Guten Morgen, Clarissa. Wir können uns heute Nachmittag die Möbel ansehen, wir treffen uns dann wie besprochen um zwölf. Matthew.

Ich bin aufgeregt und tippe kurz zurück.

Guten Morgen. Vielen Dank. Ich freue mich auf dich.

Die Nachricht ist schneller versandt, als mein Kopf die Worte begreifen kann. Das habe ich jetzt nicht wirklich geschrieben, oder?

Es kommt keine Antwort von ihm, wahrscheinlich denkt er, ich spinne total. Das vermute ich übrigens auch. Immerhin kennen wir uns kaum, warum sollte ich mich dann auf ihn freuen?

„Wir achten bei unseren Produkten auf Regionalität und auf das Tierwohl." Ich reiße mich zusammen und höre wieder meinen Geschäftspartnern zu. Wir haben es tatsächlich geschafft, eine Konferenz zu starten, in dem alle sechs Firmen vertreten sind. Schiller Industries kümmert sich um mein eigenes Label, den Firmen in dieser Konferenz sind diejenigen, deren Produkte ich anbieten möchte. Mir ist es wichtig, dass ich alle auf denselben Stand bringen kann. Da ich mit kleinen Unternehmen zusammenarbeite, ist das Ganze noch viel familiärer als mit riesigen Firmen. Das klappt tatsächlich wunderbar. „Bitte beachten Sie, dass der Shop am ersten Dezember eröffnen soll. Ich benötige die Ware spätestens zwei Wochen zuvor."

Am Ende dauert es drei Stunden, bis ich alles so geplant habe, wie ich wollte. Wenn ich etwas gelernt habe in meinem Leben, dann ist es verhandeln. Man benötigt Geduld, und muss dem Gegenüber Respekt erweisen, aber dennoch an seinem Ziel festhalten. Nun habe ich auch noch andere Partner an der Hand, sodass mein Shop nicht nur mit den fünf eigenen Produkten gefüllt wird.

Ich habe bessere Konditionen bekommen als erwartet. Trotzdem ist das Budget jetzt knapp, immerhin muss ich in Vorleistung treten. Das ist eben das Risiko. Ich habe mich entschieden, am Anfang wenig Lagerbestand zu haben, denn den Platz habe ich nicht. Ich werde regelmäßig nachbestellen können bei meinen Partnern, nur Neulieferungen meiner eigenen Entwürfe werden leider länger dauern. Die Verträge belaufen sich auf zwei Jahre, und in diesen möchte ich an meinen vielen weiteren Ideen arbeiten. Ich kann es kaum erwarten, bis nächste Woche die erste Lieferung eintrifft. Ich bin so gespannt, ob alles so verarbeitet ist, wie ich es gewünscht habe. Wenn man mich sieht, kann man kaum glauben, dass ich ein sehr strenger Mensch bin. In der Geschäftswelt ist es wichtig, dass man für das einsteht, was man möchte. Ansonsten kann man seine Pläne direkt über Bord werfen. Ich arbeite mittlerweile aber auch schon ungefähr acht Jahre an der Idee meines Shops, habe immer wieder Produktentwürfe verworfen und neue entwickelt. Jetzt ist es bald an der Zeit, mein Baby den Leuten vorzustellen und zu hoffen, dass sie es mögen.

Ich streiche Ami über ihr Köpfchen. „Heute sehen wir Matthew wieder. Ich hoffe doch, du freust dich, vielleicht bringt er ja seinen Hund mit." Sie sieht mich an und legt den Kopf schief.

Rüden sind eigentlich nicht ihr Ding. Sie versteht sich mit anderen Hündinnen, aber mit Männlein hat sie Probleme. Ein bisschen wie ich.

Ich überlege, was ich anziehen soll. Ich widerstehe dem Drang, mich in mein schönstes Kleid zu werfen und mit Make-up Eindruck zu schinden. Immerhin hilft Matthew mir nur bei den Renovierungsarbeiten, es ist kein Date. Wahrscheinlich wird er seine Feuerwehrkollegen dabeihaben, und ich darf nicht vergessen: Es ist ein Job für ihn. Nicht mehr, nicht weniger. Außerdem brauche ich etwas Praktisches, also kein Kleid.

Ich wühle in der Klamottenkiste. Mittlerweile habe ich zumindest die Waschmaschine benutzt, und meine Sachen riechen frisch. Es ist kalt draußen, wie seit meiner Ankunft. Ich frage mich, wie hier wohl der Sommer ist. Es soll warm sein, die Sonne scheint viele Stunden am Tag, und ich kann es nicht erwarten, auch mal diese Seite von Clarcton kennenzulernen.

Mein Magen knurrt, als ich endlich etwas zum Anziehen gefunden habe. Mein Blick fällt auf die Uhr. Ich habe noch gut eine Stunde Zeit, bis Matthew kommt, also genehmige ich mir einen Bagel. Ich habe ihn gestern mitgenommen und belege ihn mir schnell mit Frischkäse und Gurke. Das ist ein wahres Festmahl für meine derzeitigen Verhältnisse.

Ich füttere noch Ami, die sich sofort den Bauch vollschlägt, und dann lasse ich mir meinen Bagel schmecken. Er kommt nicht an den der Cakery ran. Ich frage mich, wie es den beiden dort geht. Ich wollte Amelia noch davon überzeugen, Jeremia vor der Geburt ihres Kindes zu heiraten, also öffne ich die App auf dem Handy und tippe eine kurze Nachricht.

Hallo Amelia. Hier ist Clarissa, die Neue. Ich hoffe, euch geht es gut?

Ich bekomme nur eine kurze Antwort in Form eines Bildes und keuche entzückt auf. Auf dem Foto ist eine total fertige, aber strahlende Amelia zu sehen. Zwei Babys liegen auf ihrer Brust und daneben sitzt Jeremia in einem Rollstuhl. Pling. Eine neue Nachricht.

Männer sind wirklich zu nichts zu gebrauchen – er ist umgekippt. Er!

Ich lache und sende ihnen meine besten Glückwünsche. Ich muss mir etwas für die vier überlegen.

Die Cakery übernimmt meine Mutter jetzt für ungefähr vier Wochen. Sobald wir zuhause sind, kümmere ich mich allerdings um die Hundekekse. Komm uns doch dann mal besuchen!

Ich lächele und vergieße eine kleine Träne. Ich habe dieses Glück nicht verdient, ich meine – warum sind alle Menschen nur so unfassbar nett zu mir?

Danke. Aber jetzt erholt euch erst mal gut, ich freue mich, von euch zu hören. Schöne Kennenlern- und Knuddelzeit mit euren Kleinen. Danke für alles.

Es kommt ein Herzsmiley als Antwort, und ich drücke mein Handy kurz an die Brust. Schon jetzt fühle ich mich hier wohler, als ich es je an einem anderen Ort getan habe.

„Fuck", murmele ich, als mein Blick auf die Uhr fällt. Jetzt sind es nur noch dreißig Minuten, bis Matthew kommt. Schnell verdrücke ich das letzte Stück meines Frühstücks und springe dabei schon mit einem Bein unter die Dusche.

Habe ich schon einmal erwähnt, dass ich es hasse, wenn ich Zeit vertrödele?

Bin da.

So lautet seine Nachricht, und mir schlägt das Herz bis zum Hals. Klar, er ist im Dienst, also wird er wahrscheinlich genauso nett sein wie gestern. Aber mir zu helfen hat doch eigentlich nichts mit seiner Arbeit zu tun, oder?

Ami und ich gehen die Treppen zum Laden hinunter. Durch die Frontscheibe sehe ich, dass er einen Hund dabeihat. Schnell schnappe ich mir die Leine und mache Ami fest. Die beiden sollen sich erst mal langsam beschnuppern. Ich öffne die Tür. „Herzlich willkommen", murmele ich.

Wow. Matthew sieht noch besser aus als gestern Nacht. Er hat einen leichten Bart und dunkelbraune, kurze Haare. Seine Augenbrauen sind markant und betonen seine Augen. Seine Lippen – verdammt, sie sind perfekt geformt, und gerade lächelt er. Ich erwidere es und mustere sein Outfit. Er trägt eine helle Jeans und eine dunkelblaue Jacke sowie an den Füßen leichte Boots. Dieser Mann ist wirklich atemberaubend.

„Hey."

Wir wissen nicht, wie wir uns begrüßen sollen, also winke ich ihm kurz zu. Ich muss dabei dämlich aussehen, wahrscheinlich unbeholfen.

Dann trete ich ein Stück beiseite und mustere den Hund. Er ist wunderschön. Seine stechend blauen Augen blicken freundlich. Sein Fell ist kurz und am Rücken dunkel, das Gesicht dagegen fast komplett weiß mit spitzen Ohren. „Wie heißt er denn?"

Ich knie mich auf den Boden und Ami kommt näher, genau wie der Husky.

„Luckey. Er war ein Glückstreffer."

Ich nicke und strecke ihm meine Hand entgegen, die er sofort beschnüffelt. Dann wendet er sich Ami zu, und während ich schon die volle Katastrophe erwarte, wedelt diese kleine Verräterin doch wirklich mit dem Schwanz. „Das gibt es nicht."

Matthew zieht eine Augenbraue nach oben. „Was ist denn?"

„Sie hasst Männer – und männliche Hunde."

Er lacht. Nachdem die zwei Vierbeiner sich ein wenig angefreundet haben, lassen wir sie von den Leinen, und sie toben durch den Shop. Matthew blickt sich um. „Das ist er also. Gestern habe ich ja nicht wirklich viel gesehen."

Ich bekomme rote Wangen, das ist so unfassbar peinlich. „Ja. Ich habe eine recht kleine Verkaufsfläche, aber für den Anfang reicht es aus. Obendrüber wohne ich, aber das weißt du ja."

„Ich denke, man kann viel daraus machen, hast du dich schon entschieden, wie du es herrichten willst?" Hat er etwa auch noch Ahnung von Inneneinrichtung? Er bemerkt meinen Blick.

„Ich habe ein ganzes Haus allein renoviert, bevor ich hierherkam. Es war alt, als ich es gekauft habe. Ich weiß, wie viel Arbeit in so einem Projekt steckt. Bei mir war aber kein Gewerbe dabei."

An seiner unergründlichen Miene erkenne ich, dass er nicht weiter über die Sache reden möchte. Ich hake nicht weiter nach.

„Ich habe an Holzoptik gedacht. Ich möchte das Ganze gerne rustikal halten, das passt zur Umgebung."

Er nickt. „Draußen müssen wir unbedingt noch den Schriftzug der Vorbesitzerin entfernen, aktuell steht da noch was mit Möbeln dran. Du solltest dich um ein Logo kümmern."

Er hat recht, verdammt, mit allem, was er sagt. Im Kopf zücke ich bereits mein Notizbuch und versuche, jeden Tipp mitzuschreiben, den er mir gibt. Dennoch fühle ich mich ein bisschen überfordert. „Das weiß ich", antworte ich deshalb kühler, als ich es meine.

Er blickt mich an. „Ich meine das in keiner Weise böse. Tut mir leid, wenn ich nervös bin, rede ich zu viel und bevormunde Leute." Er fährt sich durch die Haare. Er ist nervös?

„Alles in Ordnung. Das war von mir unangebracht. Ich bin auch nervös, und es ist nicht unbedingt meine größte Stärke, Hilfe anzunehmen."

„Ich weiß genau, was du meinst. Mir ging das nicht anders, bis mich das Leben gezwungen hat, genau das zu tun: Hilfe annehmen. Manchmal kann man allein nicht mehr gehen und braucht eine helfende Hand, die einen stützt." Er klingt wie ein alter, weiser Mann und wirkt, wenn er spricht, so viel älter, als er wohl sein mag. Ich schätze, er ist ungefähr fünf Jahre älter als ich. „Natürlich kannst du es auch allein schaffen. Trotzdem freue ich mich wahnsinnig darüber, dir helfen zu können.“

Ich ignoriere den Drang, ihn in meine Arme zu schließen, und verbanne ihn in der hintersten Schublade
meines Gehirns. Woher kommen nur diese komischen
Gedanken und Gefühle, sobald Matthew in meiner
Nähe auftaucht?Ich habe vor vielen Monaten aufgegeben, auf mein Happy End zu hoffen. Als ich mein Herz
einmal geöffnet habe, wurde auf ihm herum getrampelt. Die Beziehung damals hat nicht lange gehalten,
vielleicht vier Monate, aber meine Gefühle waren echt,
bis ich ihn mit der Nachbarin erwischt habe. Und die
beiden haben gewiss keinen Kaffee zusammen getrunken, außer er hat ihn aus dem Bauchnabel geschlürft,
während sie nackt mit gespreizten Beinen vor ihm auf
dem Küchentisch lag. Ich werde in ferner Zukunft mit
einer Schar voller Tiere auf meinem Schaukelstuhl sitzen und über die Jugend lästern.

Matthew mustert mich. „Wollen wir noch eine Runde
mit den Hunden gehen, bevor wir dann aufbrechen? Es
sind ungefähr zwanzig Minuten Fahrt.“

Ach stimmt – die Möbel. „Klar. Das ist eine gute Idee.“

Er lächelt, und ich verliere mich darin. Leichte Grübchen bilden sich unter seinem Bartschatten. „Du solltest dir allerdings heute vielleicht eine Jacke überziehen.“

„Hör auf, mich aufzuziehen, Matthew. Das ist nicht
nett.“

Er blickt ernst und wählt die nächsten Worte genau,
das sieht man ihm an. „Dass ich nett bin, habe ich nie
erwähnt, Ria.“

Eine Gänsehaut überzieht meine Arme. Ria – es klingt noch besser aus seinem Mund als Clarissa.

# Kapitel 12 – Matthew

Wenn ich in ihrer Nähe bin, weiß ich nie, was ich als Nächstes sage. Es fühlt sich an, als würde sie mir alle Gedanken rauben und durch ihre eigenen ersetzen. Wir gehen gemütlich eine kleine Runde mit den Hunden, und es herrscht eine angenehme Stille. Ich sehe immer wieder zu ihr hinüber, aber leider erwische ich sie nicht dabei, wie sie es ebenfalls tut. Sie sieht wunderschön aus, so wie gestern. Heute fällt es noch mehr auf, immerhin ist es Tag und ihr Gesicht nicht nass von Tränen.

„Du bist doch Feuerwehrmann – wie hast du dann überhaupt die Zeit mir zu helfen? Ich meine, du hast es mir gestern ja schon erzählt, aber warum die Nachbarschaftshilfe? Ihr könntet euch ja auch alle einen ruhigen Abend machen." In ihrer Stimme schwingt Unbehagen mit, und ich kann sie verstehen. Ich weiß ja selbst nicht, woher der Drang kommt, ihr unbedingt etwas abnehmen zu müssen.

„Wir haben einfach nicht genug zu tun, aber der Chief will niemanden feuern müssen. Also füllt er die Zeit eben mit anderer Arbeit." Ich zucke mit den Schultern, als wäre es bedeutungslos.

Eine Feuerwache zu besetzen ist nicht leicht. Immerhin weiß man nie, wie viel los ist. Man kann keine anständigen Dienstpläne einrichten, die dafür sorgen, dass immer ausreichend Leute vor Ort sind. Wir arbeiten alle fast ausschließlich auf Bereitschaft. Es gibt eine A- und B-Schicht, die C-Schicht ist die Reserve. Es müssen immer mindestens drei Kräfte in der Wache sein, aber das sind meistens die Jüngeren. Diejenige, die sich noch kein großes Leben aufgebaut haben. Wo das Herz noch nur für die Feuerwehr schlägt.

Diese Zeiten waren wunderschön, doch ich vermisse sie nicht. Auf keinen Fall. Immerhin habe ich Riley und meine Frau. *Hatte. Vergangenheitsform.* Ich werde mich wohl nie daran gewöhnen.

„Verstehe. Irgendwie nett. Gleichzeitig kann ich mir nicht vorstellen, dass dich das erfüllt."

Ich schweige. Natürlich renne ich lieber in offene Flammen und rette Leben, spüre das Adrenalin durch meine Adern pumpen. Gleichzeitig brauche ich mittlerweile den Ausgleich der Nachbarschaftsarbeit. Sie entspannt mich schon ziemlich. Trotzdem würde ich immer wieder das Adrenalin wählen.

„Ich helfe gerne Menschen, das liegt mir im Blut. Es ist an sich dasselbe, ob ich sie aus Flammen rette oder bei etwas unterstütze. Nur der Adrenalinpegel ist dann ein anderer."

Sie nickt. „Ich habe jahrelang in einem Beruf gearbeitet, der mich nicht erfüllt hat – ich war Bankangestellte. Immer öfter habe ich den Drang nach etwas Größerem verspürt. Den Wunsch, mich selbst zu verwirklichen. Noch kann ich nicht glauben, dass es jetzt so weit sein soll."

Ich lächele. „Du kannst stolz auf dich sein. Nicht jeder Mensch hat diesen Mut, einen so großen Schritt zu gehen."

Sie lächelt zurück. „Danke. Ich glaube, diese Worte habe ich selten gehört. Mein Dad macht sich solche Sorgen, dass er eher mit Vorwürfen um sich wirft, als mich richtig zu unterstützen. Dabei weiß ich genau, wie stolz er ist und wie sehr er mir das Ganze wünscht."

„Man möchte sein Kind vor allem beschützen, was weh tun könnte. Am liebsten würde man es in einen Glaskasten setzen, und gleichzeitig möchte man, dass es alles tun kann, was es will. Dein Vater ist besorgt um dich. Das hier ist dein Traum, und du wünschst es dir schon lange. Wenn du das verlierst, verschwindet auch ein Teil von dir selbst. Davor will er dich einfach nur bewahren."

Sie sieht mich an. Ich verliere mich in ihren Augen. „Da spricht wohl der Vater aus dir. Hast du etwa Kinder?"

Meine Antwort ist unüberlegt und dumm. „Nein."

„Ich auch nicht. Mein Hund reicht mir vollkommen."

Ich wusste nicht einmal, dass ich die Luft angehalten habe nach meiner Lüge. Erst als ich merke, wie meine Lunge brennt, atme ich wieder ein.

Wir nehmen die Hunde mit, und sie verhalten sich, als würden sie sich jahrelang kennen. „Wunderschön, wie schnell sie eine innige Bindung aufbauen, oder?", murmelt Clarissa vor sich hin.

Es ist, als könnte sie Gedanken lesen. „Ja. Hunde finden Verbindungen binnen Sekunden. Wir Menschen beschnuppern uns lange, bevor es dann mal irgendwann losgeht."

Sie lacht.

„Hab ich was Falsches gesagt?" Ich lächle, und sie schüttelt den Kopf. Das sehe ich im Augenwinkel, während ich mich auf die Straße konzentriere. Langsam aber sicher bahnt sich die Eisschicht einen Weg über den Asphalt. Das kann früher oder später zu einer gefährlichen Schleuderfahrt führen.

„Nein. Aber stell dir mal bildlich vor, dass Menschen sich beschnüffeln.“

Nun huscht auch mir ein Grinsen übers Gesicht. „Und dann klingt *Revier markieren* nicht mehr so spannend“, setze ich noch einen drauf. Ihr Lachen klingt laut und schallend, sie holt auf eine seltsame Weise Luft zwischendrin, sodass sie klingt, als würde sie hyperventilieren. Sie ist zuckersüß bei allem, was sie sagt, doch das Lachen passt nicht zu ihr. Was das Ganze noch lustiger macht.

Wir beruhigen uns erst, als wir bei Jack ankommen. Die Hunde auf dem Rücksitz müssen denken, dass wir einen Vogel haben. Ich fühle mich so unbeschwert wie seit langer Zeit nicht mehr. Das ist ungewohnt, aber gerade möchte ich einfach nur genießen, wie gut es sich anfühlt.

„Wir sind da. Jack ist der Vater vom Chief. Er ist supernett, und ich hoffe sehr, dass wir etwas für deinen Petshop finden.“

Sie sieht mich an und legt mir eine Hand auf mein Knie. Das macht mich nervös. „Danke Matthew. Für alles, was du bisher getan hast.“

Ich sehe ihr in die Augen, dann richtet sich mein Blick auf ihre Lippen. Sie fährt mit der Zungenspitze darüber, und ich muss schlucken. Ist es gerade Sommer geworden oder warum ist mir so heiß?

„Lass uns reingehen. Wir werden erwartet.“

Die Eiseskälte, die mich begrüßt, kaum dass ich aussteige, ist notwendig, um mich abzukühlen. Verdammt nochmal – ich bin doch kein liebeskranker Teenager.

„Matt. Es ist so schön, dich endlich mal wiederzusehen." Jack zieht mich in eine Umarmung. Er überragt mich trotz seines hohen Alters um einen Kopf. Nach Mayas Tod ist er für mich da gewesen, als ich nach Lakery kam und nicht mehr weiterwusste. Er war der Erste, dem ich erzählt habe, warum ich so dringend die Wache wechseln musste. Er hat mich begrüßt wie ein neues Familienmitglied, hat mich sofort mit offenen Armen empfangen, und ich habe ihm sofort vertraut. Damals habe ich keine großen Worte gebraucht, er hat sofort erkannt, wie tief die Trauer in meinem Herzen steckt. Wie eine Rose, deren Dornen sich verfangen haben. Er hat jeden einzelnen Dorn langsam herausgezogen. Ich habe gar nicht bemerkt, wie sehr ich ihn vermisst habe.

„Das stimmt. Ich muss öfter vorbeikommen, tut mir leid. Es ist viel los."

Mein Herz zieht sich bei dem Gedanken zusammen. Hoffentlich erwähnt er Riley nicht oder fragt nach ihr. „Das ist also Clarissa, die einen Shop eröffnen möchte?"

Ich trete einen Schritt beiseite. Er mustert sie und zwinkert mir dann zu. Meine Wangen werden warm.

„Guten Tag. Es freut mich sehr, Sie kennenzulernen, Jack." Sie streckt ihm die Hand entgegen, die er ergreift.

„Erzählen Sie mir mal von Ihrem Traumladen, und dann sehen wir, ob wir nicht die passenden Möbel bei mir finden."

Clarissa erzählt und strahlt nur so dabei. Das ist ihre Passion. Ich werde ihr dabei helfen, in Clarcton so gut wie möglich durchzustarten. Sie hat es verdient, auch wenn ich sie kaum kenne.

# Kapitel 13 – Clarissa

Jack und ich verstehen uns auf Anhieb. Wir reden und reden, kaum eine Minute schweigen wir. Nebenher führt er mich herum. „Ich habe jahrelang Antiquitäten gesammelt und dann weiterverkauft. Deshalb weiß ich nicht, ob ich das Richtige für dich habe."

Sein Laden ist wunderschön, ein wenig absonderlich und trotzdem gemütlich. „Darf ich mich weiter umsehen?"

Er nickt. „Natürlich."

Die meisten Regale sind schon leer, und ich frage mich, warum Jack aufhört. Er sieht noch fit aus. Wahrscheinlich würde er mich auf dem Fahrrad abhängen. „Darf ich fragen, warum du geschlossen hast?"

Sein Blick wird traurig, und ich möchte mich gerade für meine Neugier entschuldigen, da winkt er ab. „Meine Frau ist krank. Am Anfang konnte ich beides miteinander vereinbaren, doch nun braucht ihre Pflege mehr Zeit."

Ich schlucke. Ich kann mir nicht vorstellen, wie schwer es sein muss, einen Angehörigen zu pflegen. „Das tut mir leid."

Er zuckt mit den Schultern. „Ich schließe mit einem lachenden und einem weinenden Auge. Das hier war unser gemeinsames Projekt. Wir haben mit zwanzig Jahren auf Flohmärkten angefangen." Ich schmunzele, als ich mir vorstelle, wie ein junges Paar Schätze entdeckt und dann daraus ein Geschäft aufzieht. Irgendwie gibt es mir Hoffnung. „Sie ist die Liebe meines

Lebens. Da war es keine Minute lang eine Frage, *ob* ich den Laden aufgebe, sondern *wann*.“

Ich seufze. „Es sieht so aus, als würde man die wahre Liebe hier draußen in den kleinen Ortschaften eher finden als im Getümmel der Großstadt.“

Matt grinst. „Das kommt dir als Stadtmensch nur so vor. Hier gibt es auch genug Kleinkrieg.“

Jack schüttelt den Kopf. „Hör nicht auf ihn.“

Die beiden fangen eine Grundsatzdiskussion über die Liebe an, bei der ich irgendwann weghöre und mich weiter umsehe. Wenn ich manche Regale lackieren würde, würden sie perfekt in mein Ladenkonzept passen. Das könnte richtig gut werden, und würde mir Lieferzeiten sparen. Und Geld, das ich sowieso nicht in Massen habe.

„Hast du was gefunden?“ Jack steht auf einmal hinter mir, und ich erschrecke mich.

„Die Regale sind wunderschön.“

„Hast du den Tresen schon entdeckt?“

Ich schüttele den Kopf. Er führt mich in eine Ecke, und mir stockt der Atem. Er ist aus Eiche, dunkelbraun, mit roten Akzenten. Ich verliebe mich schlagartig in ein Möbelstück. Wenn ich es nicht bekomme, weiß ich genau, was passieren wird. Ich werde jeden Moment im Laden an die Theke denken, hinter der ich stehen könnte.

„Er ist noch zu haben?“, hauche ich und streiche andächtig darüber.

Jack legt mir die Hand auf die Schulter. „Nimm alles, was du brauchst. Über den Preis werden wir uns schon einig, Mädchen.“

Matthew räuspert sich hinter uns. „Sie braucht vor allem einen Herd, Jack!", sagt er laut.

„Fang jetzt ja nicht mit der Mikrowellengeschichte an, Matthew. Ich warne dich!"

Eine Tasse Tee steht vor mir und ein Stück Kuchen. Matthew und ich sitzen in einem Café und lassen den Mittag Revue passieren. „Danke. Jack kennenzulernen war eine wahre Inspiration."

Er nickt und rührt in seinem Kakao. „Er ist ein toller Mann. Er liebt seine Frau bedingungslos, und sein Sohn ist genauso toll. Diese Familie ist einfach unfassbar lieb und man kann sie nur mögen."

„Wie hast du die beiden kennengelernt?"

„Mit seinem Sohn arbeite ich ja zusammen. Jack war in einer Zeit für mich da, wo ich kaum jemanden an mich herangelassen habe. Er hat mich mit offenen Armen empfangen. Als ich dann gesehen habe, wie liebevoll er seine Frau umsorgt, da wusste ich, dass er kein schlechter Mensch sein kann." Er atmet kurz tief durch. „Er macht ihr jeden Morgen einen Bagel, dafür fährt er immer zur Cakery nach Clarcton, kauft dort einen und bereitet ihn zuhause für sie zu. Wenn sie aufsteht, steht dann das Frühstück bereit und auch eine Tasse ihres Lieblingstees."

Wenn ich mir das vorstelle, spüre ich ein sehnsüchtiges Ziehen in meinem Herzen, und ich fasse mir an die Brust. „Das wünscht sich wohl jeder, und ich habe dem Mann jetzt auch noch fast alle Möbel abgekauft. Die Küche hat er mir einfach geschenkt!"

Matthew nickt. „Das mit der Küche war auch notwendig. Ich sehe deinen Laden schon vor mir. Eine helle

Tapete würde einen tollen Kontrast zu den Möbeln bilden." Er zwinkert mir zu, und ich spüre die Röte in meinen Wangen.

Da ist er. Der Mann, der mich ohne Worte versteht und mich bei meinem Traum unterstützt, obwohl er mich nicht kennt. *Es ist sein Job*, flüstert die Stimme in meinem Kopf. Sie hat recht. Ich kann mir nicht erlauben, mich auf ihn einzulassen. Ich habe keine Zeit, mich jetzt auch noch in einen Feuerwehrmann mit Helfersyndrom zu verlieben. Auf gar keinen Fall.

„Morgen kann ich nicht. Wir haben Inventur auf der Wache, und der Fire Chief kommt zur Prüfung."

„Das klingt wichtig, oder?"

„Ja. Er ist der Boss unseres Chefs. Es ist ein wichtiger Anlass, und man ist immer ein bisschen nervös."

„Ich bin mir sicher, du bekommst das hin. Beziehungsweise ihr als Team. Wir sehen uns ja spätestens am Freitag", sage ich. Es sind noch drei Tage bis dahin.

„Stimmt. Bis dahin hole dir bitte etwas zu Essen und nutze nicht die Mikrowelle."

Ich boxe ihm gegen den Oberarm. „Die ist doch kaputt. Ich werde es bis dahin aushalten, und anschließend habe ich eine tolle Küche."

Ich denke an Jacks Antwort an meine Frage nach dem Preis: „Du kümmerst dich einfach ein wenig um Matt und gibst mir, was du erübrigen kannst."

Ich habe dann eine Summe aus ihm herausgekitzelt, die wirklich lächerlich ist. Aber ich freue mich natürlich, keine Frage. Ich werde ihn mal besuchen fahren und seiner Frau und ihm etwas aus der Cakery mitbringen. Da würden sie sich bestimmt riesig freuen.

„Wenn wir die Küche aufgebaut haben, kannst du gerne zum Essen bleiben, wenn du magst." Mein Vorschlag kommt spontan, und ich kann die kleinen Schmetterlinge in meinem Bauch nicht leugnen.

Er sieht mich überrascht an, und ich kann nicht glauben, dass ich das wirklich gesagt habe. Das klingt nach einer Verabredung. *Clarissa, kannst du nicht einmal die Klappe halten?*

Seine Lippen ziehen mich fast magisch an, sein Lächeln sorgt für eine Gänsehaut auf meinen Armen, und ich erkenne mich selbst nicht wieder.

„Das wäre schön."

Mein verräterisches Herz fängt an zu klopfen wie verrückt.

Mit vollgeschlagenem Magen relaxe ich am Nachmittag auf meiner Luftmatratze. Ami schläft friedlich neben mir. Matthew ist vor einer Stunde gegangen, und seitdem bin ich einfach völlig fertig von dem aufregenden Tag. Ich kann nicht glauben, wie gut es läuft. In einigen Tagen werde ich in meinem neuen, gemütlichen Bett liegen. Nächste Woche kommen die Lieferanten, und dann kann es schon fast losgehen. Morgen werde ich mich darum kümmern, die Tapeten zu entfernen. Das wird ein wahrer Knochenjob. Schon jetzt kann ich es kaum erwarten, Matthew am Freitag wiederzusehen. Es ist fast schon komisch, wie wohl man sich mit einem Menschen fühlen kann, den man noch nicht einmal achtundvierzig Stunden kennt.

Gleichzeitig habe ich Angst, mich in etwas zu verrennen, das gerade nicht in mein Leben passt. Ich brauche keine Liebesgeschichte. Ich selbst bin genug. Klar, sehne ich mich manchmal nach einer Beziehung. Aber die Verwirklichung meines Traumes von der Selbstständigkeit steht weit oben, direkt nach meiner Familie und natürlich Ami.

Apropos Familie. Ich nehme mein Smartphone in die Hand und starte die Videotelefonie. Dad. Ich brauche jetzt sein rationales Denken, um mich wieder auf den Boden der Tatsachen zurückzuholen. Bevor ich wegfliege und dabei vergesse, was ich wirklich möchte. Den Petshop.

„Clarissa. Wie war dein Tag?" Dad sieht entspannt aus und hat sein stets freundliches Lächeln auf den Lippen.

„Ich habe gestern Nacht fast mein Haus abgebrannt mit einer Mikrowelle. Heute habe ich Möbel gekauft und bin eigentlich schon viel weiter als erwartet. Die Lieferung kommt nächste Woche." Die Worte sprudeln nur so aus mir heraus.

Er sieht stolz aus. „Das klingt doch gut, bis auf die Sache mit der Mikrowelle." Ich verkneife mir ein Grinsen.

„Brauchst du etwas?"

Ich schüttele den Kopf. „Matthew und ich holen am Freitag eine Küchenzeile ab. Wir waren heute bei einem Jack, der seinen Laden auflöst. Da habe ich fast eine gesamte Einrichtung gefunden. Selbst die Maße passen, denke ich." Vor lauter Begeisterung habe ich nicht nachgemessen, das hätte niemals passieren dürfen. Was ist nur mit mir los?

„Wer ist Matthew?", höre ich Li im Hintergrund fragen. Natürlich. Die weibliche Intuition. Ich weiß genau, dass mein Vater Männernamen in meinem Leben schon immer lieber überhört hat.

„Einer der Feuerwehrmänner, die den Brand gelöscht haben. Sie bieten so eine Art Nachbarschaftshilfe an, und er unterstützt mich beim Laden."

Dads Gesicht verzieht sich. „Von mir willst du keine Hilfe annehmen, aber von einem Feuerwehrmann?" Er wirkt enttäuscht, und es versetzt mir einen Stich.

„Dad. Du weißt genau, dass du langsam machen sollst. Ich verspreche dir, mich zu melden, wenn ich dich brauche." Und wenn es nicht mehr anders geht, ergänze ich stumm. Ich möchte ihn doch nur schützen.

„Gut. Du bekommst das hin. Ich mache mir dennoch Sorgen. Du willst jetzt eine Woche auf einer Luftmatratze schlafen? Ich kann dir dein Bett vorbeibringen." Ich hätte ihm niemals ein Foto von mir auf der Matratze schicken sollen. Mein Jugendzimmer in Dads Haus sieht noch immer so aus wie damals, ehe ich mit zwanzig in meine erste eigene Wohnung gezogen bin. „Unsere Tür steht immer offen, egal wann du zurückkommen willst."

„Danke, Dad. Alles in Ordnung – vielleicht klappt es ja auch schon früher mit dem Bett, ich bekomme das hin." Er murrt und wirkt nicht zufrieden, aber er muss jetzt nicht rund zehn Stunden Fahrt auf sich nehmen, nur um mir mehr Liegekomfort zu ermöglichen.

„Ich hab euch lieb", verabschiede ich mich von Dad und Li, die sich mittlerweile neben meinen Vater gesetzt und den Kopf auf seine Schulter gelegt hat. Sie winken mir noch fröhlich in die Kamera, doch ich sehe, dass meinen Dad etwas beschäftigt. Ich erinnere mich an Matthews Worte. Wahrscheinlich hat er Recht, und mein Vater will mich nur beschützen.

# Kapitel 14 – Matthew

Kaum komme ich zuhause an, springt mir Riley schon in die Arme. Heute drücke ich sie noch fester an mich als sonst. Die Lüge Clarissa gegenüber liegt mir noch immer schwer im Magen. Wie konnte ich nur meine Tochter verleugnen? Ich bin ein schlechter Vater und kann im Nachhinein nicht einmal mehr sagen, warum ich das getan hab.

Aber nun ist es zu spät. Das Kind ist in den Brunnen gefallen. Eine Lüge straft das Leben. Mir würden noch tausend Floskeln einfallen. Ich bin einfach übers Ziel hinausgeschossen, und nun stecke ich tief im Mist.

„Wie war dein Tag, Daddy?" Riley sieht mich an und streicht dabei über Luckeys Ohren. „Ihr hattet einen tollen Tag, nicht wahr?", fragt sie den Husky. Er wedelt aufgeregt mit dem Schwanz, was man eindeutig als *Ja* identifizieren kann.

„Ich habe einer Frau geholfen, Dinge für ihren Laden auszusuchen."

„Aber Dad, du bist doch Feuerwehrmann."

Unrecht hat mein Mädchen nicht. Kurz erkläre ich Riley alles, dann gehen wir zu Mags, die gerade ein Kreuzworträtsel auf der Couch löst. Sie sieht auf, und Besorgnis zeichnet sich auf ihrer Miene ab.

„Du bist heute früher zuhause. Alles in Ordnung?"

Ich nicke nur und winke ab. „Nicht so viel Arbeit."

Riley macht es sich auf meinem Schoß bequem, sie hat eine Papierkugel in der Hand, die sie mir nun entgegenstreckt.

„Ich muss mit dir reden, Dad." Sie klingt so erwachsen, und ich höre ihr aufmerksam zu. „Im Kindergarten wird eine Mädchen-Eishockeymannschaft gegründet. Darf ich, Dad? Darf ich?"

Sie hibbelt nervös hin und her. Ich nehme die Kugel und streiche das Papier glatt, die Buchstaben sind jetzt schwieriger zu lesen. Zweimal Training die Woche, erst einmal keine Turniere, sondern nur zum Spaß. Ich möchte nicht, dass die Welt meiner Tochter sich nur noch um Sport dreht. Sie soll viele verschiedene Dinge ausprobieren, die sie interessieren.

Ich habe in meiner Kindheit nicht so gute Erfahrungen in dieser Hinsicht gemacht. Mein Vater wollte unbedingt, dass ich Basketball spiele. Ich habe mich nie für diese Art von Sport interessiert. Doch er konnte als Kind den Sport wegen einer Meniskusverletzung nicht ausüben. Sein Traum war noch immer so sehr in seinem Kopf verankert, dass er es nicht verstanden hat, dass ich kein Interesse hatte. Ich war wöchentlich fast täglich trainieren. Recht machen konnte ich es ihm dennoch nicht, ich war nie gut genug.

Auch wenn ich das nicht von meiner Tochter verlangen würde, habe ich Angst, dass Riley sich in diesem Sport verrennt. Ich werfe all meine Gedanken über Bord und stimme zu; sie scheint für die Sache zu brennen, und ich möchte ihr nicht im Weg stehen. „Natürlich, mein Schatz." Die Freude in ihren Augen ist alles wert, was ich mir nur vorstellen kann.

„Wir müssen mir eine Ausrüstung besorgen, Daddy." Das habe ich wohl überlesen, das kommt davon, wenn man Texte nur überfliegt. Die Hälfte des Inhalts kommt nicht im Hirn an. Ich nicke nur.

Dem Menschen, der die Inventur und die Inspektion auf einen Tag gelegt hat, gehört reichlich Feuer unterm Hintern gemacht. Ach richtig, das war ja mein supertoller Chief. „Matt, du siehst so unentspannt aus. Dabei hat mein Dad erzählt, wie gut die Frau aussieht, die den neuen Laden eröffnen will. Wie hieß sie nochmal? Larissa?" Lane.

Manchmal hasse ich seine direkte Art.

„Clarissa", murre ich und zeige ihm den Mittelfinger.

„Du hättest erwähnen können, wie schön sie ist, dann wäre ich persönlich bei der Ladenbesichtigung dabei gewesen."

Ich weiß genau, dass er mich nur aufzieht, dennoch bringt es mein Blut zum Kochen. „Halt den Rand, Lane", knurre ich.

Er lacht und haut mir auf die Schulter. „Ich bin sehr gespannt wie die Möbel meiner Eltern in ihrem Laden aussehen werden. Mein Dad ist auf jeden Fall heilfroh, dass bei sich bald alles geräumt ist. Es ist für ihn dann leichter, damit abzuschließen. Obwohl ich mir vorstellen kann, dass es schwer für ihn wird."

Ich nicke. Gestern hat mich Clarissa so sehr abgelenkt, dass ich gar nicht daran gedacht habe, wie es Jack wohl damit gehen wird, und vor allem habe ich vergessen, mich nach seiner Frau zu erkundigen.

Clarissa bringt mich wirklich aus dem Konzept.

Ich muss es schleunigst nachholen. „Wie geht es ihr denn? Und wie kommt dein Dad mit allem klar?"

Er weiß sofort, dass ich von seiner Mutter spreche. Seine Mundwinkel sinken nach unten. „Sie wird immer schwächer. Vor einem Jahr waren sie noch auf Kreta und haben am Strand getanzt, und jetzt ist es manchen Tag nicht einmal möglich, sie aus dem Bett zu holen. Dad belastet es stark, aber du kennst ihn. Er redet nicht darüber."

Der Schlaganfall war heftig, hat uns alle erschüttert. Lane ist noch nie so neben der Spur gewesen wie damals, also habe ich ihm Zeit freigeschaufelt, wo ich nur konnte. All das haben er und die anderen nach Mayas Tod auch für mich getan. „Ich sage dir nicht, dass alles gut wird. Aber es wird besser werden", murmele ich und lege Lane eine Hand auf die Schulter. „Lass uns jetzt erst einmal die Schläuche neu rollen und uns dann umziehen." Lane lenkt vom Thema ab, und ich merke, dass er nicht weiter darüber reden will. Das ist in Ordnung.

Heute wird ein wichtiger Tag.

Wir stehen in unseren Uniformen zwischen den Feuerwehrautos aufgereiht nebeneinander. Die schwarze Krawatte habe ich zu eng gebunden, das Jackett saß auch schon mal besser. Es hat sechs Knöpfe auf dem Bauch, alle sind geschlossen. Die Schirmkappe auf meinem Kopf trägt das Logo unseres Departments. Auf meiner linken Brust prangt mein Name.

„Es ist mir eine wahrlich große Freude, Sie alle wiederzusehen. Die Inspektion war tadellos, allerdings ist mir zu Ohren gekommen, dass eine Art Nachbarschaftshilfe angeboten wird." Der Boss marschiert zwischen uns her und macht die Nervosität damit noch größer.

Ich zucke innerlich zusammen. Er wusste nichts davon? Ich trete gerade vor, da kommt mir Lane in die Quere. „Das ist richtig, Sir. Die Ressourcen sind aktuell da und die Rückmeldungen großartig. Wir haben schon jetzt die Spendenzahl verdoppeln können.“

„Wir packen alle mit an, Dad.“ Bryan. Nur selten nutzt er die Dad-Karte. Er weiß genau, dass er der Liebling ist. Wir haben ihn nie gebeten, sich für uns beim Chef einzuschleimen, aber manchmal ist es hilfreich.

„Wenn die Wache nicht darunter leidet, dann billige ich das. Sollte ich einmal hören, dass Sie sich verspäten aufgrund einer Dienstleistung, dann war es das.“

Wir nicken, und ich bin erleichtert. Dieser Mann ist kein böser Mensch. Er wirkt auf viele ruppig, auch auf mich. Aber wir wissen alle, dass auch er seine Frau verloren hat. Allerdings schon bei Brys Geburt. Es gab eine Komplikation. Seine Mutter konnte gerade noch die Ärzte anflehen, das Baby zu retten, bevor sie für immer die Augen schloss. Ich kann mir nicht vorstellen, wie schlimm es ist, wenn die Geburt deines Kindes auf den Todestag deiner Frau fällt.

„Matthew, hast du noch eine Sekunde?“ Warum will der Chief mich sprechen? Wir gehen in Lanes Büro, da der Chief mehrere Wachen betreut und hier kein eigenes hat. Lanes dagegen ist das größte von allen, immerhin verbringt er verdammt viel Zeit hinter dem Schreibtisch.

Noch ein Grund, warum ich mit meiner derzeitigen Position zufrieden bin.

„Bryan hat mir von dem Wohnungsbrand erzählt. Danke, dass du eine schützende Hand über ihn hältst.“ Ich bin verwundert. Ich glaube, so nett war dieser Mann noch nie zu mir. „Kein Problem. Er ist noch in der Ausbildung, er soll langsam lernen.“

„Du bist ein guter Mann, Matthew. Dein Verlust hat dich allerdings zu einem sehr alten Menschen werden lassen. Pass auf, dass du deine Jugend nicht verlierst. Du bist keine achtzig Jahre alt, auch wenn die Ringe unter deinen Augen darauf schließen lassen könnten.“

Wie? Ist er jetzt auch noch mein Vater? Warum wollen mich alle bemuttern? Als wäre die Trauer nicht genug – das Mitleid ist viel schlimmer. Das sollte vor allem er verstehen. Ich möchte gerade antworten, als er mir ins Wort fällt. „Ich habe damals niemanden gehabt, der mir die Wahrheit ins Gesicht gesagt hat. Sieh, was aus mir geworden ist. Die Mannschaft hat Angst, wenn ich vorbeikomme. Das liegt nicht nur an meiner Position. Ich weiß, dass ich ein Griesgram geworden bin.“

Ich habe keinen blassen Schimmer, was ich darauf antworten soll. Erstens bin ich schlecht darin, Mitgefühl auszudrücken, ohne dass es zu Mitleid wird. Und zweitens ist dieser Mann, der mir gerade einen halben Seelenstriptease auf dem Silbertablett serviert, mein Vorgesetzter. Ich ringe nach Worten. „Das stimmt nicht“, platzt es aus mir heraus. Schon wieder eine Lüge, aber diese ist in Ordnung. Manchmal ist es besser, man schwindelt einen Menschen an, als ihn zu verletzen. „Trauer verändert uns alle. Manche mehr und manche weniger. Jeder versteht Ihre persönliche Situation. Die Inspektionen sind für keinen ein Zuckerschlecken.“

Er nickt. „Danke, Matthew. Das ist sehr nett von dir. Pass ein wenig auf Bryan auf. Wenn dann bald Lanes Stelle frei wird, behalte ich dich im Auge.“

Was zum Teufel will er mir damit sagen? Lane ist der Chief. Ich komme nicht mehr dazu nachzufragen, da hat er das Büro schon verlassen. Ich bleibe verwirrt zurück. Hat mir Lane etwas verschwiegen?

Die ersten Schneeflocken schweben über den Rocky Mountains. Es sind nur einzelne, und Riley fängt die eine oder andere mit ihrer Zunge. Sie liebt den Winter.

Wir sind unterwegs, um Ausrüstung für das Eishockey zu kaufen. Ich habe keinen blassen Schimmer, wie teuer der Spaß wird, kann mir jedoch bereits denken, dass es nicht zu den günstigen Anschaffungen gehört. Es macht meine Kleine allerdings glücklich, und das ist mir alles Geld der Welt wert.

„Dieses Jahr schneit es früh, oder Daddy?" Wann ist dieses Kind so aufmerksam geworden? „Im Kindergarten haben sie sich erschrocken, weil schon Flocken kommen. Frau Holle ist wohl genervt von dreckigen Betten."

Da hat sie wohl recht. Seit wir diese Geschichte gelesen haben, hat sie es nicht vergessen. In jedem Winter sieht sie nach oben und ruft: „Mehr schütteln, Frau Holle! Biiiitteee!" Ich liebe dieses Kind mit jeder Faser meines Körpers.

Wir betreten das Sportgeschäft. Laut Google gibt es hier auch eine Eishockeyecke. Es ist gar nicht so leicht, einen passenden Shop zu finden. Ich möchte, dass Riley eine ordentliche Ausrüstung bekommt und ausreichend geschützt ist. Oft genug hört man von Sportunfällen, die nicht gut enden. Ich kann noch immer nicht glauben, dass mein kleines Mädchen Interesse an Eishockey hat. Hätte sie sich nicht einfach mit Malen beschäftigen können oder irgendetwas anderem? Ich werde zum Glück aus den Gedanken eines Helikoptervaters gerissen.

„Herzlich willkommen. Kann ich Ihnen helfen?" Eine junge Dame kommt auf uns zu. Sie trägt lockere Sportbekleidung und hat lange schwarze Haare.

Riley hüpft in die Höhe. „Ich darf Eishockey spielen und brauche ganz viele Sachen!"

Heute hat sie im Kindergarten die Liste bekommen, und mir sind fast die Augen aus dem Kopf gefallen. Zwei Seiten lang. Riley drückt der Dame den Zettel in die Hand, und ich zucke mit den Schultern.

„Haben Sie sich ein Budget gesetzt?"

Ich winke ab.

Zwei Stunden später bereue ich es, dass ich die Verkäuferin habe machen lassen. Meine Tochter ist überglücklich, der Geldbeutel leer und das Auto bis zum Rand voll. Wäre die Ausrüstung von Dauer, würde ich nichts dagegen sagen, jedoch wächst dieses kleine Mädchen minütlich. Ich freue mich schon darauf, in ein paar Monaten alles neu kaufen zu müssen. Sie hat sich vor allem für dunkle Lilatöne entschieden. Ihre Schlittschuhe sind eine Sonderlackierung mit Paw-Patrol-Motiv. Ich habe das Doppelte bezahlt, weil diese Hunde darauf sind, aber das kenne ich bereits. Mit Schlittschuhen habe ich jedoch nicht gerechnet. „Du wirst eine tolle Eishockeyspielerin sein."

Ich sehe zu Riley, doch es war anstrengend, und sie ist eingeschlafen. Jetzt ähnelt sie ihrer Mutter noch mehr. Sie grunzt leise im Schlaf, genau wie Maya. Ich brauche Luft.

Vom Sportgeschäft zurück nach Hause dauert es ungefähr fünfzig Minuten. Wenn man in der Kleinstadt lebt, muss man für Qualität oft weit fahren. Aber das nehme ich gerne in Kauf für die Ruhe, die hier herrscht.

Auf halber Strecke lege ich eine Pause ein. Hier ist ein kleiner Parkplatz, in dessen Nähe ein See liegt. Ich schließe ab und gehe die wenigen Schritte. Dabei bleibe ich in Sichtweite, sodass Riley mich entdeckt, wenn sie aufwacht. Ich glaube es allerdings nicht, sie war heute nur unterwegs. Das ist anstrengend für dieses kleine Mädchen.

Ich bleibe auf dem Steg stehen; die Schneeflocken fallen noch immer langsam. Es sind nur einzelne, als hätten sie sich verlaufen und würden den Weg zurück nicht mehr finden. Sie tanzen einen langsamen Walzer, wiegen sich in ihrer eigenen Melodie. Ich hatte nie viel mit dem Winter am Hut. Es ist nicht meine Jahreszeit. Ich wärme mich lieber in der Sonne. Dann habe ich *sie* kennengelernt. Sie hat den Winter geliebt, die Schneeflocken gefangen und mir so oft erklärt: „Jede ist einzigartig – kannst du glauben, was die Natur da erschafft? Unikate."

Sogar eine kleine Schneeflocke hatte sie an ihrem Knöchel tätowiert. Im Winter habe ich das Gefühl, dass Riley ihrer Mutter noch mehr ähnelt. Sie hat die Liebe für Schnee eindeutig von ihr. Demnach tut es in den letzten Monaten des Jahres noch mehr weh. Wenn die Kälte kommt, dann schlingt sich die Trauer zusätzlich um mich, als wäre die Eiszeit nicht genug. Ich lege meine Hand auf den kalten Steg. Der See gefriert bereits, und ich ahne, dass das eine oder andere Kind beim Spielen einbrechen wird. Ich musste schon zusehen, wie sie dann reanimiert worden sind. Genau deshalb, wahrscheinlich Berufskrankheit, habe ich Riley immer verboten, auf einem zugefrorenen See zu laufen. Dabei ist es mir egal, wie viele Leute schon auf dem Eis sind und wie oft es gut gegangen ist.

Ich kann nicht noch einmal jemanden verlieren. Das würde ich nicht schaffen, der Schmerz ist groß genug.

Ich habe das Gefühl nicht atmen zu können, also greife ich zu meinem Telefon. Kurz sehne ich mich nach Clarissas Stimme, die mir sagt, dass alles wieder gut wird. Schnell verwerfe ich die Idee. Ich kann ihr nicht zeigen, wie geschädigt ich bin, und vor allem kenne ich sie kaum. Also rufe ich die zweite Person an, die mir einfällt.

Jack nimmt sofort ab. „Was ist los? Wo bist du?" Seine sonst so ruhige Stimme ist in Aufregung. Mein Atem geht zu schnell, das Gefühl der Enge in meiner Kehle nimmt überhand. Es ist eine Panikattacke, die ich immer wieder habe nach dem Verlust. Ich kann ihm nicht antworten.

„Du musst atmen. Wir machen das zusammen, okay?"

„Okay", antworte ich, mehr bekomme ich nicht zustande. Nun hat er wieder die Ruhe angenommen, die ich brauche.

Ich nicke, auch wenn ich weiß, dass er es nicht sieht. Ich ringe nach Atem.

„Ein und aus. Schön langsam in meinem Rhythmus. Konzentriere dich nur auf meine Stimme, Matthew."

Wir atmen gemeinsam. Jack gibt mir den Halt, den ich in diesem Moment brauche. „Es geht wieder", hauche ich nach gefühlten Ewigkeiten. Ein *Danke* kommt mir nur stumm über die Lippen.

„Was war der Auslöser?"

Ich suche nach Worten. Jack versucht immer zu analysieren, was die Attacken auslöst. Wir haben gemeinsam Tagebücher geführt und die Situationen erläutert. Er ist kein Psychologe und ersetzt ihn nicht. Ich kann mir allerdings nicht eingestehen, dass ich professionelle Hilfe brauche. Es gab viele Momente, in denen alles aussichtslos war und ich nicht mehr weiterwusste. Meine Welt war oft in dunkles Grau gehüllt, doch vor dem tiefen Schwarz habe ich mich immer selbst gerettet. Oder mit Jacks Hilfe. Außerdem schläft im Wagen noch eine kleine Seele, die mich in ihrem Leben braucht. Nie könnte ich es zulassen, meinem Schwarz zu erliegen und dann zu ertrinken.

Bei Rileys Geburt habe ich geschworen, sie mit jeder Faser meines Körpers zu beschützen. Und das werde ich tun, egal, wie laut die Dämonen auch nach mir rufen.

# Kapitel 15 – Clarissa

Ich habe mir ausnahmsweise keinen Wecker gestellt, doch Ami schleckt pünktlich um sieben Uhr einmal quer mit ihrer Zunge über meine Wange. Wer braucht schon eine Alexa, wenn man einen Hund hat?

Ich raffe mich auf; es ist kalt in der Wohnung. Ich bin nachts kein großer Fan von Heizungsluft, das vertrage ich kaum. Bei meinem Dad damals wurde immer mit dem Kamin geheizt. Das Knistern von Holz ist unbeschreiblich gemütlich. Wie oft saß ich mit dem Tablet davor, eingekuschelt in eine dünne Decke, und habe an meinen Entwürfen gearbeitet?

Ich ziehe mich an und sehe aus dem Fenster. Heute sind die Schneeflocken schon mehr geworden. Ich weiß noch nicht, was ich von dem Winter halten soll. Er ist heimtückisch, man kann ihn nicht einschätzen. Wenn er wütend ist, kann er ganze Ortschaften lahmlegen. Ist er gut aufgelegt, dann ist er wahrlich wunderschön. Ich seufze.

Irgendetwas in mir sehnt sich nach einer besseren Hälfte, mit der ich lange Spaziergänge machen kann. Die Landschaft entdecken, gemeinsam lachen und Schneemänner bauen. Irgendwo in mir scheint noch immer das kleine Mädchen voller Hoffnung auf die große Liebe zu stecken. Bisher hatte ich stets nur kurze Beziehungen, und keine davon würde ich als *wahr* bezeichnen. Ich habe immer meine Karriere an die erste Stelle gestellt. Ich glaube, ich bin einfach das komplette Gegenteil einer Märchenprinzessin.

Ich heirate irgendwann meinen Hund. Ich meine ...
*Love is Love.*

Ich schnappe mir Ami, und wir gehen eine große Runde durch den Park. Ich liebe die Luft in Clarcton. Durch die vielen lächelnden Personen, denen ich begegne, fühle ich mich nicht einsam hier in der neuen Stadt. Es ist ein Neuanfang und schon jetzt ein Zuhause, dafür bin ich dankbar. Ich muss unwillkürlich an Matthew denken. Übermorgen sehe ich ihn bereits wieder, doch irgendwie vermisse ich ihn. Das ist seltsam. Wir haben uns bisher zwei Mal gesehen. Er hat eine Art an sich, die es mir erlaubt, ehrlich zu sein. Er bringt mich oft zum Lachen, und das ist toll.

Mein Handy vibriert, und als ich drauf sehe, bin ich fast enttäuscht, *Amelia* zu lesen und nicht Matts Namen. Ich habe ihn liebevoll mit einem Feuerwehrauto-Emoji versehen.

Wir dürfen heute nach Hause! Ich wollte dir Bescheid geben. :)

Ich lächle, denn auf dem mitgeschickten Bild sieht Amelia mit ihren Zwillingen auf dem Arm unfassbar müde aus. Gleichzeitig hat sie ein Strahlen in den Augen.

Das freut mich ja riesig! Ich fange heute an zu renovieren!

Ich setze ein Emoji dahinter, das motivierter aussieht, als ich mich fühle.

Magst du am Abend zum Essen vorbeikommen? Ich weiß, wir kennen uns nicht so gut, aber ich würde mich sehr freuen.

Ich bin aufgeregt, als ich ein *Ja, super gerne* tippe.

Das bedeutet, ich muss noch in die Stadt fahren und Geschenke für die Zwillinge besorgen. Wahrscheinlich komme ich dann heute doch nicht zum Renovieren. Trotzdem merke ich, dass ich einfach glücklich darüber bin, Kontakte zu knüpfen und Freundschaften aufzubauen. Etwas, was ich mir lange nicht erlaubt habe, weil ich nur gearbeitet habe. Ich bin nicht gut darin, Freundschaften zu pflegen, mich regelmäßig nach dem Befinden der anderen zu erkundigen. Vielleicht habe ich es nie gelernt, weil ich schon in der Schule eine Einzelgängerin war mit meinem Tagebuch in der Hand, in das ich gezeichnet habe. Aber jetzt bin ich bereit dafür. Dieser Ort hier ist einfach magisch.

Zwei Stunden später stehe ich in einem Babyfachgeschäft und werde von der Auswahl erschlagen. Wozu braucht man denn millionenfache Ausführungen von Spucktüchern? Ich bin einfach nur verwirrt, irritiert und vor allem überfordert. Am liebsten würde ich laut nach Hilfe rufen, doch ich reiße mich zusammen. In diesem Laden bekomme ich keine Muttergefühle, sondern den Drang, schnell wieder zu flüchten. Natürlich finde ich Kinder niedlich, aber ich weiß noch nicht, ob ich irgendwann eigene haben möchte. Ich muss mir immer mal wieder Dads Seitenhiebe anhören, dass er sich Enkelkinder wünscht. Da ich ein Einzelkind bin, bleibt ihm keine andere Option, als mir damit auf die Nerven zu gehen. Ich finde es einfach unfassbar schwer, mich mit solchen Fragen zu beschäftigen, die das ganze Leben verändern. Ich bin nun selbstständig und habe eine Menge Verantwortung an der Backe. Wie soll das mit einem kleinen Kind funktionieren? Außerdem habe ich derzeit keinen Partner in Sicht.

Vielleicht verändert sich meine Einstellung zur Liebe. Ich weiß es nicht.

„Kann ich Ihnen weiterhelfen?" Eine Frau kommt auf mich zu, sie muss ungefähr in meinem Alter sein. Sie hat die Hand schützend auf ihren Bauch gelegt, der bereits eine leichte Wölbung zeigt. Welch ein Klischee, dass die Verkäuferin schwanger ist! Irgendwas in mir wünscht sich das auch, aber ein anderer Teil sträubt sich dagegen.

Ich nicke. „Freunde von mir haben Zwillinge bekommen. Sie sind nun eine Woche alt und dürfen heute nach Hause."

Sie hebt wissend die Augenbrauen. Ich kenne die Namen der Babys beiden nicht, also sind personalisierte Geschenke schon einmal raus. Eigentlich weiß ich gar nichts über Jeremia und Amelia. Außer, dass sie das Sinnbild der wahren Liebe sind, deren Höhepunkt nun die Zwillinge darstellen. Naja, und dass Amelia ihn noch nicht geheiratet hat und Jeremia das total stört. Ach so – und sie sind absolute Meister darin, ihre Kunden zum Zunehmen zu motivieren, weil man bei ihren Törtchen auf die Kalorien pfeift.

„Haben Sie sich Gedanken gemacht? Wissen Sie, was die beiden noch benötigen?" Ich verneine mit einem Kopfschütteln beide Fragen.

Wir gehen durch die Gänge, und ich lerne Begriffe, die ich zuvor noch nie gehört habe. Ich sehe Milchpumpen und Babyschalen, die mir eine Heidenangst einjagen. Sofort ziehen sich meine Nippel zusammen, als würden sie nach Hilfe rufen: *Bitte tu mir das nie an!*

Ich muss grinsen. Es dauert eine Stunde, bis ich den Laden verlasse. Ich habe eine riesige Windeltorte gekauft, in der Beißringe, Schnuller und zwei Rasseln versteckt sind. Dabei habe ich mich für neutrale Farben entschieden. Immerhin kann man jetzt doch noch nicht wissen, wofür das Herz der Babys schlagen wird. Ich bin kein Fan davon, dass ein Junge unbedingt Blau tragen muss und die Mädchen sich in Kleidern wohlfühlen sollen. Ich hoffe, Amelia und Jeremia freuen sich. Für die beiden besorge ich nun auch noch etwas Schönes – und da habe ich eine ganz tolle Idee.

Das Auto ist voll, und es ist bereits Mittag. Ich habe noch ein paar Stunden Zeit, bis ich die zwei besuche. Und die werde ich nutzen! Also trödle ich zuhause nicht herum, sondern schwinge mich direkt in alte Klamotten: eine Jogginghose, die ich bereits als Teenagerin immer getragen habe. Sie geht mittlerweile nicht mehr bis zu den Knöcheln und ist total ausgebleicht. Dazu trage ich einen von Dads alten Pullovern. Dann kann es losgehen. Ich nehme den Karton des gelben Dampftapetenablösers und öffne ihn. Das Gerät ist kleiner als erwartet. Ich lese mir die Gebrauchsanleitung durch, das klingt einfach, das bekomme ich hin. Ich stecke mir die Kopfhörer in die Ohren und lasse das Gerät aufheizen. Es erzeugt Wasserdampf, sodass man die Tapeten leichter lösen kann. Ich habe davon zum Glück im Internet gelesen und mir das Hilfsmittel im Baumarkt gekauft. Ich bin nervös und gleichzeitig voller Vorfreude. Schnell schieße ich ein Foto und poste es in meine WhatsApp Story: *Los gehts! #renovierung*

Nachdem der Dampftapetenablöser heiß gelaufen ist, schießt Wasserdampf heraus auf der Öffnung, die mich an einen Spachtel erinnert. Ich knie mich auf den Boden und fahre damit über die Wand. Schnell sind die ersten Stellen befeuchtet, und ich ziehe den Stecker aus der Steckdose. Ich nehme mir die Spachtel, die ich zum Ablösen benötige, und schon ist das erste Ministück Tapete Geschichte. Die Euphorie, die durch meine Adern pumpt, ist in diesem Augenblick mit nichts anderem zu vergleichen. Das Gerät hilft mir super und macht es leichter. Wenn ich daran zurückdenke, wie ich damals mit meinem Dad renoviert habe ... das war eine absolute Katastrophe. Wir haben mit Lappen die Tapeten angefeuchtet. Da ist dieses Gerät, das ich liebevoll Wall-E getauft habe, tausendmal besser. Immerhin ist es genauso magisch wie ein kleiner Roboter, der die Welt aufräumt. Mein Handy vibriert. Eine Nachricht von Dad. Schon wieder spüre ich eine leichte Enttäuschung, dass es nicht Matthew ist.

Viel Erfolg, mein Schatz.

Ich lächle und antworte kurz mit einem *Danke*, bevor ich die Musik wieder aufdrehe und weitermache.

Nach kurzer Zeit bin ich verschwitzt von der Hitze des Wasserdampfes, meine Klamotten sind feucht, ebenso meine Haare. Es funktioniert zwar super, doch allein ist man einfach nicht schnell genug – die Hälfte der Tapeten trocknet wieder an, ehe ich sie lösen kann. Es ist einfach nervig. Dennoch habe ich eine Wand geschafft, als mein Wecker klingelt. Ami hat die ganze Zeit entspannt geschlafen. Heute Abend werde ich sie allein lassen, denn ich weiß nicht, wie Amelia und

Jeremia mit ihren Babys sind. Ich glaube, als Nicht-Hundebesitzer ist es einfach komisch, wenn ein Tier in die Nähe der Neugeborenen kommt. Deshalb lasse ich Ami zuhause und drehe zuvor noch eine Runde mit ihr. Anschließend gehe ich zurück in die Wohnung und sehe mich um. Ich bin stolz auf mich, endlich angefangen zu haben. Morgen früh geht es dann weiter. Ich blicke noch einmal auf mein Handy, bevor ich mich aus den Klamotten schäle. Ein kleines Feuerwehrauto blinkt mir entgegen.

Wie lief es denn? Ich hoffe es ging einigermaßen.

Matthew. Meine Finger zittern leicht, als ich antworte.

Ich habe eine Wand fertig. Zum Glück habe ich mir ein Dampfgerät gekauft. Wie war die Inspektion?

Sie war gut. Ein bisschen verwirrend. Was hast du heute noch vor?

Ich lächle, denn er klingt wirklich interessiert.

Ich gehe zu Amelia und Jeremia. Ihnen gehört die Cakery in Clarcton. Sie haben Zwillinge bekommen und mich zum Abendessen eingeladen. Was steht bei dir an?

Es fühlt sich komisch an, jemandem von meinem Tag zu erzählen, der nicht zu meiner Familie gehört. Normalerweise sind mein Dad und Li die Einzigen, die sich dafür interessieren. Aber das reicht mir auch vollkommen.

Ich fahre noch in die Stadt, ein bisschen was besorgen. Ich freue mich schon auf Freitag.

Mein Herz schlägt wie verrückt, als ich meine Antwort tippe.

Ich mich auch. Was magst du denn gerne essen?

Überrasch mich.

Ich habe keinen blassen Schimmer, denn meine Kochkünste sind begrenzt. Aber Amelia und Jeremia haben bestimmt eine Idee.

Ich habe mich umgezogen und trage ein Longsleeve zu einer Jeans.

Die zwei wohnen über der Cakery, und ich schmunzele, als Jeremia mir die Tür öffnet. Er ist kaum wiederzuerkennen. Seine Haare sind verstrubbelt, ein Spucktuch liegt über seiner Schulter, und die Ringe unter seinen Augen erinnern an einen alten Mann. Ich muss mir das Lachen wirklich verkneifen. „Schön, dass du da bist. Amelia kümmert sich gerade um Clarity, und ich habe Louis-Dienst."

Da wäre die Namensfrage auch schon geklärt. Jeremia drückt mich an sich, und ich erwidere seine herzliche Umarmung. Ich ziehe meine Schuhe aus, ehe er mich ins Wohnzimmer führt. Ich stelle die riesige Windeltorte ab, und Amelia und Jeremia sehen mich an. Amelia hat ein kleines Bündel auf dem Arm und stillt es. Was ein wundervoller Anblick. Sie sieht wunderschön aus.

„Du hättest nichts mitbringen müssen. Es war doch eine ganz normale Einladung unter Freunden."

Ich zucke mit den Schultern. „Ich dachte, eine Kleinigkeit für die beiden wäre nett."

„Du darfst dich gerne zu mir setzen."

Ich nehme neben ihr Platz, und sie drückt mir einen Kuss auf die Wange. Ich betrachte das kleine Wesen, und mein Herz schlägt einen Takt schneller.

„Das ist Clarity Anderson. Sie ist die Ältere." Ihre Stimme bekommt einen anderen Klang, als sie von ihrer Tochter spricht.

Ich lächele. „Hallo, Clarity. Du hast einen wunderschönen Namen."

In diesem Moment kommt Jeremia herein. Der kleine Junge auf seinem Arm brüllt wie verrückt, und er sieht leicht verzweifelt aus.

„Möchtest du es mal probieren?" Er sieht mich fast flehend an, und alles in mir sträubt sich. Was passiert, wenn ich dem Baby wehtue? Was mache ich, wenn es noch mehr schreit? Jeremias Blick bohrt sich in meinen, und ich nicke. Er reicht mir einen der wichtigsten Menschen in seinem Leben, vertraut ihn mir an. Ich fühle mich geehrt.

Ich nehme das Bündel in meine Arme, und es ist, als wäre ein tiefer Instinkt in mir geweckt. Ich weiß sofort, dass ich den Kopf leicht stützen muss. Das Baby sieht mich mit seinen tränenverschmierten Augen an. Ich summe leise; es ist das Einzige, was mir immer geholfen hat. *Mary had a little lamb.*

Dieses Lied hat mir meine Mutter vorgesummt, bevor sie auf die schiefe Bahn geraten ist.

Der kleine Mann in meinen Armen verstummt und hört mir zu. Nun singe ich und sehe, wie seine Lider schwerer werden. Jeremia sitzt mir gegenüber und schließt ebenfalls die Augen. Zehn Minuten später habe ich nicht nur Louis in den Schlaf gesungen, sondern auch Jeremia schnarcht leise. Amelia sieht erst mich an und dann ihn.

„Diese kleine Familie ist alles, was ich mir je gewünscht habe."

„Ich gönne es euch von ganzem Herzen." Ich streiche
mit meinen Fingern über Louis' kleinen Bauch. Vielleicht möchte ich dieses Glück auch eines Tages spüren?

Ich sitze auf der Couch, Mags neben mir, und wir sehen eine alte Komödie an, die noch in Schwarz-Weiß gedreht worden ist. Ich keine Ahnung, wie sie heißt. Meine Gedanken fliegen zu Clarissa und unserer kurzen Unterhaltung vom Nachmittag.

Ich wäre ihr gerne zur Hand gegangen, vor allem, weil ich weiß, wie sehr einem die Arbeit mit dem Dampfgerät zusetzen kann. Die Tapeten trocknen einfach viel zu schnell, und man kommt nicht hinterher. Der Drang, ihr erneut zu schreiben, ist groß, doch ich widerstehe ihm. Ich sehe sie bereits übermorgen wieder, und bis dahin kann sie die Ruhe vor mir genießen. Vielleicht schaffe ich es auch morgen noch mal zu ihr. Immerhin habe ich frei, und Riley hat nur einen kurzen Kindergartentag. Ich hole sie schon um zwölf ab, und dann werden wir gemeinsam ein Eis essen gehen. Noch etwas, das sie von ihrer Mutter hat: Eis im Winter. Im Sommer dagegen hat Maya regelmäßig Suppen und Eintöpfe gekocht, während alle anderen so etwas bei den hohen Temperaturen nicht hinunter bekommen haben. Ich erinnere mich noch gut an Erbseneintopf auf der Terrasse in der prallen Sonne. Im Winter allerdings waren wir Stammgast in den wenigen Eisdielen, die zu der Jahreszeit geöffnet hatten. Als wir in Lakery ankamen, bin ich ein Jahr lang nicht in eine Eisdiele gegangen, um den Erinnerungen zu entfliehen. Nach langer Suche habe ich aber endlich eine kleine Eisdiele in Clarcton gefunden, die ganzjährig geöffnet hat. Ich weiß nicht, ob sie wirklich von einer italienischen Familie betrieben wird. Meist gehen diese dann ja in den Wintermonaten in die Heimat.

„Ich würde morgen gerne mit dir und Riley einen Ausflug machen. Hast du Lust?", frage ich Mags.

Sie nickt und konzentriert sich augenblicklich wieder auf den Film.

Meine Glieder werden langsam schwer, und immer öfter schließe ich die Augen. Der Tag steckt mir in den Knochen, und ich bin langsam wirklich fertig. Mags wird jetzt bestimmt nicht sauer werden, wenn ich aufstehe und gehe. Ich sehe sie an und muss mir ein lautes Lachen wahrlich verkneifen. Wer ist denn da eingeschlafen?

Mags schlummert mit dem Kinn auf der Brust vor sich hin, ein Lächeln auf den Lippen. Ich schalte leise den Fernseher aus und decke sie zu. Wie oft ist sie schon auf dem Sofa eingeschlafen?

Für sie muss es auch nicht leicht sein. Von jetzt auf gleich hatte sie wieder ein Kleinkind im Haus, obwohl ihre eigenen schon längst weggezogen waren. Sie hat eine Tochter und einen Sohn, die nach Europa gegangen sind. Deshalb ist der Kontakt weitestgehend abgebrochen, was Mags immer noch belastet. Ihre Enkelkinder kennt sie nur per Videochat, und der findet auch nur einmal im Jahr an ihren Geburtstagen statt. Ihre Tochter ist so alt wie ich, also zweiunddreißig, und der Sohn müsste zwei Jahre jünger sein, wenn ich mich recht erinnere. Die Enkelkinder sind acht und drei Jahre alt.

Am Anfang war das mit Riley kein Problem, aber mittlerweile habe ich manchmal das Gefühl, dass es ihr auf die Dauer ein bisschen zu viel wird.

Vielleicht bin ich bald emotional so weit, dass ich es mir allein mit Riley zutraue. Wobei dann wegen meiner Arbeit natürlich eine Nanny einspringen müsste, und das würde Mags vermutlich nicht zulassen. Ich habe das Thema bisher nie angesprochen, immerhin unterstütze ich sie hier auch in allen Dingen, die sie sich nicht zutraut. Schwierig. Ich sollte wohl mehr mit den Menschen reden, anstatt mein Gedankenkarussell dauerhaft kreisen zu lassen. Eines Tages wird es mich noch verrückt machen.

Ich sehe noch bei Riley rein, bevor ich in mein Zimmer gehe. Sie schläft tief und fest, umklammert ihr Skye-Kuscheltier. Ich werde heute Nacht wohl von diesen Zeichentrick-Hunden träumen, da bin ich mir sicher.

Mein Zimmer besitzt ein eigenes Bad. All das ist ein riesiger Luxus, und ich könnte Mags nicht dankbarer sein.

Ich springe noch unter die Dusche, um mich dann in das frischbezogene Bett zu legen. Das ist doch das beste Gefühl des Tages, oder? Die Laken fühlen sich kuschelig an, und die dicke Decke, die Mags heute mit Winterbettwäsche bezogen hat, sorgt für eine wohlige Wärme. Wie schwer es wohl werden wird, wenn ich wieder komplett mit Riley allein bin? Ich kann mir ein Leben ohne Mags nicht vorstellen.

Wobei – doch, eigentlich weiß ich es schon. Tief in meinem Inneren bin ich so einsam, dass sich manchmal alles kalt anfühlt. Ich weiß nicht, ob ich es noch einmal verkraften würde, mich zu verlieben.

Ich sehe mir noch eine Folge Supernatural an. Ich bin erst bei der ersten Staffel, viel Zeit zu habe ich dafür nicht. Mich fasziniert die Welt voller unbekannter Wesen. Manche Stellen sind gruselig, was mir eigentlich gar nicht gefällt. Dennoch fesselt es mich so, dass ich Sam und Dean unbedingt weiterhin bei der Reise begleiten möchte. Werden sie ihren Vater wohl finden? Was ist mit ihm passiert?

Mein Handy gibt ein *Ping* von sich, und ich zucke zusammen. Gerade geht es in der Serie um einen Dämon, der Flugzeuge abstürzen lässt. Verdammt noch mal, das Handy hat sich genau in dem Moment gemeldet, als das Flugzeug aufgeknallt ist.

Clarissa.

Als hätte ich nicht vorher noch daran gedacht, ihr zu schreiben.

Matthew – ich bin unterwegs und finde aber den Heimweg nicht mehr. Haha.

Sie hat wirklich *Haha* geschrieben! Warum nutzt sie nicht die App auf ihrem Handy? Will sie vielleicht sogar mit mir schreiben? Ich spiele ihr Spiel mit und freue mich sehr, von ihr zu hören. In meinem Bauch bildet sich eine wohlige Wärme.

Wo bist du denn?

Sie wollte zu diesen Cakery-Besitzern, zumindest hatte sie das vorher geschrieben.

In Clarcton, und ich denke auch, es ist nicht weit.

Ich wähle ihre Nummer, und es klingelt nur einmal, bevor sie rangeht. „Matt. Du hättest nicht anrufen müssen."

Sie ist betrunken, das höre ich sofort an ihrem Lallen. Verdammt, mussten diese Leute sie abfüllen? „Wo bist du denn genau?"

„Ich brauche keine Hilfe. Ich hatte nur den Drang, noch einmal von dir zu hören." Alkohol sorgt für Ehrlichkeit, das kenne ich selbst gut genug. Noch vor einiger Zeit habe ich mich regelmäßig betrunken, mittlerweile rühre ich das Zeug nur noch in Maßen an. „Dann weißt du also, wie du nach Hause kommst?" Meine Stimme ist ruhig und ohne jeglichen Vorwurf. Ich bin bereits dabei, mich aus dem Bett zu schälen und in meine Klamotten zu steigen. Ich werde sie wohl nach Hause bringen müssen.

„Ja, also nein. Es ist nicht weit, ich bin hier schon oft langgelaufen."

„Schick mir deinen Standort."

„Nein."

„Doch."

„Nehein, du kannst mir nichts befehlen."

„Ich möchte dir helfen."

„Ich bin eine selbstständige Frau." Sie klingt traurig, erschöpft und müde. Ich verdrehe die Augen, während ich durch das Haus gehe und kurz darauf nach draußen auf die Straße trete. Das ist kein Moment für eine Diskussion um Emanzipation. Dass sie ihr Leben selbst hinbekommt, muss sie mir nicht erklären, sie macht ihre Sache großartig.

„Ich wollte eh noch mal los, ich kann dich dann gerne einsammeln." Die kleine Lüge ist notwendig.

„Okay, dann ja. Ich schicke dir den Standort."

„Bis gleich, Ria."

„Danke, Matthew", haucht sie noch, als ich bereits die Autotür öffne und auflege. Als ich den Motor gestartet habe, höre ich das *Ping* und kann ihren Standort orten. Dann gehe ich jetzt wohl wieder einmal Clarissas Hintern retten. Nur dieses Mal ohne Öl und Mikrowelle – und wahrscheinlich hat sie mehr an.

# Kapitel 17 – Clarissa

Wir haben die Kinder gemeinsam ins Bett gebracht, Amelia und ich. Jeremia schnarcht noch immer leise vor sich hin. Jetzt stehen wir im Wohnzimmer, Amelia hat sich von ihrem Spucktuch verabschiedet und eine Waschmaschine angestellt. „Entschuldige das Chaos, wir sind noch nicht lange wieder hier."

Ich winke ab. „Es ist erstaunlich, wie fit du schon bist. Immerhin hast du zwei Kinder zur Welt gebracht. Bei mir zuhause ist es chaotischer, glaub mir."

Amelia streicht behutsam über Jeremias Stirn. „Ich hatte das große Glück, eine normale Geburt erleben zu dürfen. Das ist bei Zwillingen eher selten, aber es hat alles super funktioniert. Nach einem Kaiserschnitt wäre ich noch nicht wieder fit." Es ist interessant. Mir wird bewusst, dass ich bisher nie mit frischgebackenen Mamas zu tun hatte. Sie strahlen eine ganz eigene Wärme aus, die mich wirklich fasziniert.

„Hast du Hunger mitgebracht?" Mein Magen knurrt, das ist Antwort genug. „Es gibt leider nur Mac und Cheese. Meine Mutter hat noch die Reste vom Laden mitgebracht. Nachtisch haben wir also genug."

Ich schmunzele. „Was wärst du auch ohne einen Cupcake?"

„Das ist wohl wahr. Ein Nachtisch ist einfach wichtig."

Wir wärmen gemeinsam die Nudeln auf, und ich nehme es ihr nicht übel, dass das Essen noch nicht

fertig ist. „Ich hätte auch etwas mitbringen können."
Sie winkt ab und ich lächele sie an.

Wie kann man so gut organisiert sein? Ich schaffe es manchmal ja nicht einmal, mich selbst zu versorgen.

„Wo hast du eigentlich deinen Hund gelassen?", fragt Amelia.

„Sie ist zuhause geblieben. Ich wusste nicht, wie die Zwillinge und ihr mit Tieren umgeht." Ich zucke mit den Schultern. Es ist keine große Sache.

„Das ist sehr aufmerksam von dir. Ich weiß es bei den Zwilingen natürlich auch nicht, das nächste Mal können wir es ja mal mit Ami versuchen."

Einverstanden!

Zwanzig Minuten später steht ein riesiger Berg Nudeln vor mir, und mir läuft das Wasser im Mund zusammen. Amelia kommt gerade aus dem Wohnzimmer zurück; ein schlaftrunkener Jeremia folgt ihr. „Tut mir leid. Ich bin ein wahnsinnig schlechter Gastgeber."

„Ach was", sage ich. „Du bist gerade Daddy geworden."

Das Strahlen auf seinem Gesicht spricht Bände. Wir essen gemeinsam und die Mac and Cheese sind einfach göttlich. Der Käse ist cremig, und oben gibt es eine Knusperschicht. Noch nie habe ich so gute Nudeln gegessen, und wenn ich darüber nachdenke, ist es heute auch das Erste, was ich überhaupt zu mir nehme. Ich sollte dringend einen regelmäßigen Essensrhythmus entwickeln. Ich höre schon Dads Stimme in meinem Kopf, der mich belehrt, wie wichtig mindestens drei Mahlzeiten am Tag sind.

„Ich habe noch eine Kleinigkeit für euch. Ihr werdet es wahrscheinlich nicht gleich machen können, aber mir war es wichtig." Ich lege den Umschlag auf den Tisch.

„Du hast uns doch schon die Windeltorte geschenkt."

Ich winke nur ab. Sie werden sich hoffentlich riesig freuen, nervös bin ich dennoch.

Amelia öffnet den Umschlag behutsam, nachdem sie mir noch mal einen freundlichen, aber dennoch mahnenden Blick zugeworfen hat. Sie überfliegt den Text. „Wow, das ist also ... wow."

Ich spüre Glückseligkeit, als ich die beiden anblicke. Es war also doch das Richtige. „Es sind zwei Stunden dann nur für euch. Mehr Zeit werdet ihr wohl eh nicht ohne eure Babys verbringen wollen", sage ich.

„Danke. Die Paarmassage ist perfekt." Jeremia strahlt über das ganze Gesicht, und auch Amelia wirkt zufrieden. Ich habe das Angebot in der Stadt gesehen, als ich mit der Windeltorte auf dem Weg zum Auto war, und musste an die beiden denken. Es ist wichtig, die Zweisamkeit nicht aus den Augen zu verlieren. Die beiden sind genauso jung wie ich, auch wenn sie in einer komplett anderen Phase ihres Lebens angekommen sind. Wenn man sie betrachtet, denkt man automatisch über sein eigenes nach. Sie sind jung, erfolgreich, verliebt und nun auch noch Eltern. Klar, ich habe bisher nur kurze Eindrücke erhalten. Aber dennoch fühle ich mich ein wenig langsam in meiner Lebensplanung, wenn ich bei ihnen bin.

Dieses Gefühl hält stets nur für einen kurzen Moment an, und dann sage ich mir, dass diese Unterschiede in Ordnung sind. Jeder Mensch ist perfekt so, wie er ist.

Das Tempo, in dem du die Strecke deines Lebens läufst, bestimmst du allein. Es ist in Ordnung, mit sechsundzwanzig Jahren noch keine perfekte Karriere hingelegt oder Kinder zu haben. Solange du dich selbst damit wohlfühlst, dann ist es okay. Trotzdem merke ich manchmal, wie mich der Druck der Gesellschaft innehalten lässt. Dann denke ich doch wieder darüber nach, dass ich mehr Gas geben müsste.

Ich verwerfe die Gedanken, als Amelia mich an der Schulter berührt.

„Ich habe einen neuen Scotch entdeckt. Ich darf ihn noch nicht trinken, und mein Mann möchte allein nicht."

„Her mit dem Zeug", sage ich.

Es ist ein großer Fehler.

„Es war ein wunderschöner Abend. Vielen Dank", nuschle ich. Ich bin vollgefuttert und habe noch zwei Cupcakes für den Heimweg bekommen. Zudem bin ich betrunken. Jeremia ist bereits vor einer Stunde erneut eingenickt, doch Amelia war in solcher Redelaune, dass ich mich nicht getraut habe, zu gehen. Der Scotch war unglaublich gut. Viel übriggelassen haben wir nicht.

Amelia schließt mich in die Arme und flüstert mir ins Ohr: „Danke, dass du da warst. Ich glaube, es war eine nette Abwechslung zum Krankenhaus. Jetzt bin ich aber ziemlich k.o."

„Ich auch."

Sie lacht. „Sorry fürs Abfüllen. Das war nicht mein Plan." In dem Moment fängt einer der Zwillinge an zu schreien, und ich merke, wie mir von der Lautstärke augenblicklich der Kopf pocht.

„Zeit für den Mama-Modus. Komm gut heim." Sie
küsst mich auf die Wange, und ich winke noch, als sie
die Tür bereits geschlossen hat. So, jetzt muss ich nur
noch den Weg nach Hause finden.

Aber das sollte für mich ja kein Problem sein. Ich täusche mich gewaltig. Jede Straße sieht gleich aus, und
ich merke, dass ich mich doch schlechter auskenne als
erwartet. Also schreibe ich eine Nachricht an die erste
Person, die sich in meinen Kopf schleicht. Das Feuerwehrauto-Emoji blickt mir entgegen.

Es dauert nicht einmal zehn Minuten, bis ich angekommen bin. Sie steht am Straßenrand und läuft auf und ab, dabei starrt sie auf das Smartphone in ihrer Hand. Ich steige aus.

„Clarissa", sage ich.

Sie fällt mir in die Arme. „Du bist ja wirklich gekommen. Mein Held." Sie drückt mich fest an sich, und ich erlaube es mir ebenfalls, die Arme um sie zu legen. Sie riecht nach Alkohol, nicht gerade angenehm, doch das ist nebensächlich. Sie ist in Sicherheit.

„Natürlich. Lass uns zu dir fahren. Hattest du Ami dabei?" Auch wenn ich es ihr nicht zutraue, weiß ich nicht, ob sie, wenn Alkohol im Spiel ist, den Hund vergisst.

„Nein. Sie ist zuhause."

Nun lässt sie mich los, und ich mustere sie. Sie sieht müde aus; das Funkeln in ihren Augen spricht allerdings dafür, dass sie glücklich ist. Das freut mich. Manchmal braucht man etwas, um abzuschalten. Und bei ihr wird sich der Stress immer mehr aufbauen, je näher die Ladeneröffnung rückt.

Ich öffne die Fahrertür.

„Mir wird schlecht", haucht sie, bevor sie sich umdreht und sich vor meinen Füßen übergibt.

Super. Ich nehme ihre Haare in meine Hände und streiche ihr sanft über den Rücken. Tatsächlich habe ich mittlerweile kein Problem mehr mit dem Geruch von Erbrochenem. Immerhin habe ich durch Riley alle möglichen Nuancen von schlechten Gerüchen kennengelernt. Nichts übertrifft eine Babywindel voller Durchfall, weil das kleine, süße Ding eine Magendarmgrippe hat.

„Alles gut. Gleich geht es dir besser.“ Ich ärgere mich sehr darüber, keine Wasserflasche dabei zu haben. Schließlich richtet sie sich wieder auf und sieht mich an. Ihre Wangen sind blass. „Es tut mir leid, Matt. Ich schwöre dir, normalerweise trinke ich nicht so viel.“

Ich nicke verständnisvoll. „Du musst dich nicht rechtfertigen, alles in Ordnung.“

„Wir haben einen Scotch getrunken. So etwas hatte ich noch nie“, hickst sie.

Ich lache. „Das ist gefährlich. Neuen Alkohol sollte man immer nur mit Bedacht probieren, egal wie lecker er schmeckt.“

Sie steigt nach meiner Aufforderung ins Auto. „Du bist immer so weise, Matt. Als wärst du ein uralter Mann in einem jungen, überaus sexy Körper.“

Hat sie mich gerade wirklich sexy genannt? Das war wohl ein Kompliment und gleichzeitig eine Stichelei in einem Satz. Ich sage dazu nichts. Sie wird bestimmt bald ahnen, dass ich Vater bin. Verändert man sich wirklich so extrem, sobald man für ein Kind verantwortlich ist?

Ich starte den Motor, nachdem sie sich angeschnallt hat. Es sind nur fünf Minuten bis zu ihr nach Hause. Normalerweise hätte sie den Weg gewusst, immerhin hat sie auf der kompletten Rückfahrt von Jack nur über die Leckereien aus der Cakery geredet. Sie ist aus dem Schwärmen gar nicht mehr herausgekommen.

„Danke, dass du mich nach Hause bringst.“

„Kein Problem, wirklich nicht. Da legst du dich hin, und ich drehe noch eine Runde mit Ami."

Sie schüttelt sofort vehement den Kopf und hält dann abrupt inne. Ich bin nicht sicher, ob wir gleich noch einmal anhalten müssen, damit sie sich erneut übergeben kann. Sie reibt sich die Schläfen.

„Soll ich anhalten?"

„Nein."

Wir fahren die kurze Strecke, und ich parke vor dem Laden neben ihrem Wagen. Wir gehen gemeinsam nach oben. Clarissa tritt auf der Treppe öfter daneben und ist dabei einfach so tollpatschig, dass ich kurz auflachen muss.

Sie reißt ihre Augen auf. „Die Treppe bewegt sich. Es ist wie bei Harry Potter!"

Harry Potter – ein Hype, den ich nie verstanden habe. „Ich habe die Filme nicht gesehen und keine Ahnung, wovon du sprichst."

Sie sieht mich mit großen Augen an, sodass ich das Bedürfnis verspüre, mich sofort zu entschuldigen, dass ich diesem Zauberer bisher keinen Platz in meiner Watchlist geschenkt habe. „Das ist nicht dein Ernst, oder?"

Ich zucke mit den Schultern. Wir erreichen die Wohnungstür, Clarissa schließt auf, und Ami kommt uns entgegengeschossen. Sie scheint dringend pinkeln zu müssen, denn sie kratzt an Clarissas Bein. „Trink einen Schluck Wasser. Ich drehe eine Runde mit ihr."

„Ich komme mit."

Ich halte das für keine gute Idee, schweige aber. Immerhin befolgt sie meinen anderen Rat und trinkt ein großes Glas Wasser in nur einem Zug aus. Das wirkt normalerweise immer Wunder, und man fühlt sich gleich besser. Ich sehe auf die kleine Tupperdose, die sie auf den Tisch stellt. „Lass uns einen Cupcake essen. Das hilft mir bestimmt auch."

Also esse ich nachts um zwei Uhr mit ihr einen Cupcake, der äußerst lecker ist, und frage mich, ob sich so Glück anfühlt.

Ich habe Ami an der Leine, und Clarissa hat sich bei mir untergehakt. Wir streifen durch die kalte Nacht von Clarcton. Zumindest hat es aufgehört zu schneien. Dennoch ist es glatt, und wir laufen langsam. Clarissa ist noch nicht wieder fit, auch wenn das Wasser etwas geholfen hat.

„Danke nochmals. Wirklich." Sie bedankt sich nun schon zum bestimmt achten Mal, und ich winke jedes Mal nur ab. Das ist keine große Sache. Mags hat ein Auge auf Riley, sonst wäre es natürlich nicht möglich gewesen, einfach abzuhauen. Als Ausrede kann ich sonst immer noch einen Einsatz vorschieben. Niemand hinterfragt es, wenn ein Feuerwehrmann nachts nicht in seinem Bett liegt.

Clarissa seufzt. „Ich kenne hier niemanden außer dich, Amelia und Jeremia. Ich wusste mir nicht anders zu helfen. Ich weiß, wir kennen uns nicht lange ..."

Ich unterbreche sie und bleibe stehen. „Du darfst mich immer anrufen. Es ist nicht schlimm. Ich bin für dich da, Ria."

Sie sieht mir tief in die Augen. Es ist irgendwie magisch. Sie sieht so wunderschön aus in diesem Augenblick. Ich streiche ihr über die Wange, und dann beugt sie sich vor und drückt ihre Lippen auf meine.

Kurz bin ich überfordert, weiß nicht, was ich mit meinen Armen tun soll und was in meinem Magen flattert. Ich bin aber vor allem durch ihre Lippen komplett verloren. Sie zieht mich in ihren Bann. Dann übernimmt mein Körper, ich drücke sie fester an mich und versuche, gleichzeitig Ami zu halten. Clarissa schlingt ihre Arme um meinen Hals, und ich umfasse ihre Hüfte. Der Kuss wird inniger, und ihre Zungenspitze drückt gegen meine Lippen, sodass ich ihr Einlass gewähre. Unsere Zungen tanzen einen Tango, und mir wird heiß.

Im verdammten Park bei Minusgraden fühlt es sich gerade an, als stünden wir vor einem Kaminfeuer, und es wird immer heißer um mich herum … bis Clarissa sich löst und ich ihr in die Augen blicke, den Alkohol darin erkenne und auf den Boden der Tatsachen zurückkehre.

Fuck. Das war nicht meine Frau, die ich gerade geküsst habe, sondern Clarissa. Sie ist betrunken, und ich habe ihre Situation ausgenutzt. Natürlich hat sie mich geküsst, doch daran schuld war der Scotch.

Ich bin ein mieses Arschloch. „Ich bringe dich nun nach Hause.“

Das sind die einzigen Worte, die ich zusammenbringe, und selbst dabei zittert meine Stimme. Meine Lippen sind noch geschwollen, und irgendwas in mir sträubt sich gegen all die guten Gefühle, die soeben in mir hochgekommen sind.

# Kapitel 19 – Clarissa

Mein Kopf pocht und der Mund ist trocken. Meine Kehle schreit förmlich nach Wasser, und als ich mich aufsetze, dreht sich alles um mich herum. Was ist nur passiert? Ich reibe mir die Schläfen, und Ami bellt mich kurz an. Selbst ihr sonst so zuckersüßes Kläffen klingt heute nach einem Vorschlaghammer, der in meinem Hirn loslegt.

Neben meiner Luftmatratze liegen eine Kopfschmerztablette sowie eine Flasche Wasser.

Es tut mir leid. Matt, steht auf dem Zettel daneben. Was hat Matthew mit meinem Zustand zu tun? Ich verstehe die Welt nicht mehr. Vielleicht brauche ich erst einmal Koffein und eine Dusche. Dann sieht bestimmt alles viel besser aus, und mir fällt vielleicht ein, was Matt mit dieser komischen Nachricht meint.

Das Wasser rieselt auf mich herab, und jeder Tropfen sorgt dafür, dass ich langsam zur Besinnung komme. Ich sollte nie wieder so viel trinken. Ich muss mich unbedingt bei Amelia und Jeremia entschuldigen – sie müssen unfassbar schlecht von mir denken. Da komme ich das erste Mal zu Besuch und versinke im Scotch. Das Letzte, woran ich mich erinnere, ist, dass ich Amelia zum Abschied umarmt habe. Danach herrscht ein schwarzes Loch in meinem Gedächtnis. Als hätte man eine Zigarette ausgedrückt, und die Glut hat sich in mein Hirn gebrannt.

Ich weiß nicht einmal, wie ich nach Hause gekommen bin. Ich stelle das Wasser ab, mein Magen knurrt. Gleichzeitig wird mir beim Gedanken an Essen übel. Wann war ich das letzte Mal in meinem Leben verkatert? Ich kann mich nicht erinnern.

Ich sollte eine Kleinigkeit frühstücken und dann eine Runde mit Ami drehen. Die arme Hündin kann nichts für den fetten Kater, der sich in meinem Kopf niedergelassen hat und mir ab und an zur Erinnerung die Krallen in die Haut rammt. Zum Glück habe ich noch Bagel im Haus, die ich auch kalt essen kann. Bis ich morgen Matthew wiedersehe, sollte mir wieder einfallen, warum er diese mysteriöse Nachricht hinterlassen hat. Ich kraule Ami hinter den Ohren.

„Wir gehen jetzt eine Runde spazieren, hm?"

Ich nehme sie an die Leine und ziehe mir die dicke Winterjacke über. Den Bagel habe ich mit wenigen Bissen verdrückt, jetzt liegt er mir schwer im Magen. Manchmal ist es Fluch und Segen zugleich, wenn man auf seine Instinkte hört. Ich weiß genau, dass ich etwas essen muss, um der Magensäure entgegenzuwirken. Trotzdem mag ich das momentane Gefühl nicht: Der Bagel liegt mir wie ein Betonklotz im Magen, und ich fühle mich schlechter als erwartet.

Als ich mit Ami ein Stück die Straße entlanglaufe, hilft mir die frische Luft, klarer zu denken. Ich kann mich noch immer nicht erinnern, was genau passiert ist, aber immerhin hilft der Wind gegen meine Kopfschmerzen. Ami scheint müde zu sein. Wann waren wir nur im Bett?

Die Runde fällt kleiner aus als üblich. Wir sind beide nicht fit; am liebsten würde ich mich noch mal auf die

Matratze werfen und die Stunden Schlaf nachholen, nach denen mein Körper ächzt. Aber ich darf dem nicht nachgeben. Wer Party machen kann, der kann genauso gut Tapeten von den Wänden entfernen. Erst einmal muss ich allerdings Kontakt mit Amelia aufnehmen. Vielleicht weiß sie näheres?

Wir kehren nach Hause zurück, und ich gehe in mein Schlafzimmer. Dort setze ich mich auf die Matratze und verbiete es mir, mich zurückzulehnen. Jede Faser meines Körpers sehnt sich danach. Ich nehme mein Handy und sehe darauf. Eine Nachricht von Amelia.

Ich hoffe, der Kater ist nicht ganz so groß, und du bist gut heimgekommen. Ich habe heute einen Zombie als Verlobten.

Darauf folgt ein Gif, auf dem sich eine dicke Katze – es ist Garfield – in einem Sessel niederlässt. Ich nehme eine kurze Sprachnachricht als Antwort auf.

„Guten Morgen. Es tut mir so leid, ihr beiden! Ich habe mich total blamiert und mir beim ersten Treffen die Kante gegeben. Das ist nicht mein Ziel gewesen. Ich hoffe, ich darf euch trotzdem noch mal besuchen."

Unter der Nachricht wird nur ein Häkchen angezeigt, was erahnen lässt, dass sie die Nachricht noch nicht abgehört hat. Wahrscheinlich ist sie gerade mit den Zwillingen beschäftigt. Dann fällt mein Blick auf den Chat darunter: Er ist von gestern. Mit Matt. Daran kann ich mich nicht erinnern. Ich wundere mich und lese mir die Nachrichten durch.

Er scheint mich nach Hause begleitet zu haben. Wir haben danach noch Zeit miteinander verbracht, zumindest liegen zwischen seiner Nachricht, dass er mich holt und derjenigen, in der er sagt, dass er gut daheim angekommen ist, zwei Stunden.

Was ist in diesen hundertzwanzig Minuten passiert, wofür er sich entschuldigt hat? Ich habe keinen blassen Schimmer, doch irgendwas sagt mir, dass etwas vorgefallen ist.

Eine Antwort von Amelia trifft am späten Nachmittag ein. In der Sprachnachricht lacht sie herzlich und sagt, dass ich jederzeit eingeladen bin. Sie sind mir nicht böse, und darüber bin ich erleichtert. Amelia scheint ein schlechtes Gewissen zu haben, was mir ein bisschen leidtut.

Den Tag über habe ich mich gezwungen, zu arbeiten – und vor allem, mich zu erinnern. Bislang hat das Arbeiten gut funktioniert, die Erinnerungen sind jedoch nicht wieder aufgetaucht. Ich hoffe einfach, dass es morgen mit Matthew nicht komisch wird. Immerhin haben wir nach dem Termin bei Jack so etwas wie ein Date.

*Bitte lass es mich nicht versaut haben, nur weil ich einmal über den Durst getrunken habe!* Mein Magen knurrt wieder, und mittlerweile ist mir auch nicht mehr übel. Ich würde gern irgendetwas kochen, doch die Küche kommt erst morgen. Langsam aber sicher habe ich Hunger auf etwas Richtiges, etwas, das ich selbst zubereitet habe. Ich kann nicht gut kochen, aber ich mache es gerne. Nur weil man etwas nicht perfekt beherrscht, bedeutet das nicht, dass man es nicht bedingungslos lieben kann. Genauso ist es bei mir, wenn ich mit Töpfen jongliere und mich an neuen Rezepten versuche. Meist gelingen sie nicht, doch Spaß habe ich immer daran.

Ich fülle Amis Futternapf auf. Sie war heute sehr brav und hat mich aus ihrem Körbchen im Shop beobachtet. Dort bleibt sie meist liegen, außer wenn sie sich nach Streicheleinheiten sehnt. Ich bin nervös wegen morgen, traue mich jedoch nicht, Matthew zu schreiben. Mir fällt einfach nicht ein, was ich sagen könnte. Wobei ein Dankeschön von meiner Seite eindeutig angebracht wäre.

Ja, vielleicht sollte ich mich bedanken und dann gleich wegen morgen nachfragen. Solange er mir antwortet und unsere Verabredung nicht abbläst oder sich eine Ausrede einfallen lässt, kann es nicht so schlimm gewesen sein.

Hey Matt. Danke nochmal fürs nach Hause bringen.

Ich sende die Nachricht mit einem lächelnden Emoji, während ich mir einen weiteren Bagel belege. Die einseitige Ernährung ist wirklich nicht gut für mich. Ich streiche Frischkäse darauf und belege ihn mit Gurken, darüber gebe ich ein paar Schnittlauchröllchen – meine liebste Kombination auf einem Bagel. Käse habe ich keinen mehr da. In Ausnahmefällen bekommt Ami mal eine Scheibe, und auch wenn sie sich dann immer das Mäulchen schleckt, ist er nicht gut für ihren Magen. Der hohe Fettanteil sorgt für Verdauungsprobleme, und das versuche ich natürlich zu vermeiden. Vom Tisch bekommt sie deshalb nur wenig.

Eine Nachricht trifft ein – die Antwort von Matthew.

Keine Ursache. Morgen um neun Uhr? Ich habe wieder Bereitschaft.

Er sagt nicht ab. Den Stein, der auf meinem Herzen gelegen hat, bemerke ich erst, als er mit einem lauten Poltern von mir abfällt.

Klar. Die Uhrzeit passt. Wir könnten ja dann noch eine Kleinigkeit frühstücken. Also nur, wenn es für dich in Ordnung ist.

Ich bringe etwas mit. Süß oder herzhaft?

Egal. Wie du magst. :)

Okay. Ich lasse mir etwas einfallen. Bis morgen.

Die Konversation ist schneller zu Ende, als mir lieb ist. Wir haben bisher nie viel miteinander geschrieben, dennoch habe ich das Gefühl, als würde etwas nicht stimmen.

Ich beiße von meinem Bagel ab und kaue genüsslich. Hoffentlich täusche ich mich. Mein Bauchgefühl kann immerhin auch mal falsch liegen, oder? Auch wenn es das bisher noch nie getan hat. Es gibt für alles ein erstes Mal.

# Kapitel 20 – Matthew

Ich sitze seit zehn Minuten am Lenkrad meines Fahrzeuges und versuche, meinen Atem zu beruhigen, der viel zu schnell geht. Das Wort Nervosität beschreibt nicht annähernd das Gefühl in mir. Mir geht der Hintern auf Grundeis. Das hält schon seit ihren Nachrichten gestern an, in denen sie den Kuss mit keiner Silbe erwähnt hat. Ich habe sie nach Hause gebracht, sie ist innerhalb von Minuten eingeschlafen. Die Kopfschmerztabletten und das Wasser waren das Mindeste, was ich für sie tun konnte. Die Enttäuschung in ihren Augen hat mir einen Stich versetzt, doch mir war das alles zu viel. Nein – mir ist alles zu viel. Ich kann nicht zulassen, mich in jemanden zu verlieben. Riley frägt in letzter Zeit immer öfter nach ihrer Mommy, und ich will nicht, dass ich sie verwirre, wenn ich jemand Neues in ihr Leben bringe. Das wäre einfach unmöglich. Ganz abgesehen von der Tatsache, dass Clarissa noch nicht einmal von meiner Tochter weiß.

Ich stecke metertief in dem Mist, den ich mir selbst eingebrockt habe. Ein Blick auf die Uhr lässt mich den Zündschlüssel umdrehen. Vielleicht wird es gar nicht so schlimm werden. Seit gestern geistern tausende Formulierungen in meinem Kopf herum. Wie soll ich mich für das entschuldigen, was passiert ist? Wie finde ich die richtigen Worte dafür, was ich empfinde, aber nicht zulassen kann?

Wir sollten es langsam angehen lassen. Gemeinsam ausgehen oder so. Auch wenn ich keine Beziehung will, möchte ich sie näher kennenlernen. Ist das verrückt? Hm, ich denke schon. Ich habe keinen blassen Schimmer. Verzweifelt schlage ich auf das Lenkrad, als mein Handy klingelt. Lane.

„Guten Morgen, Lane. Alles okay?“

„Hey Matt. Ich habe Ärger von oben bekommen wegen deiner Überstunden.“

Ich verdrehe die Augen. Ich habe nie verstanden, warum man sich als Feuerwehrmann um Stundenpläne kümmern soll. Ich bin da, wenn ich gebraucht werde, gleichzeitig bin ich ebenfalls da, wenn ich das Bedürfnis nach Arbeit verspüre. Das ist öfter der Fall.

„Ja? Ich kann mir welche auszahlen lassen, wenn du magst.“

„Nein. Du bekommst jetzt zwei Wochen Zwangsurlaub.“

Ich murre. Das darf doch jetzt nicht wahr sein. Wirklich? Zwangsurlaub? Bin ich im Kindergarten gelandet oder wie?

„Gibt es keine andere Möglichkeit?“

„Nein. Anweisung von ganz oben.“

Ich lache. „Alles klar. Gib mir Bescheid, wenn ich wieder kommen darf.“

„Matt – du wirst nicht verwiesen oder so, sondern wir sorgen dafür, dass du einfach mal wieder ein bisschen Freizeit hast. Wir können die Renovierung bei Clarissa über…“

„Nein“, unterbreche ich ihn sofort. „Das ist nicht nötig. Ich bekomme das hin. Machs gut, Lane, und ruf mich bitte an, wenn etwas ist.“

Er verabschiedet sich und legt dann auf. Mittlerweile parke ich bereits vor dem Petshop. Heute habe ich

Luckey zuhause bei Mags gelassen. Da Clarissa und ich Ami mitnehmen müssen, weil wir niemanden haben, der auf sie aufpasst, haben wir sonst einfach nicht genügend Platz.

Clarissa wartet vor der Tür, ihr Lächeln ist breit und sie sieht ganz normal aus. Was habe ich erwartet? Dass sie mich mit Tränen in den Augen erwartet und mir um den Hals fällt, wenn ich ankomme?

Ich schalte den Motor aus und gehe zu ihr.

„Guten Morgen", sagt sie.

„Morgen", nuschele ich, und sie schlingt die Arme um mich. Eine Gänsehaut überzieht meine Haut, als ich ihre kühlen Lippen an meiner Wange spüre, auf die sie einen kurzen Begrüßungskuss haucht.

„Danke, dass du heute mit mir die Möbel abholst. Ich bin so aufgeregt." Sie strahlt Aufregung aus, und die Spannung weicht aus meinen Schultern. Sie scheint mir nicht übel zu nehmen, dass ich wie ein schlechter Mensch einfach abgehauen bin.

„Lass uns losfahren. Nimmst du Ami nicht mit?"

Sie schüttelt den Kopf. „Ich denke, wir können die Möbel schlecht mit einem kleinen Bündel transportieren, das vor Aufregung komplett durchdreht."

Ich nicke verständnisvoll. „Wahrscheinlich müssen wir mehr als einmal fahren, dann können wir zwischendurch mit ihr rausgehen."

„Wenn du mal auf etwas nicht die richtige Antwort hast, dann bist du nicht Matthew." Sie lächelt und boxt mir leicht gegen die Brust, dann steigen wir ein. Ich bin noch immer nervös, doch wenn ich bei ihr bin, dann ist alles anders. Ich fühle mich einfach leichter und entspannter.

Ich starte den Wagen, und sie sieht sich um. Was sucht sie? Wir fahren los und sie lächelt vor sich hin, singt bei den Liedern im Radio mit. Als ich ihr Magengrummeln höre, wird mir bewusst, dass ich etwas vergessen habe. Fuck. Ich habe gesagt, dass ich Frühstück mitbringe. Ich sollte mir schnell etwas einfallen lassen.
„Da ich nicht genau wusste, was du möchtest, dachte ich, wir gehen vorher eine Kleinigkeit essen."
„Schaffen wir das denn?"
Ich nicke und drehe das Radio ein wenig auf – vielleicht ist die Musik laut genug, um meine Gedanken zu übertönen. Warum spricht sie den Abend denn gar nicht an? Es fühlt sich an, als würde ein dicker, rosa Elefant zwischen uns sitzen, und wir ignorieren ihn komplett. Dabei trötet er die ganze Zeit und lechzt danach, dass wir uns mit ihm befassen.
Ich verstehe es nicht, aber ich sollte den ersten Schritt machen, oder? Vielleicht besser auf dem Rückweg – falls wir uns streiten, hat sie wenigstens die Küche. Die Angst in meiner Magengrube erdrückt mich beinahe.

Jack schließt mich noch fester in die Arme als beim letzten Mal. Wir haben seitdem täglich miteinander telefoniert. Er war auch der Einzige, mit dem ich über den Kuss geredet habe. Ich bin einfach unfassbar dankbar dafür, dass er immer ein offenes Ohr hat.
„Ich habe Frühstück vorbereitet." Jacks Worte sind ein Segen für mich, ich bin heute so verschusselt, dass ich sogar vergessen habe, irgendwo anzuhalten, und Clarissa hat mich auch nicht mehr daran erinnert. Er drückt sie an sich und deutet zur Seite: Dort, inmitten des Ladens, steht neben drei Stühlen ein kleiner,

runder Tisch. Darauf sind eine Wurstplatte, eine Käse-
platte und ein Korb mit Bagels angeordnet. Ein Berg
Rührei rundet das Ganze ab.

„Wann hast du das denn gemacht?" Wir haben gerade
einmal zehn Uhr am Morgen.

„Meine Frau musste heute sehr früh zu einer Unter-
suchung, die bis zum Mittag andauert. Ich bin nervös,
weshalb ich irgendeine Beschäftigung gebraucht habe."
Er zuckt mit den Schultern, als wäre es nichts.

„Du bist wirklich der Allerbeste, Jack. Irgendwie haben wir das Frühstück total vergessen."

Clarissa sagt nicht, dass wir mehrmals darüber gesprochen haben. Wir setzen uns, und ich schenke ihr
eine Tasse Kaffee ein. Clarissa nimmt sich einen Bagel
und belegt ihn mit Käse. Ich sehe sie dabei an, jede einzelne Bewegung verfolge ich mit meinen Blicken. Mein
Herz pocht bis zum Hals, und ich weiß nicht, warum
ich heute so durch den Wind bin. Wünsche ich mir, sie
erneut zu küssen? Oh ja. Würde ich es wieder vermas-
seln, weil die Angst mich daran erinnert, verletzt zu
werden? Doppeltes Ja.

„Du musst deinen Bagel schon aufschneiden, um etwas drauf zu legen. Was ist denn heute mit dir los?" Clarissa lacht und legt eine Hand auf meinen Arm. Wir haben die Jacken ausgezogen, und nun bildet sich eine
Gänsehaut unter ihren warmen Fingern, sodass ich ihr
den Arm sehr schnell entziehe.

„Ich bin einfach nur etwas müde." Eine erneute Lüge
meinerseits.

Jack sieht mich an und wirkt nachdenklich. Er weiß
zwar von dem Kuss, aber nicht, dass Clarissa und ich
nicht darüber geredet haben. Ich muss nachher

unbedingt mit ihr sprechen, sonst platze ich. Auch wenn ich sie kennenlernen möchte, muss ich klarstellen, dass mir der Kuss zu früh war und ich lieber mehr mit ihr unternehmen möchte. Gleichzeitig würde ich sie am liebsten anschreien, dass ich nicht bereit dafür bin, mich ihr hinzugeben, weil mich die Trauer noch immer zerfrisst. Doch wenn ich ihr mein Inneres zu früh offenbare, dann bin ich wohl am Ende. Sie wird meinen dunklen Strudel mit mir teilen wollen, so ist Clarissa einfach, und das kann ich nicht zulassen. Meine Dunkelheit darf ihre helle Wärme nicht aufsaugen und sie immer grauer werden lassen.

Wir lassen uns das Frühstück schmecken, und es ist schön, dass Jack die Stimmung aufhellt. Ich weiß einfach nicht, was ich sagen soll, ohne dass das Wort *Kuss* aus mir herausbricht. Ich meine, wir hatten nicht einmal ein Date. Ich hätte ihn nicht erwidern sollen, diesen Kuss, aber alles in mir sehnt sich erneut danach.

Irgendwann schiebt Jack seinen Teller von sich. „Wir Männer werden jetzt mal das Auto vollladen. Ich bin Tetrisprofi. Vielleicht reicht uns ja eine Fahrt."

Clarissa lacht, und erneut schlägt mein Herz schneller. Das ist eindeutig das verräterischste Ding, das ich kenne. Es schlägt nie in dem Takt, den ich von ihm verlange.

# Kapitel 21 – Clarissa

Was ist heute nur mit Matthew? Er wirkt anders, leicht verpeilt, und ich finde ihn fast noch süßer als sonst. Liegt es an der mysteriösen Nachricht, die ich neben der Flasche Wasser gefunden habe? Was tut ihm so leid, dass er kein Wort darüber verliert? Wahrscheinlich sollte ich auf der Rückfahrt den Mund aufmachen und mit ihm sprechen. Es ist mir unfassbar peinlich, dass ich mich nicht an alles erinnere. Es ziehen immer mal Fetzen durch meinen Kopf, bei denen ich mir dann nicht sicher bin, ob sie wirklich wahr sind.

Das Frühstück war unfassbar lecker, und während Jack und Matt das Auto beladen, lege ich die vereinbarten Scheine auf den Frühstückstisch. Ich fixiere sie mit einem Glas und lege einhundert Dollar extra dazu. Ich vermute, dass Jack nicht nachzählt, und fühle mich bei der geringen Summe sowieso schon schlecht. Ich zahle ihm heute bereits alles, da er sich noch nicht sicher ist, ob er später noch da ist, sollten wir ein zweites Mal fahren müssen. Aktuell wird entschieden, ob seine Frau erneut eine andere Behandlungsmöglichkeit braucht. Dann müssten sie in eine weiter entfernte Klinik. Er hinterlässt allerdings seinem Sohn den Schlüssel, sodass wir jederzeit reinkommen können, um den Rest zu holen. Ich bin einfach unfassbar aufgeregt, dass nun alles klappt. Ich sollte Matt noch fragen, ob er mir eventuell am Wochenende oder nächste Woche beim Tapezieren helfen kann. Aber erst einmal müssen wir miteinander reden.

Wir sind auf dem Weg nach Hause, und die Stille ist unangenehm. Ich öffne immer wieder den Mund, um etwas zu sagen, doch finde keine passenden Worte.

*Du, Matt, ich erinnere mich nicht mehr an vorgestern Abend, aber habe gelesen, dass du dich entschuldigt hast. Wärst du so freundlich mir zu sagen wofür?*

Das wäre eindeutig nicht die perfekte Wortwahl.

Ich überlege und überlege, und dann frage ich einfach. „Alles in Ordnung? Du wirkst heute so ...“

Im selben Moment fängt Matt an. „Ich wollte mit dir sprechen.“

Okay, wir haben also wirklich Redebedarf, und nun ist der Moment gekommen. „Leg los“, sage ich.

„Nein, du. Ladys first.“ Sein Lächeln ist nervös, und ich muss mir unbedingt etwas einfallen lassen, damit er anfängt. Vielleicht erübrigt sich dann meine Frage.

„Ach, was.“ Ich lache, und er räuspert sich.

„Es tut mir leid, dass ich einfach abgehauen bin. Der Moment war mir einfach zu viel, immerhin hattest du getrunken, und ich habe die Situation ausgenutzt. Ich meine, du hast mich zwar geküsst, aber ich habe den Kuss erwidert.“

Die Worte sprudeln nur so aus ihm heraus, und mir fällt es wie Schuppen vor den Augen. Fuck. Ich habe ihn geküsst? Das darf doch nicht wahr sein. „Ich muss mich entschuldigen. Ich habe viel zu viel getrunken und bin dir dann wohl zu nahegekommen. Ich wollte dich nicht überrumpeln, wirklich nicht, Matt.“

Er hält am Straßenrand an, seine Hände zittern leicht, und er starrt mich an.

„Es war schön, also es war in Ordnung für mich. Verdammt, nein, der Kuss war super, aber du hattest getrunken. Ich möchte dich erst einmal kennenlernen. Ich habe in der Vergangenheit ziemliche Scheiße erlebt und will es einfach nicht überstürzen, verstehst du?"

Es ist mir so peinlich, und ich sehe weg. „Ich erinnere mich nicht an unseren Kuss."

Die Worte wiegen schwer wie Blei und stehen zwischen uns. Sie tun mir weh, vor allem, weil er so viel hineininterpretiert und wahrscheinlich die letzten Stunden gegrübelt hat.

Aber dann kommt von ihm auf einmal eine ganz andere Reaktion, als ich erwartet habe: Er lacht aus den Tiefen seines Herzens. „Du erinnerst dich nicht?" Er lacht weiter, und ich sehe ihn vorsichtig an, kann damit nicht umgehen.

„Nein. Ich hatte keinen blassen Schimmer, wofür du dich entschuldigen wolltest. Ich bin wahnsinnig dankbar für deine ehrlichen Worte. Ich möchte dich auch unbedingt kennenlernen, habe aber einfach den Mund nicht aufbekommen."

Nun verstummt er und legt mir die Hand an die Wange. „Vielleicht ist es ganz gut, dass du dich nicht erinnerst. Bitte vergiss nicht, dass ich dich nicht ausnutzen wollte. Lass uns einander in Ruhe kennenlernen und sehen, was passiert. Ich habe nun zwei Wochen Zwangsurlaub, da können wir uns um die Renovierung kümmern."

Ich sehe ihm in die Augen, dann auf die Lippen, und schnell wieder in seine Augen. Wie kann ich nur vergessen haben, diese perfekt geformten Lippen auf meinen zu spüren? Warum nur?

„Ich habe dich geküsst", sage ich leise. „Alles in Ordnung. Vielleicht starten wir einfach noch mal heute

Abend? Wir wollten gemeinsam kochen, beziehungsweise ich wollte dich bekochen."

Er nickt langsam. „Das ist eine schöne Idee."

„Danke, dass du mir helfen willst, obwohl es eigentlich nicht zu deinen Aufgaben gehört."

„Manchmal vergisst man wohl, dass ich Feuerwehrmann bin", murrt er, und ich lache.

„Ich dachte eigentlich, du bist der nette Kerl von nebenan, der auch noch mit Leitern umgehen kann und Kätzchen rettet."

Ich liebe es einfach, ihn zu necken. Auch wenn es gar nicht zu ihm passt, zeigt er mir liebevoll den Mittelfinger. Der Tag steckt voller Überraschungen. „Wenigstens vergesse ich keine Küsse im Rausch, Ria."

Wie schnell werde ich darüber lachen können, ohne den kleinen verräterischen Stich in meiner Magengrube zu spüren?


„Ich lade alles aus, und du gehst eine Runde mit Ami. Heute soll es noch stärker schneien. Ich muss nachher noch mal kurz nach Hause."

Ich nicke und sehe ihn an. „Vielen Dank, wirklich, Matt."

Er zuckt mit den Schultern und trägt dann das erste Küchenregal, als wäre es nicht sehr schwer. Ich schnappe mir Ami, die mich mit wedelndem Schwanz begrüßt, und gehe mit ihr eine kurze Runde vor die Tür. Vielleicht hätte ich Jeremia fragen können, ob er beim Tragen hilft. Allerdings bin ich schlecht darin, um Hilfe zu bitten. „Ich habe ihn geküsst und es einfach vergessen, Ami." Sie sieht mich nicht an, sondern schnuppert an der leichten Schneeschicht. „Wie kann man so etwas

Wichtiges nur vergessen? Es war bestimmt wunderschön."

Ich rede also schon mit Ami über meine Probleme,
und sie kann mir nicht antworten. Das ist sehr frustrie-
rend. Ich muss dringend sehen, ob ich Zeit finde, mit A-
melia zu sprechen. Meinen Dad kann ich wohl kaum
damit nerven, und Li würde es ihm ohnehin erzählen.
Also habe ich nur noch Amelia.

Es ist schwierig, neue Probleme mit niemandem be-
sprechen zu können. Ich hätte besser darin sein sollen,
Freundschaften zu pflegen, dann hätte ich jetzt jemanden, bei dem ich schnell mal anrufen könnte. Aber was
sollte ich auf die Entfernung auch jeden Tag sagen?
Von Small Talk halte ich einfach nichts. So sind viele
Kontakt einfach im Sande verlaufen, auch wenn es nie
Streits gab. Ich habe meine Arbeit grundsätzlich vor
jede Freundschaft gestellt. Hätte mein Vater und Li
mich nicht manchmal aus den Tiefen meines Chaos geholt, hätte ich wohl gelegentlich sogar die Familie vergessen. Das kam nicht bei jedem gut an, und so hat es
sich mit all meinen Freunden verlaufen.

Ich bin darüber nicht sehr traurig. Manchmal sehne
ich mich jedoch nach einer besten Freundin, die ich jederzeit kontaktieren kann. Hier in Clarcton ist alles anders, vielleicht funktioniert es ja sogar mit Freundschaften.
Als ich mit Ami zurückkomme, sehe ich Matt mit einem
anderen Mann den Kühlschrank nach oben tragen. Es
schneit ein wenig, und ich gewöhne mich langsam an
den Winter hier. Er ist wunderschön, wenn auch wirklich eisigkalt.

Ich betrete den Laden und lasse Ami von der Leine, die sofort in ihr Körbchen huscht und ihr kurzes Fell trockenleckt. Ich muss ihr wohl bald den Wintermantel rausholen. Ich bin verdammt froh, dass ich ihn wie viele andere Dinge selbst designen konnte.

Die Männer kommen hinunter, und ich sehe den mysteriösen Typen an. „Hey, ich bin Clarissa." Irgendwoher kenne ich ihn, glaube ich.

„Hey. Ich bin Bryan. Der Azubi von der Feuerwache." Er streckt mir eine Hand entgegen, die ich ergreife und schüttele.

„Du warst auch bei meinem Mikrowellenunfall dabei, oder?" Er nickt. „Schon gut. Ich hole mir meine Standpauke jedes Mal ab, wenn Matt mich böse ansieht."

Nun lacht er. „Ich helfe ihm mal, den Herd hochzutragen. Dann steht deine Küche, und ihr müsst sie nur noch anschließen. Das sollte Matt allerdings hinbekommen, hat er ja schon mal gemacht."

Bevor ich nachhaken kann, geht er hinaus. Ich muss unbedingt mehr über Matthew erfahren. Ich setze mich auf den Stuhl in der Ecke und fahre den Laptop hoch. Ich sollte dringend Mails checken und beantworten. Ich habe mehrere Kooperationspartner in den letzten Tagen angeschrieben und warte auf Rückmeldungen. Mein Budget hierfür ist begrenzt, doch um Sichtbarkeit zu erlangen ist es wichtig, ein paar größere Unternehmen an der Hand zu haben.

Ich habe das Ladenkonzept noch einmal überarbeitet und bin gespannt, wie oft ich noch Dinge ändern werde, bevor es losgeht. Nächste Woche ist es dann so weit. Nur noch ein Monat bis zur Eröffnung. Hoffentlich funktioniert alles, und ich kann passend zum

ersten Dezember öffnen. Ich habe schon grobe Ideen,
doch irgendwie fehlt noch ein genauer Plan. Vielleicht
hat Matt ein paar Inspirationen. Er hat immer die passende Antwort auf alles.

# Kapitel 22 – Matthew

Es klingt absolut verwerflich, aber irgendwie bin ich erleichtert, dass sie sich nicht an den Kuss erinnert. Ich würde mir dasselbe wünschen. Klar, es ist nun ein wenig unausgeglichen, weil ich bereits weiß, wie es sich *anfühlt*, ihre Lippen zu spüren. Es nimmt den Druck aus der gesamten Situation. Es geht mir immer noch etwas schlecht, weil ich den Kuss erwidert habe, doch das vergeht bestimmt.

Bry und ich haben die letzten Möbelstücke hochgetragen, und ich bin gerade dabei, den Herd anzuschließen.

„Was genau kannst du eigentlich nicht?", sagt Clarissa hinter mir.

Ich zucke mit den Schultern. „Ziemlich vieles. Ich zeige dir nur die beste Seite von mir."

Sie boxt mir gegen den Oberarm und blicke über die Schulter, um sie anzusehen. Ich hocke vor dem Herd und verbinde die Elektronikkabel. „Ich habe bereits einmal ein Haus gekauft und da sehr viel selbst gemacht. Man lernt immer mehr Dinge, außerdem war mein bester Kumpel Elektriker und hat mir die nötigen Handgriffe gezeigt."

Es fällt mir schwer, ihr mehr von mir zu offenbaren und gleichzeitig nicht so viel zu zeigen, dass sie nachhakt. Ich balanciere auf einem dünnen Seil und jeden Moment könnte mich eine falsche Aussage in den Abgrund stürzen.

„Verstehe. Du hast davor woanders gewohnt, oder? Dein Dialekt ist dem hier in Clarcton nicht sehr ähnlich." Sie fragt vorsichtig, als würde sie bereits wissen, dass mehr dahintersteckt.

Ich nicke. „Ich bin vor zwei Jahren aus familiären Gründen umgezogen. Ich wohne nun bei meiner Tante." Mit meiner Tochter, füge ich stumm hinzu. Noch immer verzeihe ich es mir nicht, dass ich deshalb gelogen habe.

„Bist du glücklich hier?"

Damit trifft sie einen wunden Punkt. Für einen kurzen Augenblick möchte sich der Vorhang der Panikattacke vor meinen Augen heben und nicht senken wie sonst, als ich tief durchatme und zaghaft nicke. „Es ist schön hier, sehr ruhig. Ich habe tolle Unterstützung durch meine Tante, Mags, und deshalb bin ich sehr dankbar."

Es scheint, als würde sie etwas sagen wollen, doch ich wende mich wieder den Kabeln zu und flehe sie stumm an, keine weiteren Fragen zu stellen.

Riley ist heute länger im Kindergarten, das erste Training steht an. Als guter Vater kann ich es nicht lassen, mich in die Eissporthalle zu begeben. Ich habe Clarissa gesagt, dass ich um sechs wieder zu ihr komme. Riley bleibt dann bei Mags – die beiden haben vor, sich heute Abend mit Paw Patrol und Popcorn zu vergnügen. Normalerweise mag ich es nicht so gerne, dass sie abends noch Zucker zu sich nimmt, aber heute erlaube ich es, da ich ein schlechtes Gewissen habe. Mir ist bewusst, dass die Wahrheit unausweichlich ist, wenn die Sache mit Clarissa weiter in eine richtige Richtung geht. Aber erst möchte ich unsere Reise beginnen lassen und nicht schon vor dem ersten Flug tief fallen.

Ich sehe zu den wuselnden Mädchen auf der Eisfläche, sie haben sich an der Bande versammelt. Heute tragen sie noch keine Schlittschuhe. Die Trainerin hat auf einem Whiteboard verschiedene Sachen aufgezeichnet und scheint sie gerade den Kindern zu erklären. Ich setze mich auf die Tribüne, wo sich bereits andere Eltern niedergelassen haben. Nur Frauen. Meistens ist das leider so.

Eine der Mütter sieht auf – Olivia. Ich kenne sie schon eine ganze Weile. Riley und ihre Tochter verstehen sich gut. „Du hast was verpasst. Riley wollte unbedingt direkt aufs Eis und durfte nicht. Die Tränen sind gerade erst versiegt." Das klingt nach meiner kleinen, sturen Tochter. Da bin ich mal gespannt.

Riley sitzt nun im Schneidersitz auf der Decke. Sie sieht interessiert aus, ihr Gesicht ist von dem kleinen Wutanfall noch leicht gerötet. Ich arbeite daran, ihr Geduld beizubringen. Die Trainerin geht einzelne Spielzüge mit den Kindern durch, und während die meisten um Riley herum herzhaft gähnen, meldet sie sich immer wieder zu Wort. Mein Herz ist voller Stolz. Sie wird mal eine gute Schülerin sein. Zum Glück haben wir noch ein wenig Zeit, sie wird eh zu schnell groß. Erst gestern habe ich sie als Baby auf dem Arm gehalten, zumindest fühlt es sich so an. Und jetzt soll sie hier bald auf Schlittschuhen über das Eis jagen? Der Gedanke macht mich nervös. Wie wird sie wohl erst als Schulkind sein? Was kommt in der Pubertät auf mich zu? Ich habe keine jüngeren Geschwister, sodass ich mir das hätte ansehen können. Ich bin auf mich allein gestellt und kann nur hoffen, dass Mags an meiner Seite bleibt und die nötige Ruhe bewahrt, falls ich durchdrehe.

Ich bin so fasziniert von den Kindern, dass die Zeit wie im Flug vergeht. „Daddy!", höre ich meine Tochter erfreut schreien, als sie mich entdeckt. Ich liebe das Gefühl, wenn sie mir in die Arme rennt und ich sie durch die Luft wirbele. Alles fühlt sich dann viel leichter an und die Liebe im Herzen ist riesengroß. „Hast du gesehen, dass ich ganz viel schon wusste?"

Ich küsse ihren Scheitel. „Ich bin superstolz auf dich. Hast du das von Tante Mags gelernt?" Irgendwoher muss sie das Wissen ja haben.

Sie nickt. „Und vor kurzem gab es eine Paw-Patrol-Folge darüber, da habe ich mir alles gemerkt. Und Tante Mags liest mir immer Bücher vor, über das Eislaufen und so." Sie schlägt sich beide Hände vor den Mund. „Oh, das war ein Geheimnis. Du darfst es ihr nicht verraten, bitte Daddy." Das *Bitte* zieht sie sehr lang, und ich nicke. Ich finde es gut, wenn sich Mags mit um Rileys Förderung kümmert. Dennoch hätte sie es mit mir absprechen können, daher muss ich mit ihr darüber reden.

„Lass uns nach Hause fahren und Tante Mags abholen. Ich habe eine Überraschung für euch beide."


Wir stehen vor der Eisdiele, ich halte Rileys rechte Hand und Mags ihre linke. „Wow, Dad. Das ist der Hammer! So viele Sorten!" Sie ist aus dem Häuschen und springt auf und ab vor lauter Aufregung.

„Meine kleine Eisprinzessin hat sich heute ein Eis verdient, und Mags, du solltest jeden Tag eine Kugel als Dankeschön bekommen." Sie streicht sich zur Antwort über den Bauch, den sie in letzter Zeit immer zu rund findet, und ich lächele sie an. „Du bist schön."

Sie sieht weg, doch ich merke, dass sich ihre Wangen leicht röten. Sie kann mit Komplimenten nicht umgehen. Umso wichtiger ist es mir, ihr immer wieder welche zu machen. Diese Frau weiß gar nicht, was sie täglich alles leistet.

Wir gehen in die Eisdiele. Riley lässt unsere Hände los und sprintet an die Theke. „Darf ich drei Kugeln haben?"

„Ich dachte, wir setzen uns gemütlich hin und essen einen ganzen Becher." Ihre Augen werden riesengroß. Meine Tochter und ihr Faible für Eisbecher!

Eine junge Frau kommt auf uns zu. Sie scheint etwas jünger als ich zu sein und sieht noch relativ unerfahren aus; ihre Finger zittern leicht. „Setzt euch gerne irgendwohin. Wo ihr möchtet."

Ich nicke. „Riley, Schatz – magst du einen Platz aussuchen?" Das lässt sie sich nicht zweimal sagen und setzt sich genau vor das Schaufenster des Ladens. Wir studieren die Karte, die die nette Bedienung uns gleich bringt. Ich bin neugierig. „Der Laden hat doch mal einem alten Herrn gehört, oder?" Ich möchte nicht feindselig klingen. Sie scheint ihre Sache gut zu machen.

„Ja. Meinem Grandpa, den ich nie kennengelernt habe, bis ich in seinem Testament als Nachfolgerin bestimmt wurde. Nun habe ich also im tiefsten Winter in der gefühlt kleinsten Stadt auf der Welt eine Eisdiele übernommen." Sie zuckt mit den Schultern, ihre Unsicherheit ist wahrlich zu spüren.

Ich nickte ihr zu. „Du bekommst das hin. Glaube nur ganz fest daran."

Das entlockt ihr ein Lächeln. „Wenigstens hat er die Rezepte für die Eissorten dagelassen. Also, was darf ich euch Schönes bringen?"

Ich bin mir sicher, dass mit dieser Freundlichkeit das Eiscafé gut anläuft. Auch wenn es am Anfang sehr holprig sein wird.

Anschließend fahre ich mit Mags und Riley zum Supermarkt, und die beide kaufen stolz für ihren Mädelsabend ein, ehe ich sie nach Hause bringe. Meine Tochter ist mir nach dem riesigen Eisbecher nicht böse und fragt nicht einmal, wohin ich gehe, als sie mir einen mit Zucker verklebten Schmatzer auf die Wange drückt. Mags umarmt mich kurz zur Verabschiedung. „Du siehst toll aus, mein Junge."

Ich sehe an mir herunter. Ich habe mich für eine graue Jeans entschieden. Dazu trage ich einen langärmeligen Pullover, ein Hemd darunter sowie meine Boots. „Ist es nicht zu spießig?"

Sie schüttelt den Kopf und streicht mir noch einmal durch meine mittlerweile viel zu langen Haare. „Genieße einfach den Abend."

„Tschüs, Dad!"

Damit werde ich rausgeworfen und sitze wenige Minuten später wieder im Auto. Ich bin nervös; das ist Clarissas und mein erstes richtiges Date. Ansonsten waren immer Renovierungen der Grund, dass wir uns gesehen haben, oder gar merkwürdige, leicht beschwipste Anrufe. Meine Gedanken drehen sich um den Kuss. Noch immer spüre ich ihre sanften Lippen, die federleicht über meine tanzen. Puh. Ich wünschte, ich könnte es einfach vergessen, denn seit ich weiß, wie es sich anfühlt, sehne ich mich nach mehr. Zum Glück siegen mein kühler Kopf und die Vernunft – erst einmal müssen wir uns kennenlernen. Viele würden das als altmodisch betrachten, doch ich finde es einfach wichtig, mein Gegenüber gut zu kennen. Ich kann mir nicht vorstellen, dass wir uns ineinander verlieben werden. Kann nicht davon ausgehen, dass mein Herz je wieder für jemanden schlägt. Es ist so stark verwundet, dass ich froh bin, wenn es seine Arbeit macht und mich am Leben hält.

Es dauert nicht lange, bis ich bei Clarissa parke und das Auto abschließe. Ich habe ihr einen Blumenstrauß besorgt, kitschig, ich weiß. Irgendwie hatte ich aber den Drang, ihr etwas zu schenken. Leckerlis für Ami habe ich ebenfalls eingepackt. Ich hoffe wirklich, dass ich an alles gedacht habe. Ich klingele unten am Shop. Sie hat noch immer kein Klingelschild mit ihrem Namen angebracht. Das müssen wir unbedingt nachholen. Die Gegensprechanlage funktioniert nicht, also höre ich nur den Summer, der mir ankündigt, dass die Tür geöffnet ist. Ich drücke dagegen und gehe die altbekannten Treppen nach oben.

Im Shop liegt schon Folie auf dem Boden, Clarissa war fleißig in den vergangenen Tagen. Der komplette Verkaufsbereich wurde von den Tapeten befreit. Diese Frau ist wirklich unglaublich, packt immer an und zieht das Ganze hier hervorragend durch. In Anbetracht der Tatsache, dass sie am ersten Dezember eröffnen will, sollte sie das auch dringend tun. Wir werden das schaffen.

Clarissa steht in der Tür. Ami drängelt sich an ihr vorbei und bekommt erst einmal meine volle Aufmerksamkeit. Ich kraule sie hinter den Ohren und stelle zufrieden fest, dass sie mit dem Schwanz wedelt. Dann sehe ich auf und blicke Clarissa an. Mir verschlägt es den Atem. Sie ist wunderschön.

# Kapitel 23 – Clarissa

Wie lange genau stehe ich schon vor dieser Kleiderkiste? Ich blicke lieber nicht auf die Uhr. Was zum Geier soll ich nur anziehen? Immerhin weiß ich, was wir essen werden. Ich habe ein neues Rezept gefunden für Lasagne mit Spinat, und anstelle von Béchamelsauce wird Crème fraîche verwendet. Sogar Spiegelei kommt mit in die Lasagne, und mir knurrt jetzt schon der Magen, wenn ich daran denke. Ich hoffe, es wird so gut schmecken, wie es klingt.

Jetzt habe ich allerdings das Problem, noch zu viel Zeit zu haben, bis Matthew kommt. Ich traue mich dann irgendwann doch, auf die Uhr zu sehen. O nein. So viel, wie ich dachte, habe ich gar nicht mehr. Ich schnappe mir ein knielanges, weinrotes Samtkleid, dazu eine dunkle Strumpfhose. Zu mehr Kreativität bin ich wohl heute nicht fähig.

Schnell springe ich unter die Dusche. Ami sieht mir mit schräg gelegtem Kopf dabei zu. Es wirkt fast so, als würde sie sich über mich lustig machen. Ich habe Matthew erst vor wenigen Stunden gesehen, und trotzdem sitzt die Nervosität in meinem Bauch. Es fühlt sich an, als würden dort kleine Raupen vor sich hinwuseln. Als ich aus der Dusche komme, föhne ich meine Haare, dann greife ich zu meinem Make-up. Bisher kennt er mich nur ungeschminkt, heute ist aber ein schöner Anlass, um ein wenig Farbe auf das Gesicht zu bringen. Ich gehe schnell in die Küche, um die Lasagne in den Ofen zu schieben, und kehre dann ins Bad zurück. Ein Blick auf die Uhr sagt mir, dass ich mich langsam beeilen sollte.

Ich bedecke meine Haut mit losem Puder, in meiner Pubertät hatte ich stark mit Pickeln zu kämpfen, die zum Glück schon längst verschwunden sind. Damit das so bleibt, lasse ich meiner Haut meistens Luft zum Atmen. Ich trage dunklen Eyeliner auf den Lidern auf und tusche die Wimpern – ich möchte es nicht übertreiben. Anschließend krame ich in meiner Beautytasche nach dem passenden Lippenstift zum Kleid, den ich irgendwo hier habe. Da! Ganz unten ertasten meine Finger den Stift, und ich trage ihn sorgfältig auf. Hoffentlich landet nicht so viel davon auf meinen Zähnen; ich bin aus der Übung gekommen.

Es klingelt an der Tür. Schnell stecke ich mir noch goldene Ohrstecker an und laufe dann schnell zum Summer, um zu öffnen. Nun nur noch entspannt wirken, und dann wird alles gut werden.

Ich bin davon überzeugt, dass es ein schöner Abend wird.

Matthew sieht einfach unfassbar gut aus. Der Pullover schmiegt sich an seinen Oberkörper, und die Hose verrät einen sehr ansehnlichen Hintern. Nicht, dass ich permanent darauf starren würde, aber als er vor mir läuft, kann ich mir einen Blick nicht verkneifen. „Schön, dass du da bist. Die Lasagne habe ich gerade in den Ofen geschoben."

Er blickt mich an. „Super. Ich habe dir etwas mitgebracht." Er streckt mir einen Strauß Blumen entgegen, der nicht schöner sein könnte: bunt und riesig.

„Das wäre doch nicht nötig gewesen." Meine Wangen werden heiß. Ich erinnere mich nicht an den Zeitpunkt, wann ich das letzte Mal Blumen geschenkt bekommen habe.

„Ich habe für Ami Leckerchen aus Rind und Schwein mitgebracht. Darf ich sie ihr geben?"

„Klar. Das passt hervorragend; auf Geflügel ist sie allergisch." Er nickt und setzt sich auf den Boden zu Ami. „Tut mir leid, die Möbel werden erst übernächste Woche geliefert. Zum Glück hatte Jack einen Esstisch, sonst hätten wir wohl auf dem obligatorischen Bett essen müssen." Wir lachen gleichzeitig los.

„Du wirst doch nicht beim ersten Date mit mir ins Bett springen wollen?" Er zieht die Augenbrauen nach oben, und mir entkommt ein Prusten.

Ami lässt sich das Leckerchen schmecken.

„Passt deine Tante dann auf Luckey auf?", frage ich ihn. „Du hättest ihn gerne mitbringen können."

Er lächelt mich an. „Ich wollte mich auf dich konzentrieren und nicht gleich von zwei Hunden abgelenkt werden. Du bist ja mit dem Abtapezieren so weit durch. Heute ist Freitag, vielleicht können wir dann am Montag mit den Renovierungsarbeiten starten. Ich habe ja jetzt viel Zeit in meinem Urlaub."

Am liebsten würde ich ihm um den Hals fallen und mein Gedächtnis auffrischen, wie sich seine Lippen anfühlen. Meine Gedanken springen zu seinem ersten Satz zurück. Auf mich konzentrieren. Ich kann kaum Atmen vor Freude. „Das wäre superlieb, aber du darfst natürlich deinen Urlaub verbringen, wie du magst. Bry hatte mir ebenfalls seine Hilfe angeboten."

Schnell schüttelt er den Kopf. „Das ist schon in Ordnung. Ich mache das gern."

„Ich habe eine Flasche Wein kaltgestellt, wenn du magst?“

„Mir wäre ein Wasser lieber, ich muss immerhin später nach Hause fahren. Tatsächlich trinke ich nicht mehr, wenn ich noch Auto fahren muss.“

Natürlich, daran habe ich gar nicht gedacht. „Ich kann uns einen alkoholfreien Cocktail zum Essen machen.“

„Das klingt hervorragend.“ Noch ein Lächeln, dann konzentriert er sich wieder darauf, Ami mit Leckerchen zu bestechen. Mein Herz schmilzt ein wenig, als ich sehe, wie sie ihr Köpfchen an seine Beine schmiegt.

„Et voilá. Ich habe mich an Lasagne probiert, auch wenn es nicht danach aussieht.“ Ich hätte nicht auf ein Internetrezept vertrauen dürfen, vor allem nicht, wenn ich seit mehreren Wochen keinen Kochlöffel mehr angerührt habe.

„Es sieht fantastisch aus.“ Seine Lüge bestrafe ich sofort mit einem Schlag gegen seine Schulter. Ich rechne nicht damit, dass er meine Hand festhält und ihr einen zarten Kuss aufhaucht. „Du hast dir Mühe gegeben, und das ist das Wichtigste. Es wird uns schon nicht umbringen.“

Kurz stockt mir der Atem, und schnell entziehe ich ihm meine Hand, ohne es böse zu meinen. Er lächelt verständnisvoll, und ich setze mich hin. Nichts an diesem Zeug in der Auflaufform erinnert an eine Lasagne. Der Käse ist flüssig, der Spinat sieht noch nicht wirklich durch aus, und die Creme hat Blasen geschlagen. „Bist du dir wirklich sicher, dass wir es wagen sollen?“

„Na klar.“ Er grinst, und ich lege erst ihm und dann mir etwas auf den Teller. Ich beobachte Matthew, als er sich ein Stück in den Mund schiebt und anfängt zu kauen. Er kaut ziemlich lange für eine Lasagne, die eigentlich auf der Zunge zergehen soll. Ich nehme ebenfalls einen Bissen. O nein, das ist wirklich nichts geworden. Die Platten sind noch hart, während die Crème fraîche den Backofen nicht vertragen hat und leicht säuerlich schmeckt.

„Bitte iss das nicht.“ Ich wische mir den Mund mit einem Papiertaschentuch ab. Das Date ist ein Reinfall. Ich sehe enttäuscht zu Boden.

„Alles in Ordnung, Ria. Das kann jedem mal passieren. Es war ein neues Rezept, oder?“

Ich nicke. „Alle Bewertungen waren durchweg positiv. Das darf doch jetzt nicht wahr sein.“ Sein Magen knurrt, und ich fühle mich von Sekunde zu Sekunde schlechter. Manchmal passiert es, dass ich vor Enttäuschung anfange zu weinen. Ich merke, wie Tränen in mir hochkommen und schlucke sie mühsam hinunter. Ich wollte ihm einen so schönen Abend bereiten.

Matthews Stuhl schabt über den Boden. „Vertraust du mir?“ Er hebt mein Kinn mit den Fingern an, und ich sehe ihm tief in die Augen. Hoffentlich verrät das Glitzern dort nicht die Tränen, die ich gerade verzweifelt versuche zu verdrängen. Ich nicke, und er nimmt meine Hand. „Ami kann doch mal für ein paar Stündchen alleine sein, oder?“ Er zieht mich vom Stuhl hoch, sodass ich gegen seine Brust gedrückt werde. Er riecht leicht nach Aftershave.

Irgendetwas Natürliches, es erinnert an Moos.

„Wir machen einen Ausflug, Ria. Bist du bereit für ein Abenteuer?“

Mein Herz schlägt mir bis zum Hals, als ich zaghaft nicke, obwohl ich keine Ahnung habe, was er vorhat.

# Kapitel 24 – Matthew

Ich habe einen groben Plan im Kopf. Die Lasagne war scheußlich, dennoch hätte ich sie gegessen, nur um Clarissas enttäuschtem Blick entgegenzuwirken. Wahrscheinlich war das Rezept nicht gut oder nicht ausführlich erklärt. Ich habe Emilio noch kurz eine Nachricht geschickt, bevor wir ins Auto gestiegen sind. SOS, brauche Hütte und eventuell eine Kleinigkeit zu futtern, lautete sie. Ein hochgestreckter Daumen war die Antwort. Zum Glück hat man als Feuerwehrmann die nötigen Beziehungen. Auch solche, um Abende zu retten, obwohl ich mir sicher bin, dass es bei Clarissa ebenfalls wunderschön geworden wäre. Immerhin verbringen wir Zeit gemeinsam.

„Wo fahren wir denn hin?" Sie erinnert mich an Riley, als sie das fünfte Mal innerhalb der letzten zwanzig Minuten Fahrt nachfragt.

„Lass dich überraschen", lautet auch jetzt meine Antwort. Sie hibbelt nervös auf und ab, und ich muss lächeln. „Du bist kein sonderlich geduldiger Mensch, oder?" Natürlich ist es eine rhetorische Frage.

Sie antwortet prompt. „Nein. Ich möchte gerne immer alles kontrollieren. Ich liebe es, Pläne zu machen. Ungeduld ist mein zweiter Vorname, dicht gefolgt von Struktur."

Ich schmunzele. „Das ist jetzt nicht böse gemeint, aber wie hast du es dann geschafft, mit nur groben Plänen in eine fremde Stadt zu ziehen?"

„Es war das erste Mal in meinem Leben, dass ich mich wirklich getraut habe, einen solchen Schritt zu gehen. Ich war sonst immer zurückhaltender, habe Pro und Kontra abgewogen. Aber Clarcton hat sich direkt richtig angefühlt, allein die Bilder vom Laden haben mich überzeugt ... und da war ich mal spontan."

„Das verstehe ich. Manchmal dauert es im Leben ein bisschen, bis man den Mut hat, Dinge anzugehen. Das ist völlig in Ordnung."

Sie legt mir die Hand auf den Unterarm und streicht darüber. „Danke, dass du mir mit deinen Worten immer mehr Mut machst, weiterzulaufen."

Ein schöneres Kompliment gibt es nicht.

„Schließ deine Augen." Ich stelle den Motor ab und sehe zu Clarissa, die mit einem aufgeregten Lächeln auf den Lippen meiner Aufforderung nachgekommen ist. Ich steige aus und laufe um das Auto herum, um ihre Tür zu öffnen. „Ich strecke dir jetzt die Hand entgegen, und dann steigst du aus. Pass aber auf deinen Kopf auf." Sie nickt, und ich nehme ihre Hand in meine. Als sie mühselig ausgestiegen ist, sage ich: „Halte die Augen noch eine Sekunde lang geschlossen." Sie lächelt, und an ihren Füßen, die sie immer wieder bewegt, sehe ich, dass sie nervös ist. Mein Herz klopft bis zum Hals. Ich war seit Jahren nicht mehr hier. „Du kannst sie nun aufmachen."

Sie tut es und blinzelt ein, zwei Mal. Es ist dunkel, leichter Nebel liegt über der Lichtung. Eine dünne Schneeschicht hat sich auf dem Waldboden gesammelt, ebenso auf dem Dach der kleinen Hütte, vor der wir stehen.

„Sie gehört einem Bekannten, den ich bei der Feuerwehr kennengelernt habe. Er ist ein begnadeter Koch und hat ein eigenes Restaurant in der Stadt."

Clarissas Augen schimmern, und sie schlingt die Arme um mich. „Es ist wunderschön." Ich erwidere ihre Umarmung und genieße es, wie sie sich an mich schmiegt.

„Wir könnten Glück haben und Elche sehen. Sie mögen diese Gegend hier sehr. Ich hoffe, die Überraschung gefällt dir."

Sie sieht mich an, und kurz wandert mein Blick zu ihren Lippen. Wie gerne würde ich nun einfach den Abstand zwischen uns überwinden und sie noch einmal spüren.

„In dem See kann man im Sommer sogar schwimmen, erkennst du den Steg?" Ich zeige darauf, um meinen Blick abwenden zu können. Wenn ich noch länger in ihr wunderschönes Gesicht blicke, dann werde ich schwach und werfe meine Vorsätze über Bord.

„Ich weiß gar nicht, was ich sagen soll. Es sieht aus wie in einem Film."

Ich kann ihr nur zustimmen. Die weiße Schicht auf den grünen Fichten sieht aus wie Puderzucker, kleine Schneeflocken tanzen in der Luft. Selbst der Nebel, der sich bildet, tut der Schönheit keinen Abbruch. Alles zusammen sorgt für eine magische Atmosphäre. „Lass uns hineingehen. Ich glaube, wir haben beide Hunger." Ich war selbst noch nicht oft hier, aber es ist so schön. Die kleine Hütte wird von seinem Besitzer sehr gepflegt, er vermietet sie manchmal auch zu Veranstaltungszwecken oder für mehrere Tage an Touristen. Durch seine Arbeit im Restaurant bleibt ihm nicht viel

Zeit dafür, deshalb hat er sich helfende Hände besorgt. Eine Putzfrau, die ich auch schon kennenlernen durfte – sie ist etwas älter und sehr lieb.

Eine Couch steht in der Mitte des Raumes, sie ist ausklappbar. Treppenstufen führen auf eine Empore, auf der ein Bett steht. Alles ist aus Holz gemacht, bis auf den riesigen Kamin in der Ecke. In ihm schwelt noch etwas Glut, und ich werde ihn wohl gleich wieder anwerfen. Wir werden den Abend bestimmt hier verbringen, da soll sie nicht frieren.

„Wow. Sieh dir mal diese riesige Couch an und den kleinen Herd. Ich würde sofort hier einziehen, wenn der Laden nicht wäre."

„Wir können ja manchmal gemeinsam hierherkommen, wenn uns der Rest zu viel wird."

Ihr Blick besiegelt mein stummes Versprechen, mehr Zeit mit ihr verbringen zu wollen.

„Ich mache den Kamin an."

Clarissa steht noch immer in der Hütte und sieht sich alles genau an. Es ist faszinierend, sie dabei zu beobachten.

„Warum steht hier denn Essen rum? Meine Lasagne hätte köstlich werden können!" Sie hat recht, ich hätte es womöglich erklären sollen.

„Ich kenne Emilio schon seit einer ganzen Weile, ich war berufstechnisch mal bei ihm im Restaurant, und irgendwie ist er zu einem guten Bekannten geworden." Sie hört mir aufmerksam zu und legt den Kopf schief. Ich zeige auf den gedeckten Tisch und den Topf, der auf dem Herd steht. „Er ist mein Notfallkontakt, und als du so enttäuscht von der Lasagne warst, habe ich mal eben einen Plan B geschmiedet. Vielleicht können wir mal in

Emilios Restaurant essen gehen, dann kann ich ihn dir vorstellen." Sie nickt zaghaft, und ich hoffe sehr, dass ich ihren Unmut besänftigen konnte. Zumindest glätten sich ihre Züge, und sie wendet sich an den Herd.

„Ich mache uns die Suppe oder was auch immer warm."

„Danke", sage ich.

Ich kümmere mich um die Glut. Wenig später durchzieht bereits ein bestimmter Duft die Hütte: Bohnenkraut.

„Ich glaube, es gibt auf jeden Fall Eintopf", ruft Clarissa.

„Klingt doch wunderbar." Als die Funken da sind, werfe ich einen kleinen Holzspalt darauf, der Feuer fängt. Schon nach wenigen Minuten kann ich nachlegen, ohne erneut einen Anzünder zu benötigen. Die Natur ist so faszinierend.

„Das Essen wäre auch warm."

Der Tisch war bereits gedeckt, als wir reingekommen sind. Holzdekorationen schmücken ihn, und die dunkelbraunen Teller passen hervorragend dazu. Sie sind in Holzoptik bemalt und passen gut zum Ambiente.

„Hier." Ria schöpft mir eine Kelle mit Suppe aus dem Topf, und wir fangen direkt an zu essen. Es sind mehrere Bohnensorten darin, die mit Kartoffeln aufgekocht sind. Ich habe keine Ahnung, welche Gewürze Emilio verwendet hat, aber es schmeckt köstlich.

„Viel besser als meine Lasagne."

„Hör auf, dir darüber noch einen Kopf zu machen." Sie nickt nur, doch das Rattern hinter ihrer Stirn sehe ich noch immer.

Es klopft an der Tür. Ich bin verwirrt. Ich habe es doch mit Emilio geklärt, dass wir den Abend hier verbringen. Wer könnte es dann sein? Er hat doch alles schon vorbeigebracht.

Clarissa sieht genauso verdutzt aus. Ich stehe auf und öffne die Tür. Eine Wärmebox steht davor. Ein Eintopf reicht doch nicht aus, mein Freund, steht in Emilios Schrift auf dem weißen Zettel. Ich sollte mich dringend bei ihm bedanken.

„Ich glaube, wir werden heute nicht verhungern", sage ich, als ich die Kiste hineintrage und abstelle. Clarissas Augen weiten sich – Antwort genug.

Die Auswahl der Leckereien, die uns Emilio zusammengestellt hat, ist großartig. Da er ein vegetarisches Restaurant leitet, habe ich keine Probleme damit.

„Wer soll das denn alles essen?" Clarissas Augen werden immer größer, je mehr kleine Schachteln ich aus der Box hole und neben die Colaflaschen stelle, die mitgeliefert wurden.

„Ich weiß nicht, wie viele Leute er erwartet hat." Sie hat recht, es scheint zu viel für uns beide zu sein. Als wir die Boxen öffnen, kommen wir aus dem Staunen nicht heraus. „Es sind Tapas! Du bist dir sicher, dass alles vegetarisch ist?"

Ich nicke. „Er führt nur vegetarische Gerichte, darüber brauchst du dir also keinen Kopf zu machen." Es sind Datteln dabei, verschiedene Dips und ganz viel frisches Brot.

Ich entdecke grüne Peperoni, die in Öl und einer Kräutermarinade eingelegt sind. Mir läuft das Wasser im Mund zusammen. Kartoffeln, stark angeröstet, so wie ich sie liebe, brutzeln sogar noch leicht. Die weißen

Bohnen in Tomatensoße machen mich ebenfalls an. Am liebsten würde ich in alles gleichzeitig ein Stück Brot tunken, um die verschiedenen Aromen zu kosten. Gutes Essen ist pure Leidenschaft.

Ich rieche Knoblauch und muss lachen. „Nicht sehr geeignet für ein Date." Ich zeige auf das Aioli, und Clarissa kichert.

„Das hält mich von nichts ab."

Schweigen erfüllt den Raum; das Ticken der Kuckucksuhr an der Wand in Kombination mit dem Knistern des Feuers sind die einzigen Geräusche, die die Stille der Hütte bereichern. Wir sehen uns in die Augen. Es kostet mich all meine Selbstbeherrschung, nicht zu ihr hinüberzugehen, sie an mich zu ziehen und ihre Lippen zu küssen. Die Stimmung ist magisch. Als wären wir in einem der heißesten Filme, gepaart mit genug Romantik, dass es einen tief im Herzen berührt und nicht nur in der Lendengegend.

„Lass uns essen", krächze ich und trinke einen Schluck Cola. Sie nickt, und wir fangen stumm an. Als würde es etwas nutzen, um die Stimmung abzukühlen. Mir wird nur immer wärmer.

„Ich glaube wirklich, ich platze gleich", sagt Clarissa. Wir sitzen nebeneinander auf der Couch, und sie reibt sich über den Bauch.

„Du hättest die letzte Dattel einfach nicht mehr essen sollen." Ich lache sie an.

„Doch. Sie war so lecker."

Wir haben wirklich den Inhalt aller vierzehn Boxen inhaliert. Nun sind wir im Koma der Essenswelt angekommen, und ich kämpfe mit dem Drang, meinen Gürtel zu öffnen, um mehr Luft zu bekommen.

„Wir sollten wirklich unbedingt mal in sein Restaurant gehen. Ich hatte noch nie so gute vegetarische Tapas." Clarissa ist begeistert, und ich bin es auch. Es waren Fleischersatzprodukte dabei, aber auch viel aus reinem Gemüse. Mir als Fleischesser hat nichts gefehlt, so gut waren die Variationen.

„Das stimmt. Es war wirklich hervorragend."

„Wollen wir noch eine Runde spazieren gehen? Vielleicht sehen wir ja Elche."

Clarissa nickt und reibt sich kurz über die Augen. „Wenn ich nach Essen nicht immer so müde wäre, dann wäre ich wohl auch sportlicher."

„Du bist wunderschön." Ich streiche über ihre Wange. „Es ist mein Ernst. Mach dir keine Sekunde lang Gedanken darüber, dass du nicht gut genug bist. Nicht sportlich genug oder was auch immer. Die Gesellschaft gibt uns vor, wie wir sein müssen, aber dieses Bild stimmt nicht." Ich stocke kurz. „Du bist mehr als genug, und vor allem bist du gesund und am Leben. Was genau braucht es denn noch?"

Sie blickt mich an. Das Funkeln in ihren Augen zieht mich magisch an, und ich meine jedes einzelne Wort genau so, wie ich es sage.

„Ich würde dich nun so gerne küssen", haucht sie leise, und ich beiße mir auf die Lippen, um dem Drang zu widerstehen, genau das zu tun.

# Kapitel 25 – Clarissa

Als er sich zu mir herüberbeugt, schlägt mein Herz viel zu schnell. Das Klopfen erinnert von der Geschwindigkeit eher an einen Presslufthammer. Seine Lippen treffen auf meine, und ich frage mich wirklich, wie ich nur vergessen konnte, wie sich so etwas anfühlt. Es ist ein vorsichtiger Kuss. Wir streichen uns gegenseitig über die Lippen, bis er mit der Zunge gegen meine stößt. Ich gewähre ihm den Zugang, und unsere Zungen spielen miteinander. Ich lege eine Hand in Matthews Nacken und ziehe ihn näher an mich. Er beißt mir leicht in die Unterlippe, woraufhin ich aufkeuche. Ich fühle mich, als würde ich in Flammen stehen. Alles wird intensiver, auch seine Berührung. Matthew liebkost meinen Nacken und fährt dann meinen Rücken hinunter. Die Gänsehaut, die sich auf meinem Körper bildet, habe ich so noch nie erlebt. Ich bin im Rausch, würde ihm am liebsten die Klamotten herunterreißen, nur um ihn am ganzen Körper verwöhnen zu können.

Auf einmal steht die Welt still. Er löst sich von mir, als hätte er sich an meinem inneren Feuer verbrannt. „Bitte, stopp." Seine Worte sind kaum mehr als ein Keuchen, er ringt so nach Luft wie ich. Die Leidenschaft, die gerade noch in der Luft lag, ist verschwunden und durch Kälte ersetzt worden.

„Das ist alles nicht so einfach, wie du vielleicht denkst", sagte Matthew leise. „Ich möchte das, aber jetzt noch nicht. Deine Worte haben mich überrumpelt."

Ich fühle mich wie vor den Kopf gestoßen. Meine Worte? Immerhin hat er mich geküsst; ich habe nur davon gesprochen. Ich weiß nicht, was ich sagen soll, weshalb ich mich lieber in Schweigen hülle.

„Lass uns spazieren gehen." Er sieht mich entschuldigend an. Das kleine, enttäuschte Mädchen in mir würde sich am liebsten auf den Boden werfen und mit den Händen und Füßen darauf schlagen, doch ich bin erwachsen. „Ist alles in Ordnung?", fragt er dann allen Ernstes. Und weil ich erwachsen bin und wir alle irgendwann einmal angefangen haben zu lügen bei dieser Frage, tue ich das wohl einzig Falsche. Es fühlt sich aber so richtig an.

Ich nicke.

Die kalte Luft der Nacht tut gut. Ich frage mich, wann Matthew wohl vorhat, zurückzufahren. Ich sehne mich nach Amis beruhigenden Atemzügen, dass ich mein Gesicht in ihrem Fell verstecken und die Tränen kommen lassen kann, die sich gerade in mir aufstauen. Seit dem Kuss ist die Eiszeit zwischen mir und Matthew ein Witz gegen die echte. Ich versuche mich von der Schönheit um mich herum einlullen zu lassen, doch immer wieder wandert mein Blick zu Matthew. Er wirkt nachdenklich und holt des Öfteren tief Luft. Doch er schweigt. Die Stille, die uns umgibt, könnte angenehm sein, aber das ist sie nicht. Sie fühlt sich an wie eine Last auf den Schultern. Als würde man so viel sagen wollen, doch irgendwie tut man es nicht. Ich muss den ersten Schritt machen. Oder?

„Sieh mal, ein Elch", ruft Matthew auf einmal, und ich blicke in die Richtung, in die er zeigt.

Wow. Ich habe so ein Tier noch nie von Nahem gesehen. Es steht auf einer Lichtung und schnüffelt am Boden. Es sieht wunderschön aus. „Das müsste ein Wapiti sein. Er ist ein Edelhirsch und hier am häufigsten zu sehen. Sie sind deutlich größer als andere Hirsche."

Matthew erinnert mich an einen Biologielehrer, der seinem Schüler ein Thema näherbringen möchte. Er schafft es, denn ich bin begeistert. „Normalerweise leben sie in Herden, es kann also gleich passieren, dass noch andere hinzukommen." Wie aufs Stichwort erscheinen sechs weitere Tiere. „Wenn sie um ein Weibchen kämpfen, kann es zu tödlichen Verletzungen kommen."

Ich nicke fasziniert. „Woher weißt du das alles?"

Er zuckt mit den Schultern. „Mein Grandpa war damals viel mit mir in der Natur unterwegs. Sie beruhigt mich."

„Natur ist etwas Magisches, sie hüllt dich ein, und alle Sorgen werden kleiner."

„Fast alle, ja. Dennoch sollten wir später reden."

Da ist er wieder, der Druck auf meinem Magen, wenn mir unangenehme Gespräche bevorstehen. Ich nicke. „Das sollten wir wohl."

Er lächelt mich an, vielleicht wird es gar nicht so schlimm.

Ich weiß nicht, wie lange wir im Wald stehen und die Tiere beobachten. Irgendwann fange ich vor Kälte an zu zittern und mit den Zähnen zu klappern. „Wollen wir langsam den Heimweg antreten? Oder magst du dich noch ein wenig am Kamin in der Hütte wärmen?"

Matthew legt seine Arme um mich, um mir etwas Körperwärme abzugeben. „Der Kamin klingt verlockend." Er lacht mich an, drückt mir einen Kuss auf die Stirn, und dann gehen wir zurück. Dabei nimmt er zaghaft meine Hand. Ich könnte nicht verwirrter sein. *Von deinen Stimmungsschwankungen bekommt man ja ein Schleudertrauma* – das Zitat von Bella Swan aus Twilight kommt mir in den Sinn, und ich könnte es auf meine Situation übertragen. Dennoch genieße ich das Gefühl meiner Hand in seiner leider kalten. Wir verschränken die Finger miteinander, und er zeichnet mit dem Daumen kleine Kreise auf meinen Handrücken. Es fühlt sich sehr schön an. Die Schmetterlinge in meinem Bauch werden zu Schwärmen; sie verbinden sich miteinander und möchten weiterfliegen. Ich halte sie auf, denn sie sind jetzt schon mehrmals hart auf dem Boden aufgekommen. Oft verkraften sie solche Rückschläge nicht. Matthew und ich müssen erst einmal ein klärendes Gespräch führen. Auch wenn es wehtut, es muss einfach sein. Ich möchte wissen, woran ich bin.

In der Hütte angekommen, ziehe ich meine Schuhe aus, die leider ebenso wie meine Socken durchnässt sind. Ich muss mir dringend neue Winterschuhe kaufen. Meine Jacke hänge ich an die Garderobe, sodass sie trocknen kann, bis wir den Heimweg antreten. Matthew tut es mir gleich, und dann setzen wir uns auf die Couch.

Ich zögere. „Ich wollte dich mit meiner Aussage zu nichts zwingen oder animieren. Ich habe einfach nur ausgesprochen, was ich denke." Meine Worte tun weh, doch ich möchte volle Ehrlichkeit zwischen uns. Ich hoffe, er auch.

„Ich wollte dich küssen, und ich möchte es immer noch“, sagt er leise. „Alles ist so kompliziert.“

Ich rücke näher an ihn heran und lege meine Hand auf sein Knie. „Du kannst mit mir über alles sprechen. Wir drehen uns derzeit im Kreis. Ich mag dich immer mehr und würde einfach gerne wissen, woran ich bin.“ Er schluckt, und als ich ihm in die Augen blicke, sehe ich Tränen darin schimmern. „Ich habe meine Frau, Maya, verloren. Bei einem Brand. Du bist die Erste, zu der ich mich wieder hingezogen fühle. Das verwirrt mich und macht mir Angst.“

Mir reißt es den Boden unter den Füßen weg, und ich habe das Gefühl, als würde ich fallen. Matthew ist Witwer, und ich unsensibler Mensch habe es nicht geahnt. Ich ringe nach Worten. Wie soll ich mein Verständnis ausdrücken, ohne ihn in Mitleid zu hüllen, und gleichzeitig mein eigenes Gefühlschaos verstehen? Ich habe keinen blassen Schimmer.

# Kapitel 26 – Matthew

Die Worte schmecken wie Säure. Sie brennen sich in mein Inneres, mein Magen rebelliert, und es ist noch immer so schwer, darüber zu reden. Nun kennt sie schon die halbe Wahrheit, obwohl ich es ihr niemals verraten wollte. Was ist nur los mit mir? Ich fange an, ihr zu vertrauen und mich wirklich mit dem Gedanken auseinanderzusetzen, ihr einen kleinen Teil von mir geben zu können. Die Angst davor, dass sie diesen nimmt und zerreißt, ist riesig. Sie ist furchterregend. Der kleine Funken Hoffnung, der mir sagt, dass alles gut ist, kann nichts gegen sie tun.

„Das tut mir leid, Matthew. Wirklich, aus tiefstem Herzen." Sie legt ihre Hand auf meine, und ich traue mich nicht, sie anzusehen. Ich weiß genau, was mich erwartet. Mitleid. Das schlimmste Gefühl, das man einem Menschen entgegenbringen kann. Man ist eh schon machtlos gegen die Trauer, die wie ein Sturm in einem wütet. Mitleid bringt das Fass nur zum Überlaufen.

Sie bewegt ihre Finger leicht. „Ich kann dich nun besser verstehen, und hätte ich davon gewusst, wäre ich es anders angegangen."

Nun traue ich mich doch, sie anzusehen, und finde überraschenderweise nur einen kleinen Funken Mitleid in ihren Augen. Vor allem ist da unendliches Interesse, und zwar an mir und meiner Geschichte. „Das hätte ich nicht gewollt. Man wird nach so einem Verlust von allen Menschen behandelt, als wäre man aus

Porzellan. Auf einmal fassen sie dich mit Samthandschuhen an, wo sie dir vorher mit Boxhandschuhen gedroht haben. Das ist Bullshit." Es fühlt sich befreiend an, endlich die Worte auszusprechen, die mir seit Mayas Tod durch den Kopf gehen. „Ich bin tief in mir immer noch derselbe Mann. Auch wenn ich ihn gerade selbst nicht finde. Ich habe einen großen Verlust erlitten, und mein Herz wird niemals mehr so schlagen wie zuvor. Trotzdem verdiene ich es, behandelt zu werden wie ein ganz normaler Mensch."

Ich merke erst, dass ich weine, als ich die salzigen Tränen an meinen Lippen spüre. So viel zu normal.

„Mitleid ist nichts Negatives, auch wenn es oft so aufgenommen wird. Es bedeutet, dass ich mit dir leide. Ich fühle deinen Schmerz bis hier." Sie drückt meine Hand auf die Stelle, an der ihr Herz schlägt, und meine Tränen fließen weiter.

„Ich habe mir oft gewünscht, dass mich das Feuer auch erwischt hätte. Ich habe mich gefragt, womit ich es verdient habe, weiterzuleben, während der Tod sie einfach mitgenommen hat. All die Fragen zerfressen mich, verstehst du? Das Leid kann niemand nachempfinden, der es nicht selbst erlebt hat."

Ihr Herz hämmert wie wild unter meiner Hand, und mein eigenes pocht mindestens genauso schnell.

„Ich kann es nicht nachempfinden, aber du kannst mir ein oder zwei Stücke aus dem viel zu schwerem Rucksack auf deinen Schultern geben. Dann ist es alles schon viel leichter, hm?" Sie lächelt mich zaghaft an. Meine Tränen werden weniger, und ich kann nicht glauben, wie besonders dieser Augenblick ist. „Magst du mir von ihr erzählen?"

Ich ringe nach Worten; diese Frage hat mir nur selten jemand gestellt. Meist kommt eine Beileidsbekundung und es wird nicht weiter nachgehakt, als würde man nicht wollen, dass Schmerz in der Luft liegt. Aber es ist zu früh, ich kann noch nicht mit Clarissa über Maya sprechen. Das wäre mir zu viel, also schüttele ich nur den Kopf und öffne den Mund, um mich zu entschuldigen.

Sie legt ihren Finger auf meine Lippen. „Es ist okay. Bereit, wenn du es bist.“

Und dann schließt sie zaghaft ihre Arme um mich und zieht mich in eine Umarmung, die mein Herz wärmt. Sie ordnet die zerbrochenen Teile in meinem Inneren. Diese Frau wird gerade zu meinem Rettungsring.


„Meinst du, es wäre in Ordnung, hier zu schlafen und morgen ganz früh zurückzufahren?“

Ich liege ausgestreckt auf der Couch, den Kopf in Clarissas Schoß. Ich bin schon mehrmals weggedöst, weil sie mein Haar krault und ich ihre Nähe genieße. Welchen Tag haben wir heute? Ich denke kurz darüber nach. Die Stunden fühlen sich an wie viele Augenblicke, die gerade unsere kleine Unendlichkeit bilden. Morgen ist Samstag. Wenn ich Mags schreibe, dass ich nicht zum Frühstück da sein werde, wäre Riley bestimmt sehr enttäuscht. Das kann ich nicht zulassen.

„Ich muss spätestens um neun Uhr zuhause sein, ich habe morgen noch etwas vor.“ Die Lüge ist schmerzhaft, vor allem nach dem Einblick in die Wahrheit, die ich Clarissa heute bereits gegeben habe. Sie blickt auf die Uhr, wirkt traurig darüber, dass wir nicht noch mehr Zeit miteinander verbringen können. Das bin ich auch. Sonntag ist Riley bei dem Kindergeburtstag einer Freundin aus dem Kindergarten und Mags mit ihrer Häkelgruppe verabredet. „Sonntag hätte ich dann Zeit, wenn du magst. Wir könnten im Laden anfangen."

Sie nickt und streicht mir eine wirre Haarsträhne aus der Stirn. „Wir haben bereits zwei Uhr morgens, vielleicht sollten wir zurückfahren." Die Müdigkeit übermannt mich, und ich schließe für einen Moment meine Augen.

„Scheiße Matt, es ist acht Uhr!"

Ich schrecke auf und muss mich orientieren. Ich blinzle zwei Mal. Wir sind in der Hütte und anscheinend eingeschlafen. Ich setze mich auf, mein Kopf hat noch immer in ihrem Schoß gelegen.

„Mist, lass uns zusammenpacken und nach Hause fahren." Stress! Ich muss zu meiner Tochter, ich kann sie nicht vernachlässigen, nur weil ich dabei bin, mich zu verlieben.

„Scheint ziemlich wichtig zu sein. Hast du was mit Mags vor?"

Ich überlege fieberhaft, wie ich der Frage entkommen kann. Ich richte meine Sachen, und Clarissa streckt sich, als sie aufsteht. Ihr muss alles wehtun, immerhin ist sie im Sitzen eingeschlafen.

„Wir frühstücken samstags immer zusammen, wenn ich frei habe. Das ist ein Ritual, das ich ungern brechen würde." Wäre Riley nicht, dann hätte ich sie heute mitgenommen. Die Stunden mit ihr sind wie im Flug vergangen, und schon jetzt graust es mich davor, unsere kleine Blase zu verlassen. Sie hat dafür gesorgt, dass wir uns ein wenig fallen lassen konnten. Ich habe mich

Clarissa öffnen können, und auch wenn noch so viele ungesagte Worte zwischen uns stehen, bin ich mehr als zufrieden.

Ich werde melancholisch, als ich sie nun ansehe. Es fühlt sich an wie ein Abschied, auch wenn es nur für wenige Stunden ist und wir den Heimweg noch vor uns haben.

„Danke, dass du mir die Hütte gezeigt hast", sagt sie. „Und dass du unser Abendessen gerettet hast." Sie nimmt mich in den Arm. Sie riecht leicht nach Schweiß von der Nacht und vergräbt ihren Kopf an meiner Halsgrube. Mir entkommt ein Krächzen, denn es kitzelt, und dann drückt sie einen federzarten Kuss auf die Stelle. „Danke, dass du deine Geschichte mit mir geteilt hast. Denke daran, ich helfe dir, deinen Rucksack zu tragen, und du kannst mir Dinge abgeben, wann du möchtest."

Das Gefühlschaos in mir wird mich zur Verzweiflung bringen, doch all das ist vergessen. Ich ziehe sie zu mir und küsse sie, als wäre es unser letzter Moment, und lege alles hinein, was ich gerade fühle.

Ich bin dabei, mich in dich zu verlieben, sagt der Kuss. Ich habe unfassbare Angst, dich zu verlieren, wenn du die Wahrheit erfährst, haucht der Kuss. All die Worte, die ich nicht über meine Lippen bringe, erzähle ich ihr auf diese Weise, während meine Zunge ihre umspielt.

Reden ist Silber. Küssen ist Gold.

Ami bellt fröhlich, als ich die Tür öffne und die Kälte hineinlasse. Sie muss bestimmt dringend raus, also ignoriere ich die Müdigkeit in meinen Knochen und nehme sie nach einer kurzen Streicheleinheit an die Leine. Vielleicht hilft mir die frische Luft, meine Gedanken zu sortieren.

Was waren das denn für verrückte Stunden, denke ich, als Ami und ich über den Gehweg in Richtung Park schlittern. Es ist glatt geworden, und ich bin heilfroh, wenn ich wieder drinnen bin. Die kuschelige Wärme des Kamins war super. In den vergangenen Stunden ist so viel passiert – ich kann noch nicht alles realisieren. Matthew hat sich mir geöffnet, er hat mir einen Teil von sich preisgegeben, den man normalerweise gut schützt. Zumindest würde es mir so gehen. Wie schlimm muss es für ihn wohl gewesen sein, so jung seine Frau zu verlieren? Ein wenig geschockt bin ich auch, dass er schon verheiratet war. Immerhin ist er nur wenige Jahre älter als ich, zweiunddreißig, und für mich ist das Thema noch weit entfernt.

Merkt man es, wenn man die richtige Person getroffen hat? Fühlt man eine gewisse Art von Verbundenheit, wenn man sich wahrhaftig liebt? Woran erkennt man, dass es für immer ist und man den Bund der Ehe eingehen möchte? Ich kann all diese Fragen nicht beantworten. So richtig gefühlt habe ich wohl dann doch noch nie, wenn ich keine Antwort habe. Oder habe ich auf meine Art und Weise richtig geliebt?

Mein Kopf raucht, und ich bin froh, dass Ami mich mit ihrer zuckersüßen Art ablenkt. Sie schnüffelt und läuft mit der Nase am Boden über die kleinen Schneefelder, die sich gebildet haben. Bei Matthew fühle ich mich geborgen, sicher und gut aufgehoben. Ich vertraue ihm und bin ihm wirklich dankbar für all sein Hilfe. Ohne ihn hätte ich weder eine Küche noch all die anderen Möbel. Dennoch hüte ich mich davor, ihn noch näher an mich heranzulassen. Die Schutzmauer um mein Herz beginnt bereits zu bröckeln, und wir kennen uns erst ein paar Tage. Es kann nicht sein, dass man sich bereits nach wenigen miteinander verbrachten Stunden so nah ist, dass man schon über das Verlieben nachdenkt. Ich bin wohl völlig verrückt geworden.

Wieder in der Wohnung angekommen, steckt mir die vergangene Nacht noch immer in den Knochen. Ich bin todmüde, merke alle Glieder von meiner ungünstigen Sitzposition heute Nacht, und am liebsten würde ich mich einfach hinlegen. Als ich jedoch das Chaos in der Küche betrachte, hat meine Vernunft die besseren Argumente, also räume ich auf. Ich entsorge die Lasagne, auch wenn es mir im Herzen wehtut, weil ich es hasse, Lebensmittel wegzuwerfen. Aber sie war wirklich ungenießbar. Schneller als gedacht ist der Abwasch erledigt und die Unordnung in der Küche bereinigt. Was würde ich nun dafür geben, mich in ein richtiges Bett legen zu können?

Ich streife mir das Kleid über den Kopf und stelle mir unwillkürlich die Frage, wie es wohl gewesen wäre, wenn Matthew genau das getan hätte. Meine Hände

wandern über meine Brüste, und wenn ich die Augen
schließe, dann kann ich ihn vor mir sehen. Ich stelle
mir vor, dass es seine Finger sind, die nun über meinen
Bauch fahren und mir das Höschen ausziehen. Seine
von der Arbeit gezeichneten Hände würden sich bestimmt wunderschön anfühlen. Dann öffne ich abrupt
die Augen, als mein Handy piept. Verdammt – hätte ich
es wirklich getan? Fast hätte ich mich selbst berührt
und mir vorgestellt, es wäre Matthew. Ich drehe wahrlich durch.

Mein Smartphone zeigt eine Nachricht von ihm, das
Feuerwehrauto verhöhnt mich auf dem Display. Ich
bin mir sicher, meine Wangen besitzen gerade dieselbe
Farbe wie sein Emoji. Zum Glück kann er mich nicht
sehen.

Entschuldige, dass ich so schnell wegmusste. Ich
wünschte, wir hätten noch viel mehr Zeit gehabt.

Mein Herz fängt wie wild an zu schlagen, und ich
fühle mich wie ein liebeskranker Teenager.

Ich auch. Wir sehen uns morgen, dann sollte ich aber
dringend im Laden weitermachen, sonst wird das
nichts. Sie lenken mich zu sehr ab, mein Herr.

Ich muss kichern, als ich die Nachricht abschicke.

Ich denke eher, Sie sorgen dafür, dass ich verrückt
werde, meine Dame.

Nun scheint mein Herz zu explodieren.

Ich glaube einfach, es beruht auf Gegenseitigkeit.

Das tut es. Das meine ich todernst, Clarissa.

Ich auch.

Es ist mitten in der Nacht, als ich aufwache und mich
frage, in welchem Universum ich mich befinde. Nach
der Runde mit Ami und den Nachrichten von Matthew

scheine ich wohl einfach eingeschlafen zu sein. Es ist stockdunkel draußen, und meine Uhr zeigt kurz vor Mitternacht an. Ich sollte mir dringend Ami schnappen, ich bin derzeit wirklich keine gute Hundemami.

Nachdem wir eine Runde unterwegs waren, habe ich wieder Energie geschöpft. Mein Schlafrhythmus ist nun gestört, also kann ich auch produktiv sein. Mein Magen knurrt. Vielleicht sollte ich mich erst einmal darum kümmern, bevor ich an andere Dinge denke. Ami hat es sich bereits wieder bequem gemacht und schnarcht leise. Dieser Hund kann dauerhaft schlafen. Ob sie Luckey wohl vermisst? Ich sollte Matthew fragen, ob er ihn mitbringen kann. Nicht, dass ich ihn vermissen würde. Nein, wir haben uns ja erst vor wenigen Stunden gesehen. Das Stechen in der Magengrube enttarnt meine Lügen. Ich war schon immer schlecht darin, nicht die Wahrheit zu sagen. Wenn ich damals versucht habe, meinem Dad etwas zu verheimlichen, hat es mich manchmal fast zerrissen. Mein Körper reagiert mit Schmerzen darauf, keine Ahnung, woran das liegt. Kleine Notlügen kommen mir nach vielen Jahren Übung leichter über die Lippen, aber schwerwiegend jemanden belügen, um mich selbst zu schützen? Das kommt gar nicht infrage.

Mich selbst belügen kann ich schon eher, aber auch da meldet sich mein Körper kurz. Lügen straft das Leben, sagt man immer, und ich glaube, das stimmt. Es wird immer ein Tag kommen, an dem das Karma einem alles vor Augen hält, was man selbst verbockt hat.

Ich bin wahrlich kein Engel und habe auch schon Angst, wenn das Karma mich eines Tages einholt, doch ich achte darauf, ein guter Mensch zu sein – und daher eben auch nicht zu lügen. Mein Dad hat mir von Anfang an beigebracht, die Wahrheit zu sagen, deshalb gibt es auch kaum etwas Schlimmeres für mich, als belogen zu werden.

# Kapitel 28 – Matthew

„Haben wir Cassies Geschenk, Dad?"

Ich nicke zum hundertsten Mal. „Ja, Schatz, es liegt im Fußraum hinter meinem Sitz." Im Kofferraum hat Luckey es sich bequem gemacht, ich höre sein regelmäßiges Schwanzwedeln auf dem Kofferraumboden. Dieser Husky hat Autofahren schon immer gemocht.

Riley zappelt auf dem Rücksitz hin und her. Wir sind auf dem Weg zum Kindergeburtstag, der bereits nach dem Frühstück losgeht. Also ist dieses kleine Mädchen aufgeregt und voller Vorfreude. Eine riskante Mischung. Entweder wird sie total aufdrehen oder sauer sein. Es erfüllt mich mit Liebe, egal wie schlecht ihre Stimmung auch manchmal sein mag. „Du sagst Cassies Mom, dass sie mich anrufen soll, wenn ich dich abholen darf."

Riley nickt. „Du kommst eh wieder zu spät, genau wie zum Frühstück." In ihrer Stimme liegt kein Unterton. Der Stich in meinem Inneren sorgt trotzdem dafür, dass ich nicht sofort eine Antwort finde. Ich ringe nach Worten und versuche, ruhig zu bleiben. „Riley, du weißt, dass, dein Dad nicht oft zu spät kommt, oder?"

Sie nickt und kuschelt sich an ihr Plüschtier der Paw Patrol, es ist Marshall, der Feuerwehrhund. „Ich bin dir auch nicht böse, Dad. Ich bin nur traurig gewesen, weil dein Pancake ganz kalt war, als du gekommen bist."

Warum sind Kinder immer so schonungslos ehrlich, und wann genau verlernen sie das? Wann kommt der

Punkt, an dem man anfängt, sich ein Netz aus Lügen zu bauen, um sich selbst oder andere zu schützen?

„Das nächste Mal essen wir ihn warm, versprochen."

„Meiner war sogar heiß!"

Ich lache. Das ist die Unbeschwertheit bei Kindern, die ich so liebe.

Riley ist direkt ins Haus gerannt und hat ihrer Freundin gratuliert, sodass ich augenblicklich vergessen bin und mich auf den Weg zu Clarissa machen kann. Ich habe noch Wechselklamotten im Auto. Das Tapezieren kann also losgehen.

Der Zwangsurlaub fühlt sich grauenhaft an. Jede Faser meines Körpers sehnt sich nach dem Adrenalin, das mir jetzt fehlt. Was würde ich dafür geben, gerade jemanden aus Flammen zu retten und viel später noch immer die leichte Wärme zu spüren, die von der Hitze übrigbleibt? Ich würde alles dafür geben und darf nichts. Das bockige Kind in mir ist zurück. Ich versuche, die Gedanken an die Feuerwehr zu verdrängen, immerhin hat es auch etwas Positives: mehr Zeit für meine Familie und auch mehr Zeit, um meine Gefühle für Clarissa unter Kontrolle zu bekommen.

Als ich vor dem Laden stehe, klebt sie gerade Zeitungspapier an das Schaufenster. Wahrscheinlich möchte sie die Scheibe vor dem größten Schmutz bewahren. Sie lächelt, als sie mich entdeckt, und ich hebe die Hand, um ihr zuzuwinken. In der anderen halte ich Luckeys Leine. Der Husky ist schon ganz nervös, Ami wiederzusehen. Hunde sind so tolle Tiere.

Clarissa öffnet mir die Tür. „Kommt rein, ihr zwei. Ich freue mich, dass ihr hier seid." Sie stellt sich auf die Zehenspitzen, um mir einen Kuss auf die Wange zu drücken. Warum war mir bisher nie aufgefallen, dass sie rund zwei Köpfe kleiner ist als ich? Mir fallen ihre leichten Sommersprossen auf der Nase auf, die leicht gekrümmt ist.

„Hast du dir mal die Nase gebrochen?"

Sie sieht mich irritiert an. Ich bin Meister darin, sinnlose Fragen in den Raum zu werfen und dann noch zu erwarten, dass mein Gegenüber nicht verwirrt ist. Ich lache. „Mir ist die Krümmung deiner Nase vorher nie aufgefallen. Du bist wunderschön." Ich lasse Luckey von der Leine, bevor ich noch auf den dummen Gedanken komme, ihr über die Wange zu streichen. Ich sehne mich danach, sie wieder zu küssen.

„Ich war als Kind oft auf Fußballplätzen unterwegs. Für mich war es immer inspirierend zu sehen, wie Teamgeist funktioniert. Eines Tages hat mich ein Ball mitten ins Gesicht getroffen."

Ich nicke. Das erklärt es.

„Hast du Hunger?", fragt sie. „Ich habe Bagel vorbereitet, und dann können wir starten."

Ami und Luckey beschnuppern sich gemütlich in der Ecke. „Frühstück klingt super." Ich verkneife mir den Kommentar, dass ich schon gegessen habe.

Ein Strahlen umspielt ihre Mundwinkel. Sie ist so wunderschön, dass ich es manchmal gar nicht begreifen kann, womit ich es verdient habe, dass sie Zeit mit mir verbringt. Na gut, ich helfe ihr, und anfangs war das Ganze nur ein Job. Mittlerweile ist es so viel mehr geworden.

Der Bagel schmeckt hervorragend, und ich halte mich stark zurück, sie damit aufzuziehen, dass das letzte

Essen nicht ganz so genießbar war. Aber ein Schmunzeln entkommt mir, das Clarissa natürlich sofort bemerkt.

Ihre Wangen färben sich rot. „Bagel bestreichen kann ich übrigens besser als Lasagne."

Nun entfährt mir doch ein Prusten. „Kannst du etwa Gedanken lesen?"

Sie sieht mich an. „Ich wünschte, ich könnte es. Immerhin würde ich dann manchmal schneller merken, wenn etwas nicht stimmt."

Diese humorvolle Ernsthaftigkeit beeindruckt mich zutiefst. Clarissa hat die Gabe, erst immer etwas mit Humor zu nehmen und dann ein Thema anzuschneiden, über das man eigentlich reden müsste. Sie kitzelt das Unangenehme aus dir heraus, ohne dass du es bemerkst, und dann fängst du an zu sprechen. „Vielleicht hättest du Psychologin werden sollen, dein Sinn für Zwischenmenschliches ist wirklich ausgeprägt."

Sie lächelt mich an. „Der Petshop ist mein Traum."

Du bist mein neuer Traum, kommt mir in den Sinn, und schnell verwerfe ich den Gedanken.

„Du hast nicht ernsthaft für die größte der Wände eine Motivtapete mit einem Hund gekauft?" Ich stöhne frustriert auf. Besagte Tapete besteht aus zwölf Teilen, und wenn sie nicht perfekt sitzen, wird der Hund darauf aussehen wie ein Kalb mit drei Augen.

„Was meinst du, wie hübsch das aussehen wird hinter der Theke." Sie sieht mich mit ihren tiefgründigen Augen an und zwinkert mir zu.

Es macht mich verrückt. „Wir bekommen das hin. Aber erst sollten wir alles andere in Angriff nehmen. Ich denke, das wird heute nicht komplett hinhauen."

Sie nickt. „Dann mal ran an die Arbeit.“

Gesagt – getan. Da Clarissa viel Vorarbeit geleistet hat und auch schon alles abgedeckt ist, wo weder Kleister noch Tapete hinkommen soll, können wir direkt starten. Sie hat einen alten Tisch in die Mitte des Raumes gestellt. Ein Tapeziertisch wäre wohl auch zu einfach gewesen.

„Tapetenkleister hast du?“ Sie nickt und reicht mir acht Päckchen davon. „Wie viel hast du denn vor zu renovieren?“ Ich ziehe eine Augenbraue hoch.

„Ich habe keine Ahnung, wie viel man braucht.“ Sie zuckt mit den Schultern.

Zuckersüß, denke ich, als ich die erste Bahn auf dem Tisch ausrolle. „Mal sehen, ob wir ein gutes Team abgeben.“

Das tun wir. Wir sind sogar ein hervorragendes Team, vor allem darin, uns während der Arbeit immer wieder zufällig zu berühren. Sie streift mit ihrem Po meinen Oberschenkel, wenn sie an mir vorbeiläuft, um auf die Leiter zu steigen. Ich streife ihren Oberarm, wenn wir die Tapete gemeinsam hochheben, um sie anzubringen. Es macht mich verrückt, Clarissa nicht einfach an die Wand zu drücken, hochzuheben und zu merken, wie sie ihre Beine um mich schlingt. Ich widerstehe dem Drang, denn ihm nachzugeben wäre die Hölle, immerhin müsste ich ihr dann die Wahrheit verraten. Wie soll ich das nur tun?

Ich stecke metertief in einem Treibsand aus Lügen, der mich bei jeder Bewegung weiter versinken lässt. Ich kann nicht einfach mit der Wahrheit herausrücken und denken, alles wäre in Ordnung. Ich muss Abstand wahren, auch wenn das bedeutet, nicht auf mein Herz zu hören.

Clarissa hat eine faire Chance verdient. Ich erinnere mich immer wieder daran, wie sie mir erzählt hat, dass Ami ihr ausreicht. Sie kann keine Bindung zu mir eingehen, ohne Riley kennenzulernen, doch da sie nicht von ihr weiß, stehe ich inmitten eines Labyrinths und finde den Ausgang nicht.

# Kapitel 29 – Clarissa

Drei Tage bis zum ersten Dezember … Ladeneröffnung!

Ich kann nicht glauben, dass bald die große Eröffnung stattfinden soll. In den vergangenen Wochen ist so viel passiert. Ich blicke in die Hundeaugen, die mich nun von der Wandtapete aus anstrahlen, und muss lachen, als ich an Matthews Reaktion denke. Bis auf winzige Unregelmäßigkeiten ist das Motiv gerade, und man erkennt, was darauf abgebildet ist.

Matthew. Er müsste gleich da sein. Seit sein Zwangsurlaub vorbei ist, hat er nicht mehr ganz so viel Zeit, mir zu helfen. Nun, in kaum zweiundsiebzig Stunden eröffne ich, und alles ist komplett fertig.

Vor mir auf der Theke liegt das örtliche Blatt, in dem ein großes Bild von mir prangt. Darauf hänge ich gerade die Hundeleinen auf.

*Clarctons Petshop – eine Anlaufstelle für Geschenke für Ihre Haustiere. Das Paradies für Mensch und Tier.*

So lautet die Schlagzeile, und der Artikel ist großartig geworden. Die Adventskalenderplanung steht, für den Nikolaustag konnte ich mich mit dem Tierheim zusammenschließen. An dem Tag werden die Mitarbeiter von dort mit Tieren vorbeikommen, die ein Zuhause suchen. Eine Spendensammlung mit Tombola ist ebenfalls geplant.

Ich erinnere mich an das Telefonat mit der Tierheimleitung. Sie war total lieb und begeistert von der Idee, an diesem Tag vorbeizukommen.

Die Waren sind pünktlich angekommen, und darüber bin ich sehr glücklich. Der LKW war randvoll, und ich muss nur noch wenige Kisten verstauen.

Ich gehe zu dem Regal neben dem Tresen – dort lagern die Mäntel für die Hunde. Ich streiche über den weichen Stoff, der sich an meine Finger schmiegt. Ich habe auf hochwertige Materialien geachtet. Ami trägt ihren Mantel schon die ganze Zeit und er scheint sie nicht einzuschränken.

Im hinteren Teil des Ladens sind die Regale ebenfalls gefüllt, und wieder habe ich eines meiner eigenen Produkte in der Mitte platziert. Das Hamsterrad spielt leise Klänge, die das Tier beruhigen sollen. Außerdem läuft es fast geräuschlos, was es vor allem für uns Menschen angenehmer macht, wenn das nachtaktive Knäuel seine Sportstunde beginnt und wir einfach nur schlummern möchten. Ich gehe nach oben in die Wohnung und kämme mir noch einmal die Haare.

Ich bin nervös. Matthew und ich sind uns in den letzten Wochen zwar nähergekommen, treten aber noch immer auf der Stelle. Mehr als einzelne Küsse gab es nicht zwischen uns. Wir sollten dringend darüber reden, doch seit ich von seiner Vergangenheit weiß, behandele ich ihn genauso, wie er es nie wollte: wie eine Porzellanpuppe. Ich habe Angst, ihn zu verletzen oder gar etwas zu überstürzen. Also stelle ich meine Gefühle zurück.

Es klingelt, und ich lege Ami neben mich auf die Couch. Ich kann endlich vernünftig in der Wohnung liegen, alle Möbelstücke sind an ihren Plätzen. Bry von der Feuerwehr hat mir viel geholfen, als Matthew in Einsatzplanungen und anderen Dingen eingebunden war, von denen ich keine Ahnung habe. Das Einzige, was sich geändert hat, ist wohl die Länge unserer Chatverläufe. Wir schreiben viel miteinander, tauschen uns aus und verbringen so die Zeit miteinander, in der wir uns sonst womöglich gesehen hätten. Heute Abend treffe ich mich mit Jeremia und Amelia; sie kommen im Laden vorbei. Sie haben eine Überraschung und ich habe keine Ahnung, was es sein könnte. Vielleicht hat Matthew Lust zu bleiben und etwas mit den beiden zu plaudern. Ich werde ihn gleich fragen können, denn er ist bereits die Treppe nach oben gekommen und lächelt mich an.

Er hat einen Blumenstrauß in der Hand, und ich erwidere sein Lächeln. „Das wäre nicht nötig gewesen."

„Als kleine Entschuldigung, dass ich mich eine Woche lang nicht blicken lassen konnte." Mein Herz sehnt sich danach, die Blumen auf den Tisch zu legen und Matthews Lippen zu spüren, doch ich verwerfe den Gedanken und stelle sie in eine Vase. „Ich habe dich vermisst, Ria." Seine Worte sind rau, und fast denke ich, ich hätte mich verhört. Ich drehe mich zu ihm um. Er sieht verlegen aus. „Ich hatte in der letzten Woche so viel zu tun und habe dich vergessen lassen, wie wichtig du mir bist."

Ich schüttele schnell den Kopf. „Wir haben fast täglich miteinander geschrieben, alles okay." Er zaubert aus seiner Jackentasche eine kleine Schatulle. „Was ist das? Gibt es etwas zu feiern?"

Er streckt sie mir entgegen. „Heute vor einem Monat habe ich deinen Brand gelöscht, und seitdem ist so viel passiert."

Es ist schon einen Monat und eine Woche her, aber gerade sieht er so niedlich aus, dass ich ihn nicht verbessern möchte. „Das wäre nicht nötig gewesen. Vielen Dank." Ich öffne die Schatulle, und darin ist ein Armband, an dem man mehrere Anhänger befestigen kann. Einer in Form einer kleinen Flamme baumelt bereits daran, ebenso ein kleiner Hund. Er sieht Ami zum Verwechseln ähnlich. „Das ist wunderschön, aber ich habe es nicht verdient. Es ist zu viel." Wir sind immerhin kein Paar, ergänze ich leise in Gedanken.

„Leg es an." Er hilft mir, als ich ihm die Hand hinhalte. Es ist etwas zu groß, doch das stört mich nicht.

„Danke." Ich falle ihm um den Hals, und er drückt mich an sich.

„Es gibt tatsächlich mehrere Dinge zu feiern. Hast du Lust, eine Kleinigkeit essen zu gehen, oder hast du noch etwas zu tun?"

Ich sehe auf die Uhr. „Heute gegen sechs kommen Amelia und Jeremia vorbei, vielleicht magst du auch bleiben? Ich mache Tacos für alle. Wir könnten vorher noch eine Runde mit Luckey und Ami laufen?" Ich blicke ihn fragend an.

Es ist bereits vier Uhr, aber die Vorbereitungen sind alle erledigt. „Das klingt nach einem Plan."

Und dann küsst er mich, einfach so, als wäre alles geklärt. In mir tobt ein Sturm, doch ich erwidere seinen Kuss, denn nichts wünsche ich mir sehnlicher.

Wir setzen uns auf die Couch, und wie selbstverständlich lassen sich Ami und Luckey neben uns nieder. Matthew legt einen Arm um mich, und ich schmiege mich an ihn. „Lass uns gleich los mit den Hunden", sage ich und genieße seine Berührung viel zu sehr.

„Was gibt es denn zu feiern? Wir waren irgendwie abgelenkt." Er küsst meine Stirn und streicht mir über den Arm. Was ist in dieser einen Woche mit ihm passiert? Gedankenverloren starre ich auf das Armband und genieße es, wie die Anhänger hin- und her schwingen, wenn ich mich bewege. Ich verstehe immer noch nicht, womit ich das Geschenk verdient habe.

„Ich wollte es dir eigentlich erst zur Eröffnung schenken. Du kannst so stolz auf dich sein. Aber nachdem es heute bei mir auch gute Neuigkeiten gab, musste ich es dir einfach schon jetzt geben."

Noch so etwas, worin wir immer besser werden: Die Körpersprache des anderen deuten. Matthew runzelt prinzipiell die Stirn, wenn er nachdenkt. Ich frage mich, was ich dabei tue. „Dann erzähl doch endlich, was passiert ist!" Ich setze mich auf und wende mich ihm zu.

„Ich wurde zum Chief befördert." Seine Worte sind leise, und ich springe sofort auf vor Freude.

„Aber das ist ja großartig!" Ich umarme ihn überschwänglich, und da er auf dem Sofa sitzt, lande ich unbeabsichtigt auf seinem Schoß.

Er schlingt die Arme um mich. „Lane, Jacks Sohn, wird jetzt mein Vorgesetzter, also wie bisher, nur in einer viel höheren Position. Brys Dad hört auf, ich habe mich vor ein paar Wochen schon über ein komische Gespräch gewundert."

Ich blicke Matthew an. „Weißt du denn, warum er aufhört?"

Er nickt. „Er hat seine Frau verloren, möchte sich nun in Therapie begeben und hat seinen Posten abgegeben.

Nachdem er jetzt erst mal freigestellt wird, überlegt er, wieder als normaler Feuerwehrmann zu arbeiten."

Ich bin beeindruckt. „Es gehört extrem viel Mut dazu, sich Hilfe zu holen und eine sichere Position sausen zu lassen, um seine mentale Gesundheit zu stärken." Ich traue mich kaum zu fragen, tue es aber dennoch. „Hast du dir damals Hilfe gesucht?"

Er schüttelt den Kopf, sieht mir auf einmal nicht mehr in die Augen. „Nein. Ich hatte andere Dinge zu tun, und mir ist die Zeit nicht geblieben. Wir mussten umziehen, irgendwo neu starten."

„Wir?", frage ich.

Er sieht mich an. „Ich musste zu Mags ziehen. Einen Neuanfang im Beruf wagen und auch die Wache kennenlernen. Da war es mir nicht möglich."

Ich nicke versöhnlich. Ich dachte wirklich, er hätte *wir* gesagt ...

„Bist du schon aufgeregt wegen der Eröffnung?"

Ich nicke. „Mein Herz klopft bis zum Hals. Amelia und Jeremia bringen heute noch Kekse vorbei, und dann ist alles perfekt. Ich habe soweit alles erledigt und muss nur noch wenige Kartons verstauen, ehe ich öffne."

Matt blickt mich an und streicht mir über die Wange. „Ich bin sehr stolz auf dich."

Ich lächele. „Danke. Vor allem für deine tolle Idee mit den individuell anpassbaren Gravuren. Ich glaube, das könnte der Hit sein. Hast du den Zeitungsartikel gesehen? Da ist das der Aufhänger schlechthin."

Er nickt. „Wie hat Jeremia das nur hinbekommen? Es war eine halbe Seite weit vorn, das ist der Wahnsinn!"

Ich zucke mit den Schultern. Ich habe keinen blassen Schimmer. Matthew ist auf die Idee gekommen, meine Halsbänder und Leinen gravieren zu lassen. Sie sind aus einem reißfesten Kunstleder. Die Katzenhalsbänder mit der Glocke, die sich automatisch öffnen, sollte das Tier irgendwo hängenbleiben, sind ebenfalls toll geworden.

Kurzerhand habe ich dann eine Maschine besorgt, um die Namen der Tiere in die Produkte zu stanzen, und die ersten Entwürfe erstellt. Mir gelingt es sogar, kleine Motive mit in das Kunstleder zu prägen. Es sieht toll aus und kann individuell angepasst werden. Ich habe zwar einen etwas höheren Aufwand damit, weil alles per Hand gemacht wird, doch das ist es bestimmt wert.

„Ich bin so froh, dich kennengelernt zu haben", haucht Matthew nah an meinem Mund.

„Ich auch." Gerade spüre ich seinen Lippen auf meinen, da klingelt es. Manchmal hasse ich Amelias und Jeremias Pünktlichkeit.

# Kapitel 30 – Matthew

Ich bin nervös, der Tag war verrückt. Ich habe Clarissa seit gefühlten Ewigkeiten nicht gesehen, und die Wiedersehensfreude ist so groß, dass ich all meine Bedenken kurz beiseiteschiebe. In drei Tagen starte ich als Chief und weiß nicht, ob ich bereit dafür bin. Lane wird mein Vorgesetzter bleiben, doch schon jetzt versinkt er in Papierkram und wir sehen uns nicht mehr so oft, was ich schade finde. Sein neues Büro ist in der Hauptstelle. Auf der Wache habe ich nun mein eigenes und werde nicht mehr so oft bei Einsätzen dabei sein, sondern Berichte schreiben dürfen. Ich freue mich dennoch riesig und bin aufgeregt. Aber jetzt muss ich mich erst mal darauf konzentrieren, dass ich Freunde von Clarissa kennenlerne. Als wen stelle ich mich vor? Ein Freund wäre zu wenig, ihr Partner zu viel. Wir bewegen uns seit Wochen im Kreis, und ich weiß noch immer nicht, was ich genau empfinde. Ich stecke tief im Nebel meiner Gefühle und sehe immer wieder den Leuchtturm aufblitzen, der mir verrät: *Du vermisst sie, wenn sie nicht bei dir ist. Deine Gedanken drehen sich nur um sie, und wenn du sie siehst, willst du sie einfach nur küssen und nie wieder aufhören.*

„Hey." Eine kleine, junge Frau mit roten Haaren wirft sich mir in einer herzlichen Umarmung an den Hals. „Ich bin Amelia. Es freut mich sehr, dich endlich kennenzulernen, Matthew."

„Danke, ebenso", stammele ich, als sie sich von mir löst. Hinter Clarissa, die gerade den Raum betreten hat und entschuldigend mit den Schultern zuckt, taucht ein großer Kerl auf. Er trägt zwei Maxi-Cosis in den Händen und nickt mir knapp zu. Er wirkt sympathisch. Ich nicke ebenfalls. „Soll ich dir irgendwas abnehmen?"

„Du meinst, eines der viel zu schweren Babys? Nein, danke." Er scheint mürrisch zu sein, vielleicht ist er mir doch nicht so sympathisch, wie ich zunächst gedacht habe.

„Jeremia. Reiß dich zusammen", knurrt seine Freundin.

Zwischen den beiden scheint eine gewisse Spannung zu herrschen. Ich werde mich hüten, ins Fettnäpfchen zu treten und nachzubohren. Ich mische mich prinzipiell nicht in andere Beziehungen ein. Ich bin ja nicht einmal selbst in der Lage, eine zu führen.

„Darf ich einen kleinen Tipp geben?", frage ich. Amelia kämpft gerade mit einer Windel, und ihre kleine Tochter hört nicht auf zu schreien. Die Kleinen müssten ungefähr einen Monat alt sein und strampeln heftig mit den Beinchen.

Sie sieht mich an, Verzweiflung im Blick, und ich erinnere mich, dass es mir damals ganz genau so ergangen ist wie ihr jetzt.

„Ja", murmelt Amelia. Jeremia hat bereits das zweite Baby gewickelt und wiegt es auf seinen Armen. Ich trete zu Amelia und beuge mich hinunter. Das kleine Mädchen liegt auf dem Sofa auf einer Wickelunterlage und schreit noch immer wie am Spieß. Amelia tritt zur Seite, und ich greife zaghaft nach den Beinchen der Kleinen. Es ist eine Weile her, dass ich ein Kind gewickelt habe. Ich bin froh, dass die Zeiten vorbei sind. Ich habe es nie sehr genossen. Die ersten Monate werden dennoch für immer etwas Besonders bleiben, denn jeden Tag lernen Kinder etwas dazu.

Ich streiche dem Baby über den Bauch. „Wie heißt die
Kleine denn?“

„Clarity.“

Wow. Ein wunderschöner Name. Ich schließe die
Windel und streiche ihr in kreisförmigen Bewegungen
über den Bauch. „Meist haben Kinder noch Bauchschmerzen nach dem Essen, dann hilft eine kleine Massage.“

Clarity sieht mich mit ihren großen, dunklen Augen
an, und ich lächele sie an. „Hast du noch einen Pups
versteckt, hm?“ Ihre Tränen versiegen und ich merke,
wie sich der leicht angespannte Bauch lockert.

„Hast du ein Spielzeug dabei?“ Amelia hält mir einen
Plüschhasen hin. „Den nimmst du jetzt in die Hand,
kleine Clarity, okay? Dann wickele ich dich zu Ende.“
Das Wickeln ist mit wenigen Handgriffen erledigt. Es
scheint wie Fahrradfahren zu sein: Man verlernt es nie,
trotzdem ist es kurz ungewohnt, wenn man wieder aufsteigt.

Clarissa betrachtet mich mit einem Funkeln in den
Augen, das ich nicht deuten kann. Ich lächele, als ich
den Body schließe und Amelia ansehe. „Darf ich sie halten?“

Sie nickt und geht zu Clarissa, als ich das Baby auf den
Arm nehme. „Dann kann ich ihr die Überraschung geben.“ Ich ziehe die Augenbrauen nach oben.

Jeremia schaltet sich ein. „Amelia ist komplett eskaliert.“

„Wie?“ Ich bin verwirrt.

„Wir haben vereinbart, dass wir Hundekekse backen für die Eröffnung. Meine Verlobte hat allerdings so viele verträgliche Zutaten für die unterschiedlichsten Tiere gefunden, dass sie ein halbes Buffet für die Vierbeiner erstellt hat."

Ein Lachen entfährt meiner Kehle. „Frauen."

Er nickt mir zu – wir verstehen uns.

Ich gebe Clarity meinen Finger, den sie umklammert, und genieße es, wieder ein kleines Mädchen auf dem Arm zu halten. Dennoch spüre ich Schmerz in mir. Diese Kinder werden in einem liebevollen Zuhause mit beiden Elternteilen aufwachsen, das ist ein Privileg, das ich meiner Tochter niemals geben kann. Auch wenn ich mich dafür hasse, kommt Neid in mir auf. All das würde ich mir auch für Riley wünschen.

„Kennst du dich mit Kindern aus?" Es ist das erste Mal, dass Jeremia nicht nur knurrt, sondern eine normal klingende Konversation mit mir startet.

„Ich habe ein wenig Erfahrung in der Familie." Schon wieder weitgehend gelogen, doch ich werde wohl kaum einem Wildfremden mein Geheimnis verraten, wenn Clarissa sich im Nebenraum befindet.

Claritys Augen werden kleiner und sie blinzelt öfter, gleich wird sie in den Schlaf gleiten.

Jeremia seufzt. „Entschuldige, dass ich vorher so grimmig war. Ich bin einfach müde und frustriert."

Ich nicke. „Ich weiß ungefähr, wie du dich fühlst."

„Vor allem möchte ich Amelia endlich heiraten. Aber sie will nicht, ehe sie ihre Geburtskilos nicht losgeworden ist und wieder so aussieht wie vor der Schwangerschaft. Sie begreift nicht, wie schön sie ist."

Ich denke nach, was ich darauf antworten soll. „Es sind toxische Schönheitsideale, die die Welt beherrschen und uns allen eingeredet werden. Deine Frau möchte für dich an diesem besonderen Tag die Schönste auf Erden sein. Das ist sie immer, das verstehe ich." Ich schlucke, als die Erinnerung an unsere Hochzeit auf mich einprasseln. Bitte, jetzt keine Tränen. „Es sind die Bilder, die du dir später gemeinsam mit ihr im Schaukelstuhl ansehen möchtest. Du wirst die Fotos allen Menschen zeigen, die dir wichtig sind. Vor allem deinen Kindern und Enkeln. Deshalb möchtest du wie auch Amelia an diesem Tag perfekt sein, und wenn sie sich noch nicht so fühlt, dann gib ihr die Zeit."

Jeremia nickt, und ich sehe schnell weg, um die Tränen wegzublinzeln. Maja sah atemberaubend aus an dem Tag. Ihr kastanienbraunes Haar war zu Locken gedreht und hochgesteckt, sie hatte Perlen darin. Ihr Kleid war bestimmt auch sehr schön, doch daran erinnere ich mich nicht so wirklich. Das Schönste war das Strahlen ihrer Augen, das Funkeln darin, als ich unser Ehegelübde vorgetragen habe und den Text vergaß.

Die Träne, die über ihre Wange lief, als sie beim Ja-Wort voller Liebe gestrahlt hat.

Ich werde nie mit ihr im Schaukelstuhl sitzen, Riley bei uns, die Enkel auf dem Schoß, und mir die Bilder ansehen. Ich schniefe. „Ich gehe kurz auf die Toilette", krächze ich und stehe abrupt auf. Ich lege Clarity in den Maxi-Cosi und achte darauf, dass sie richtig im Kissen einsinkt und es bequem hat. Dann gehe ich ins Bad und setze mich auf die Toilette.

Die Tränen kommen in Schüben und erschüttern mich. Ich bin verzweifelt, weil die Erinnerung so sehr schmerzt, und fühle mich erbärmlich. Die Zeiten sind vorbei und die Trauer in mir macht mich fertig. Warum habe ich überhaupt davon gesprochen? Ich hätte nicken sollen und dann das Thema auf etwas Belangloses lenken.

Ich sehe sie noch immer vor mir, wie sie mir das Ja-Wort gibt und haucht: *Für immer, Matt. Wir beide und dieses kleine Wesen, das nun in unser Leben kommt.*

In jenem Moment habe ich von Riley erfahren, und das geballte Glück wurde noch größer. Bis es kurz darauf zerplatzt ist.

„Ich glaube, du solltest nach Matthew sehen." Jeremias Worte sind klar und ernst. Ich bin gerade dabei, die Tütchen zu bewundern, die Amelia mitgebracht hat. Sie hat verschiedene Leckereien gebacken und dafür stundenlang Recherche betrieben, welches Tier welche Zutaten am besten verträgt. Die Ergebnisse kann ich zur Eröffnung verteilen und damit Werbung sowohl für mich als auch die Cakery machen. Ich bin überglücklich. Die Stunden vergehen wie im Flug, und bald geht es los.

„Wo ist er?" Sorge mischt sich in mein Glück, und ich sehe Jeremia an.

„Er ist ins Bad gegangen, wir haben uns über Hochzeiten unterhalten. Ich glaube, es ging ihm nicht gut."

Mist. Da ist Jeremia in ein Fettnäpfchen gestolpert, von dem er nichts wissen konnte. Matt wird bestimmt gerade im Gedankenkarussell über seine verstorbene Frau stecken, und ich war nicht da, um ihn zu unterstützen. „Verdammt", murmele ich und springe auf, gehe zur Badezimmertür und klopfe. „Matt. Machst du mir bitte auf?"

„Ist offen", ertönt von innen. Ich trete ein und schließe die Tür aus Gewohnheit hinter mir ab.

Er sitzt auf dem Toilettendeckel wie ein Häufchen Elend, das Gesicht in den Händen vergraben. Ich gehe wortlos zu ihm und schlinge meine Arme um ihn. Ich glaube, in diesem Moment passiert es, dass ich begreife, was ich für ihn empfinde. Ich liebe diesen Mann, und auch wenn ich ihn erst seit rund einem Monat kenne, sind meine Gefühle für ihn so stark, dass ich alles dafür geben würde, um ihn jeden Tag glücklich zu machen.

Er schlingt seine Arme um meine Taille und vergräbt sein Gesicht an meinem Bauch. Seine Schultern beben, und ich streiche ihm sanft über den Rücken. „Alles ist gut. Es ist okay." Notlügen, die mir ein Ziehen im Magen verursachen. Es wird nie wieder alles in Ordnung sein bei ihm. Das weiß ich, doch manchmal ist es Balsam für die Seele, es zumindest zu hören.

Matthew holt tief Luft. „Es tut mir leid. Ich versaue euch den ganzen Abend."

Ich schüttele den Kopf. „Das stimmt nicht." Ich knie mich vor und zwinge ihn dazu, mich anzusehen. „Entschuldige dich niemals für die Trauer, die du empfindest. Es ist absolut in Ordnung zusammenzubrechen, solange du dich immer wieder von mir zusammenflicken lässt. Wenn du jedoch eines Tages merkst, dass meine Hilfe nicht mehr ausreicht, musst du mir versprechen, offen mit mir zu reden." Ich schlucke. „Ich muss mich darauf verlassen können, dass du dich nicht von der Trauer verschlingen lässt. Dann suchen wir uns Hilfe, okay?"

Er nickt. „Ich habe mich in dich verliebt, Ria." Seine Stimme ist klar, und die Tränen an seinen Wangen trocknen langsam. Mein Herz klopft wie wild und ich bin nervös, weiß nicht, wie ich reagieren soll. Sprechen seine Erinnerungen aus ihm? Ich glaube nicht, denn er blickt mir noch immer tief in die Augen. „Ich meine es ernst. Ich liebe dich. Ich kann dir nicht versprechen, dass ich nicht ab und an in meiner Trauer versinke, aber ich verspreche dir, immer mit dir zu reden."

Ich senke meine Lippen auf seine. Dieser Kuss ist so viel mehr als alle anderen, die wir zuvor ausgetauscht haben. Es ist ein stummes Versprechen, uns gegenseitig Halt zu geben, in guten wie in schlechten Zeiten, und gemeinsam in die Zukunft zu gehen.

„Ich bin auch in dich verliebt, Matthew. Schon viel länger, als du es glaubst."

Und so gestehen wir uns unsere Liebe inmitten eines Badezimmers mit Babygeschrei im Hintergrund, und es könnte nicht perfekter sein.

„Tut mir leid, ich musste kurz allein sein." Matthews Entschuldigung Jeremia und Amelia gegenüber ist ernst gemeint, und ich streiche ihm über den Oberarm. „Ich habe meine Frau vor vier Jahren bei einem Brand verloren, und das Thema Hochzeit hat vorhin die Erinnerungen aufgewirbelt."

„Hätte ich das gewusst, hätte ich damit nicht angefangen." Jeremia schlägt ihm zweimal auf die Schulter, und Matthew nickt. „Wir haben einen Bärenhunger, Ria hat vorhin was von Tacos erzählt."

Schon wird die Stimmung leichter, als wäre nie etwas passiert. In meinem Bauch schwirren tausende Schmetterlinge umher. Wir sind ein Paar, oder?

Die Tacos schmecken hervorragend, und natürlich sind sie vegetarisch. Ich bringe es nur selten über mich, Fleisch zu kochen, wenn mich jemand besucht. Wenn es unbedingt gewünscht ist, dann überwinde ich mich. Aber meine Gäste verschlingen sie im Rekordtempo. Vegetarische Küche scheint also gar nicht so schlecht zu sein.

„Es schmeckt himmlisch, vor allem ist es das erste Essen, das wir in Ruhe einnehmen können. Danke, Matt." Amelia strahlt.

Er sitzt auf der Couch und wiegt die Zwillinge sanft hin und her. Dieser Mann kann wirklich gut mit Kindern umgehen.

„Ist für die Eröffnung alles bereit oder brauchst du noch Hilfe?" Amelia lächelt mich freundlich an, und ich schüttele den Kopf.

„Es ist so weit fertig, sodass ich mich sogar in den nächsten zwei Tagen entspannen kann. Die zwei fehlenden Tage des Adventskalenders habe ich heute Vormittag fertig geplant."

Die beiden nicken. „Ich finde die Aktion wirklich großartig", sagt Amelia. „Damit erregst du Aufmerksamkeit, und die Kunden haben einen Grund, öfter in deinen Laden zu kommen. Du wirst das hinbekommen! Außerdem war der Zeitungsartikel ein voller Erfolg. In der Cakery habe ich die Kunden immer wieder über deinen Petshop reden hören."

Mir entfährt ein Lachen. „Clarcton ist wohl einer der wenigen Orte heutzutage, wo man mit Zeitungen mehr Menschen erreicht als mit einer Social-Media-Kampagne."

Jeremia murrt. „Ja, und das macht es mir nicht wirklich leicht. Mein Nebengeschäft entwickelt sich nicht so prächtig." Er hatte, nachdem er hiergeblieben ist und seine Vergangenheit hinter sich gelassen hat, eine eigene Firma gründen wollen, um kleine Unternehmen groß zu machen. Durch die Cakery allerdings braucht er es nicht, lässt es nun als Nebengewerbe laufen und unterstützt kleine Unternehmen. So wie mich. Nur, dass es bei mir auf freundschaftlicher Basis läuft, wofür ich sehr dankbar bin. Normalerweise bietet er diese Art von Service seinen Kunden an, er hat mir auch beim Logo geholfen.

Er nickt mir zu. „Dennoch solltest du auf deine Medienpräsenz achten. Das ist vor allem jetzt unausweichlich, immerhin müssen auch Leute von außerhalb auf dich aufmerksam werden. Es gibt zwar viele Tierbedarfsläden in der Umgebung, aber deiner ist etwas Besonderes.“

Matt lässt sich neben uns nieder. „Die beiden schlafen.“ Amelia wirkt erleichtert.

Ich lege ihm einen Taco auf den Teller. „Der könnte jetzt schon kalt sein, tut mir leid.“ Er zuckt mit den Schultern und lässt es sich trotzdem schmecken, das höre ich an seinem genüsslichen Seufzen. Dieser Mann ist einfach ein absoluter Traum.

„Habt ihr schon von der Eisdiele gehört?“, fragt Amelia. „Die arme Frau hat sie wohl im Herbst übernommen und muss jetzt im Winter irgendwie überleben.“

Ich schüttele den Kopf. „Nein. Das ist ja blöd, vielleicht kann sie ja Eis für Tiere herstellen.“ Wir lachen alle.

Es ist ein wunderschöner Abend, der viel zu schnell vorbei geht. Am Ende liege ich in meinem Bett und Ami schnarcht leise neben mir. Der Tag mit seiner Gefühlsachterbahn war ein wenig zu viel für mich.

Mein Handy summt auf meiner Brust und ich nehme es in die Hand.

Ich glaube nicht, was heute alles passiert ist.

Das Feuerwehrauto blinkt mir zu. Das Strahlen in meinem Gesicht wird breiter.

Ich auch nicht. Ich bin immer da für dich, Matthew.

Ich auch für dich. Ich kann das alles noch gar nicht realisieren. Ich werde mich wohl in Zukunft noch oft danebenbenehmen.

Ein Affe hält sich die Augen zu, zumindest als Emoji hinter seinen Worten.

Ich weise dich dann darauf hin. Ich bin glücklich, an deiner Seite sein zu dürfen.

Ich noch viel mehr. Schlaf gut, Ria. Ich bin so verliebt in dich.

Und ich in dich. Du auch, Matthew.

In dieser Nacht ist es nicht nur die Aufregung vor der Eröffnung, die sich in meinem Magen ausbreitet, sondern auch das Herzklopfen in meiner Brust, das es mir erschwert einzuschlafen, obwohl ich so müde bin.

# Kapitel 32 – Matthew

Am nächsten Morgen fühle ich mich, als hätte ich eine Nacht auf Wolken geschlafen. In meinen Träumen habe ich immer wieder Clarissa vor mir stehen sehen, wie sie mir sagt, dass sie ebenfalls Gefühle für mich hat. Ich würde auf Wolke Sieben schweben, wäre da nicht dieses Gewitter, das über mir lauert. Ich muss ihr bald die Wahrheit sagen, das bin ich ihr schuldig. Hat unsere Beziehung einen großen Sinn, wenn sie mit einer Lüge beginnt?

Schnell verdränge ich die negativen Gedanken, als ein kleiner Wirbelwind in mein Zimmer huscht und sich unter meine Decke kuschelt. „Guten Morgen, mein Engel", hauche ich an Rileys Scheitel und küsse ihn.

„Morgen, Dad." Sie klingt sehr verschlafen, also gleite ich auch noch einmal in den Dämmerschlaf.

Etwas zieht an meinem Shirt, und ich schlage die Augen auf. „Dad. Luckey muss eine Runde raus." Wir sind wirklich noch einmal eingeschlafen.

„Ziehst du dich um, dann komme ich gleich." Riley küsst meine Wange und krabbelt aus dem Bett. Mein Mädchen ist so groß geworden. Ich erinnere mich noch gut daran, wie ich ihr immer helfen musste, und jetzt ist sie schon so selbstständig. Gestern mit den Zwillingen habe ich mich wie zurückkatapultiert gefühlt in eine Zeit, die nur Eltern verstehen. Es kommt einem unendlich lange vor, wenn sie so klein sind und ihre Schreiperioden haben. Man fühlt sich, als würden sie niemals damit aufhören, bis sie dann anfangen zu robben, die ersten Schritte machen sich selbst anziehen und irgendwann in die Welt hinausgehen.

An den eigenen Kindern merkt man am deutlichsten, wie schnell die Zeit vergeht.

„Ich bin schon fertig!“ Meine Kleine steht in der Schlafzimmertür, halb angezogen und mit Luckey an der Leine. Sie trägt ein Sommerkleid, dazu eine Hose, und sieht mich böse an.

„Vielleicht ziehen wir uns etwas Wärmeres an?“

„Aber Dad.“ Sie schmollt, doch ich grinse nur und führe sie in ihr Kinderzimmer. Aus der Küche riecht es schon verdächtig lecker. Schnell stülpe ich meiner Tochter trotz Widersprüchen ihrerseits einen Pullover über und lasse sie in eine Thermohose steigen. „Noch den Anorak, und dann können wir los.“

Ich selbst ziehe mich schnell um, während sie mit Luckey die Treppen hinuntergeht.

Guten Morgen, Ria. Gut geschlafen?

, tippe ich schnell in mein Handy und laufe blindlings in den Flur.

„Dad. Achtung Stufe.“ Riley hat Recht, also sehe ich auf und gehe die Stufen hinab. Ich bin ein schlechtes Vorbild. Mit dem Smartphone vor der Nase vor mich hinzutaumeln ist sonst nicht mein Ding, doch ich kann es nicht erwarten, etwas von Clarissa zu hören. Mein Herz schlägt bei dem Gedanken an sie schneller. Ich nehme Riley an die eine Hand und Luckeys Leine in die andere. Der Winter hat jetzt richtig zugeschlagen, auch wenn es zuvor schon immer geschneit hat. Mittlerweile muss man mehrmals am Tag Schnee räumen, und auch das Autofahren wird langsam problematischer. „Nach der Runde frühstücken wir gemeinsam, und dann muss ich noch mal zur Wache."

Riley nickt. Ich weiß, wie tapfer sie ist. Es ist schlimm, seinen Dad nicht immer bei sich zu haben, zumindest in diesem Alter. Irgendwann kommt bestimmt der Punkt, an dem ich anfange, ihr auf die Nerven zu gehen.

„Ich bringe ein Eis mit, was hältst du davon?" Sofort zaubere ich ihr ein Lächeln auf das Gesicht, und das schlechte Gewissen fällt von mir ab. Ich muss aktuell erst einmal eine Balance finden. Ich werde jetzt geregeltere Arbeitszeiten haben durch die neue Aufgabe, dennoch aber öfter in die Wache müssen, um Berichte fertigzustellen. Ich fühle mich uralt, wenn ich daran denke, zwar bei Einsätzen noch dabei zu sein, aber eher als Kommandant und nicht mehr in Aktion. Ich sehe, ob alles passt und gebe Anweisungen. Ich leite den Löschzug. Erst einmal muss die Übergabe reibungslos erfolgen. Leider war Lane in der vergangenen Woche krank, weshalb wir das morgen nachholen wollen. Ich möchte mich heute darauf vorbereiten.

Übermorgen wollte ich mir eigentlich einen Tag freinehmen, um Clarissa bei der Eröffnung zu unterstützen. Leider ist das nicht möglich, da mein regulärer Arbeitsbeginn ausgerechnet auf dieses Datum fällt. Ich werde sehen, dass ich mich zumindest kurz wegschleichen kann, um ihr zu gratulieren.

„Dad? Meinst du, Mommy geht es gut da oben?" Meine Tochter sieht in den Himmel, und mein Herz bricht in diesem Augenblick.

„Natürlich, warum denn nicht?" Es ist wichtig, ihr jetzt wirklich zuzuhören.

„Die Kinder in der Schule glauben mir nicht, wenn ich sage, dass Mommy im Himmel ist. Sie sagen, so etwas gibt es nicht, genau wie Engel." Auf einmal ist sie viel stärker, als es für ihr Alter gut wäre. Sie wirkt bedrückt und denkt über viel zu ernste Dinge nach. Ich halte an, und Luckey springt auf die Hundewiese, als ich ihn von der Leine befreie. Ich knie mich auf den Boden, um auf einer Augenhöhe mit Riley zu sein. Sofort werden meine Knie nass vom Schnee, doch das ist egal. „Hör zu. Mommy ist da oben im Himmel, so lange du daran glaubst. Sie ist für dich da, wann immer du an sie denkst. Hör nicht darauf, was andere Kinder sagen. Jeder glaubt an etwas anderes. Meinst du, Mommy ist ein Engel?"

Sofort nickt sie.

„Dann ist sie das – und hier drin ist Mommy immer." Ich zeige auf die Stelle, an der Rileys Herz schlägt, und eine ihrer Tränen fällt auf meine Hand.

„Im Winter vermisse ich sie noch mehr als sonst, Dad."

„Ich auch, mein Schatz. Ich auch."

Jetzt tut es mir noch mehr weh, auf die Wache zu müssen. Riley ist heute nachdenklich, und ich kann nichts dagegen tun. Wie gerne würde ich jetzt mit Clarissa darüber sprechen, doch noch immer hat sie keinen blassen Schimmer, dass ich eine vierjährige Tochter habe.

Auf der Wache angekommen, fange ich, an mir Notizen für den morgigen Tag machen.

Mein Handy klingelt. Clarissa. „Hey“, sage ich und schalte den Lautsprecher an. Außer mir ist niemand im Büro, immerhin gehört es in zwei Tagen mir.

„Hey, Matthew. Ich habe mir Sorgen gemacht, du hast dich seit heute früh nicht mehr gemeldet.“ Ihre Stimme klingt nervös, und ich lächle, wenn ich dran denke, dass sie sich um mich sorgt. Wie lange ist es wohl her, dass sich jemand um mich gesorgt hat und sich wundert, wenn ich mich nicht melde?

„Ich hatte viel zu tun und bin gerade in der Wache. Morgen findet die Übergabe mit Lane statt. Bei dir alles in Ordnung?“

Ich schreibe nebenbei die Fragen für morgen auf sowie wann welche Dokumente vorliegen müssen. Das sind Sachen, mit denen ich mich bisher nicht befassen musste, als Chief jedoch umso mehr.

„Ich habe heute das Hundefutter einmal quer über den gesamten Boden verteilt, Ami fand es toll. Jetzt hat sie sich überfressen und liegt auf der Couch. Ich konnte das Zeug gar nicht so schnell aufsaugen, wie sie es verschlungen hat.“

„Das kann ich mir vorstellen. Luckey ist auch bei mir und schläft gemütlich.“

„Soll ich dich nachher abholen, und wir trinken noch eine Kleinigkeit bei mir?“

Wie gerne würde ich jetzt einfach ja sagen; ich würde so gerne bei ihr sein. Aber Riley geht es nicht gut, also ist es meine Pflicht als Vater, nach Hause zu fahren. „Ich kann nicht, tut mir leid. Vielleicht morgen nach der Besprechung.“

Sie klingt enttäuscht, als sie „in Ordnung“ murmelt. Ich bin es auch.

Zwei Stunden später fühle ich mich ausreichend auf die Übergabe morgen vorbereitet. Ich rufe Mags an, um mich nach Riley zu erkundigen.

„Sie ist schon auf dem Sofa eingeschlafen. Sie war heute sehr müde und traurig, vielleicht sollten wir Hilfe suchen."

Alles in mir schaudert bei dem Gedanken, meine Tochter in professionelle Hände zu geben. Ich muss darüber nachdenken. „Ich fahre gleich hier los und muss noch kurz was erledigen."

„Du kannst deine Freundin ruhig besuchen, Matt, aber lüge mich nicht an."

Ich zucke zusammen. „Woher weißt du davon?" Ahnt Riley etwas? Ist sie deshalb heute so traurig? Ich habe Angst davor.

„Du lächelst manchmal auf diese spezielle Weise, wenn du auf das Display deines Handys starrst. Und ich habe das Armband gefunden, als ich deine Jacke in die Waschmaschine gesteckt habe. Ich bin vielleicht schon älter, aber nicht blind für die Liebe."

„Es ist noch ganz frisch. Ich komme nachher auf jeden Fall nach Hause und bringe Riley ins Bett."

„Ist gut. Viel Spaß euch, ich hoffe, ich lerne die Glückliche bald kennen."

Das hoffe ich auch. Dafür muss sie allerdings erst die Wahrheit erfahren, und ich weiß einfach nicht, wie ich das hinbekommen soll.

Ich schreibe Clarissa nicht, dass ich noch vorbeikomme. Ich habe Sushi besorgt – mit Avocado, Mango und Gurke, Frischkäse ist auch dabei –, auch wenn ich keinen Schimmer habe, ob sie das mag. Es ist das erste Mal, dass wir uns wiedersehen, seit wir uns unsere

Gefühle gestanden haben. Ich bin nervös und freue ich mich trotzdem sehr darauf.

Ich klingele und betrachte das Schaufenster des Shops, während ich warte. Die Front sieht großartig aus. Die alten Buchstaben haben wir entfernt, und nun steht dort groß *Clarctons Petshop*. Darunter ist eine Reihe von Tiersilhouetten angebracht. Es lädt direkt zu Stöbern ein und alles für seinen Liebling zu kaufen. Ich denke, es wird ein voller Erfolg.

Clarissa öffnet die Tür einen Spalt. Natürlich hat sie die Gegensprechanlage noch immer nicht reparieren lassen, doch als sie Luckey erblickt, reißt sie sie weit auf.

„Was macht ihr denn hier?" Ihre Stimme überschlägt sich fast vor Freude, und auch ich bin glücklich, hier zu sein, würden mir nicht Riley und das Therapeutenproblem im Kopf umherschwirren.

„Ich dachte, vielleicht hast du Hunger." Ich zeige auf die Tasche, auf der das Logo des Sushi-Ladens zu sehen ist. Sie zieht zumindest schon einmal nicht die Nase kraus, also gehe ich davon aus, dass es ihr schmecken wird.

„Komm rein." Sie hält mir die Tür auf und befreit Luckey von seinem Geschirr. Ami und er begrüßen sich, als hätten sie sich jahrelang nicht gesehen. Ich ziehe meine Schuhe aus, stelle die Tasche ab und entledige mich meiner Jacke. Clarissa fängt bereits an, den Tisch zu decken, und ich folge ihr. Sie steht mit dem Rücken zu mir, und ich schlinge die Arme um ihren Körper. „Du bist so wunderschön, Ria." Ich drehe sie zu mir um. „Und du gehörst zu mir." Dann küssen wir uns, als hätten wir uns seit Ewigkeiten nicht gesehen.

Leidenschaft liegt in der Luft, und durch Clarissas Lippen vergesse ich für einen Augenblick die Probleme des Tages. Der Ballast fällt von mir ab und nur das Verlangen bleibt. Mein Herzklopfen bringt mich beinahe um den Verstand.

Ich hebe sie hoch und setze sie auf den Küchentisch, um mich zwischen ihre Beine zu stellen. Ich brauche sie, um kurz alles vergessen zu können. Also vertiefe ich den Kuss, und ihr Seufzen sorgt dafür, dass ich mich noch enger an sie drücke.

Ich will sie so sehr.

# Kapitel 33 – Clarissa

Meine Mitte pocht vor Verlangen, und ich schiebe alle negativen Gedanken beiseite. All die Argumente, die dagegensprechen, was wir gerade tun, spielen in diesem Augenblick keine Rolle. Matthews Hand fährt unter mein Oberteil, und ich erschaudere. Es ist ewig her, dass ich andere Hände als die meinen auf meinem Körper gespürt habe. Ich schlinge meine Beine noch fester um ihn und ziehe ihn an mich. Ich würde ihn gerne viel intensiver spüren.

Ich umspiele seine Zunge mit meiner und kralle meine Nägel in seinen Nacken, als seine Finger meine Brüste umfassen, die ich heute nicht in einen BH gezwängt habe.

„Vielleicht sollten wir ins Schlafzimmer gehen.“

Er antwortet nicht, sondern hebt mich mühelos hoch. Zum Glück kennt er sich hier gut aus.

Er fällt neben mich auf die Matratze und zieht sich aus mir, nur um dann direkt seine Arme um mich zu schlingen. Mein Herz pocht stark, und der Höhepunkt, der noch durch meine Glieder tobt, sorgt dafür, dass mich eine unfassbare Müdigkeit überrollt.

„Du bist unglaublich“, haucht er. Ich finde keine Worte für das, was eben passiert ist.

Es war nicht nur Sex, es war das Gefühl der Verbundenheit. Jeder Stoß hat eine Flut von Gefühlen in mir ausgelöst, und ich bin einfach nur überwältigt. Ich küsse seine schweißnasse Brust. „Zum Glück wird

Sushi nicht kalt", flüstere ich, und er küsst meine Lippen.

„Ich kann nicht mehr lange bleiben, aber lass uns noch kurz gemeinsam essen."

Die Wolke Sieben, auf der wir gerade noch geschwebt haben, sinkt eine oder zwei Etagen nach unten. „Du schläfst nicht hier?"

Er ist bereits aufgestanden und hat sich sogar schon die Shorts übergezogen. „Tut mir leid. Eigentlich wäre ich gar nicht vorbeigekommen."

Der kühle Unterton versetzt meinem noch zu schnell pochenden Herzen einen Stich. Ich stehe wortlos auf und ziehe mich an. Am liebsten würde ich sagen, dass er gehen soll. Ich fühle mich benutzt. Ich atme einmal tief durch und wähle die nächste Frage mit Bedacht. „Was ist los, Matthew? Rede mit mir. Bereust du es?"

Er dreht sich sofort zu mir um. „Natürlich nicht. Tut mir leid, ich war in Gedanken." Er kommt auf mich zu und schlingt seine Arme um mich. „Ich bereue gar nichts. Ich kann nur nicht hier schlafen. Ich habe Mags versprochen, später noch etwas zu erledigen."

Ich versuche wirklich, Verständnis für seine Situation aufzubringen, doch langsam habe ich das Gefühl, irgendetwas stimmt nicht. „Was willst du denn um zehn noch für sie erledigen?"

Er antwortet nicht sofort. Lügt er mich an? Sucht er gerade nach einer Ausrede, damit ich still bin? Nein. Das kann ich mir nicht vorstellen. Nicht Matthew. Das würde er nicht tun.

„Sie hat so viel für mich gemacht, und ich möchte ihr etwas zurückgeben. Einmal in der Woche gucken wir gemeinsam ihre Serie. Außerdem habe ich noch Getränke für sie im Auto.“

Ich erwähne nicht, dass es draußen Minusgrade hat und ihm die Flaschen wohl im Auto explodieren würden, wenn seine Aussage stimmt. Ein ungutes Bauchgefühl bleibt, als er meine Lippen liebkost und ich mich am liebsten noch mal mit ihm ins Bett fallen lassen würde.

Das Sushi schmeckt köstlich, der Frischkäse harmoniert grandios mit der Gurke. Ich habe seit Jahren keins mehr gegessen und erinnere mich jetzt erst wieder daran, wie lecker es ist. Der Reis ist so klebrig, wie er sein soll, und auch wenn ich das sonst nicht mag, passt es perfekt zum Sushi.

„Es ist so lecker.“ Ich schnappe mir eine Rolle mit Mango obendrauf – innen scheint eine Art Frischkäsecreme zu sein – und stecke sie mir in den Mund. Matthew, der jedes einzelne Röllchen mit Stäbchen isst, sieht mich mit hochgezogenen Augenbrauen an. Ich schließe genüsslich die Augen. Als ich gekaut und heruntergeschluckt habe und Matthews Lachen vernehme, öffne ich sie wieder.

„Du siehst aus, als hättest du seit Jahrzehnten kein Sushi mehr gegessen.“

„Ich erinnere mich tatsächlich nicht an das letzte Mal. Allein habe ich mir nie welches geholt, und es selbst zu machen ist mir zu aufwendig. Übrigens verstehe ich nicht, warum du mit diesen Dingern umgehen kannst.“ Ich zeige mit meiner Gabel auf die Stäbchen in seinen Händen und spieße mir dann ein Avocado-Maki auf, tunke es in die Sojasauce und kaue.

„Ein wenig Kultur darf beim Essen dabei sein. Das ist, als würdest du Spaghetti kleinschneiden und dann mit dem Löffel essen." Ich fühle mich ertappt und sehe ihn wahrscheinlich auch so an, denn er reißt die Augen auf. „Das tust du nicht wirklich."

Ich zucke mit den Schultern. „Sie sind einfach lang, und wenn ich hungrig bin, habe ich keine Lust darauf, sie auch noch ewig um die Gabel wickeln zu müssen."

„Du bist nicht gut drauf, wenn du hungrig bist, oder? Warum habe ich das nie bemerkt?"

Ich lache. „Ich reiße mich dann schon zusammen. Manieren habe ich."

Er beugt sich über den Tisch und drückt mir einen Kuss auf die Lippen. „Das stimmt."

Wir essen weiter, und es bleibt sogar noch etwas übrig. „Willst du den Rest für Mags mitnehmen?"

„Nein. Sie mag kein Sushi, behalte es ruhig hier."

Ich habe nachts meist noch Hunger, also bin ich froh darüber, dass ich mir später keinen Mitternachtssnack mehr zubereiten muss.

„Ich sollte dann aber los." Er hat gerade noch eine Inside Out Roll gekaut, da zieht er auch schon seine Schuhe an. Ich versuche, mir die Enttäuschung nicht anmerken zu lassen, die mich in der Größe des Hinkelsteins von Obelix überrollt.

„Es tut mir leid. Ich glaube, wir werden uns vor der Eröffnung übermorgen nicht mehr sehen. Ich gebe mein Bestes, vorbeizukommen." Dann küsst er mich und geht. Ich hebe gerade noch die Hand, um ihm zu winken, doch er dreht sich nicht einmal mehr um.

Es ist der Abend vor dem ersten Dezember, und auch wenn mir bewusst ist, dass ich aufgeregt sein werde, reicht das Wort nicht aus, um meine Gefühle zu beschreiben. Der Hintern geht mir auf Grundeis, und der Schneesturm, der für die nächsten Tage angesagt ist, macht mir Angst. Hoffentlich ist er nicht ganz so schlimm, und die Leute finden den Weg in den Petshop dennoch. Ami liegt neben mir, und ich streiche ihr über die Ohren sowie ihr Köpfchen und küsse es dann. „Wir schaffen das, oder? Es wird alles gut werden."

Es klingelt an der Tür, und ich bin verwirrt. Matthew wird es nicht sein, wir haben uns, seit er gegangen ist, immer wieder geschrieben. Es ist alles gut, ich muss mich nur daran gewöhnen, dass er ein anderes Leben führt als ich. Er hat Mags, da bleibt eben weniger Zeit für mich. Er ist irgendwie mein Lebensmittelpunkt geworden, auch wenn ich mir noch nicht sicher bin, ob ich das wirklich möchte. Viel mehr Menschen habe ich hier nicht, und ich bin fast froh, dass ab morgen ein Großteil meiner Aufmerksamkeit dem Laden gehören wird. Vielleicht tut es mir dann nicht mehr so weh, wenn Matthew nicht bei mir ist.

Wie schnell kann man sich eigentlich ändern? Bis vor einem Monat war ich noch eine Frau, die ihren Fokus auf die Karriere gelegt hat. Nun bin ich jemand, der sich jede Sekunde nach einem anderen Menschen sehnt und sich ohne ihn nicht mehr vollständig fühlt. Ich sollte die Mauer um mich herum langsam wieder aufbauen, sonst werde ich nur verletzt.

Ich schließe meinen Bademantel – darunter trage ich meinen Schlafanzug –, und warte an der Tür. Ich sollte dringend eine Gegensprechanlage einbauen lassen.

„Es dauert ein wenig länger, dein Dad musste sich auf dem Weg hierher unbedingt den Fuß brechen!“ Eine schmale Gestalt läuft langsam die Treppe langsam hoch, dahinter höre ich ein angestrengtes Schnaufen.

Dad? Li? Was machen die beiden denn hier, und warum weiß ich nichts von einem gebrochenen Bein? Vorfreude macht sich in mir breit und gleichzeitig bin ich nervös, weil ich nicht aufgeräumt, gar nichts vorbereitet habe und mir das alles gerade ein bisschen zu schnell geht.

„Kann ich helfen?“ Ich bin viel zu perplex, um mehr zu sagen.

„Nein, nein, Schatz!“ Und dann, gefühlte Ewigkeiten später, steht mein Dad vor mir. Sein Fuß steckt in einem Gips, und Li trägt eine Reisetasche. „Überraschung.“

Als ich die Worte höre, stürze ich mich in seine Arme. Er lässt die Gehhilfe fallen und hält mich fest. „Wir können doch die Eröffnung nicht verpassen.“, sagt er und drückt mir einen Kuss auf die Wange.

Li gibt ihm die Gehhilfen und zieht mich ebenfalls in eine innige Umarmung. „Eigentlich wollten wir gegen Mittag da sein. Der Besuch in der Notaufnahme war nicht geplant.“

Ich öffne die Augen, die mit Glückstränen gefüllt sind, und sehe Li an. „Danke, dass ihr gekommen seid. Wirklich. Die zweite Tür links führt ins Wohnzimmer.“

Li streicht mir über die Schultern. „Kommt dein Feuerwehrmann auch morgen?“

Ich schüttele den Kopf. „Nein, er hat eine höhere Stelle bekommen und morgen seinen ersten Tag. Ich schätze, er wird es erst nach Feierabend schaffen.“

„Sei nicht traurig darüber.“ Sie küsst meine Wangen, und ich führe sie nach drinnen und nehme ihr die Reisetasche ab.

„Ihr könnt in meinem Schlafzimmer schlafen, Dad. Ich wusste nicht, dass ihr kommt, sonst hätte ich aufgeräumt.“ Panik steigt in mir auf. Ich bin überfordert mit der Situation, immerhin hätte ich einfach nur Ordnung halten müssen.

„Es ist alles gut, Schatz. Mach dir keine Sorgen.“

„Habt ihr Hunger? Ich habe eine Tomatensuppe zum Abend gekocht, und es ist noch etwas übrig.“

„Mehr als Hunger!“

Die beiden lassen sich die aufgewärmte Suppe mit Bageln schmecken, und ich kraule Ami. Wie schafft es mein Dad, immer in den Momenten aufzutauchen, in denen ich drohe zu verzweifeln?

„Wie ist das mit deinem Bein passiert?“

„Wir wollten eigentlich schon vorgestern kommen, aber ich hatte das Kabel für meine Kamera vergessen, um morgen alles zu dokumentieren. Auf der Fahrt habe ich gemerkt, dass der Akkustand niemals ausreichen wird.“

„Dad, du besitzt ein Smartphone. Deine alte, klapprige Kamera kann damit doch gar nicht mithalten.“ Ich lache, als Li mir nur heimlich zunickt und mein Dad uns beide böse anblickt.

„Auf jeden Fall sind wir dann in den nächsten Elektrofachmarkt gefahren, und da war es rutschig auf dem Parkplatz. Tja, also habe ich auch gleich dem Krankenhaus einen Besuch abgestattet.“ Er kramt in der Reisetasche neben der Couch. „Immerhin habe ich das Kabel bekommen und jetzt, nachdem die Sache mit dem Bein sich wieder beruhigt hat, kann ich endlich die Technik aufladen. Kann ich eine Steckdose benutzen?"

Ich nehme ihm das Kabel aus der Hand und hänge seine Kamera, die er bereits auf dem Wohnzimmertisch abgelegt hat, an den Strom. „Du bist echt unglaublich, Dad."

Ich rutsche mit meinem Stuhl näher an ihn heran und lehne meinen Kopf an seine Schulter. Er küsst meine Stirn. „Morgen ist es also so weit. Es ist schon spät, wir sollten ins Bett gehen, auch wenn ich mich gern noch stundenlang unterhalten würde."

Dad ist immer sehr weise und darauf fokussiert, dass ich genug Schlaf bekomme. Das war schon als Kind so. „Ja, du hast Recht. Lasst mich noch kurz das Bett beziehen", sage ich und springe auf.

„Wir nehmen das Sofa, alles in Ordnung."

Ich blicke sie an. „Das kommt nicht infrage. Eure alten Knochen halten das gar nicht aus." Nun sehen mich beide böse an, und ich bin so glücklich, dass alle Sorgen weit weg sind.

Mags und Riley schlafen beide auf dem Sofa, als ich nach Hause komme. Ich rieche nach Sex und möchte dringend duschen. Mein schlechtes Gewissen nagt an mir, weil ich es nicht geschafft habe, Riley ins Bett zu bringen.

Ich lüge Clarissa weiterhin an, vernachlässige meine Tochter, damit ich die die Frau, in die ich mich verliebt habe, weiter kennlernen kann. Mein Herz wünscht sich nichts sehnlicher, als dass sich die beiden mögen. Vielleicht verstehen sie sich gut, und Clarissa kommt damit klar, dass ich Vater bin. Eventuell würde es Riley sogar helfen, eine weitere weibliche Bezugsperson in ihrem Leben zu haben. Ich habe keine Ahnung.

Unter der Dusche werden die Gedanken immer lauter. Sie schreien mich an, sodass mir schwindelig wird. Ich war mir die ganze Zeit so verdammt sicher, nie mehr dieses Herzklopfen zu spüren. Nie mehr Nähe zulassen und mich verlieren zu können. Und jetzt ist Clarissa da, und ich versuche, meine Gefühle zu begreifen. Ich muss ihr endlich die Wahrheit sagen, doch jetzt soll sie sich erst einmal auf die Eröffnung konzentrieren. Ich kann nicht zulassen, dass ich sie wegen meiner Lüge aus dem Konzept bringe und ablenke.

Ich wasche mir das Duschgel vom Körper, trete aus der Kabine und schlinge mir ein Handtuch um. Gleich bringe ich erst einmal Riley ins Bett, auch wenn sie schon schläft, dann sieht die Welt bestimmt wieder besser aus. Meine Tochter ist der Mensch, der für immer

in meinem Leben bleiben wird. Bei ihr brauche ich mir
keine Sorgen machen, dass sie geht. Sie wird maximal
sauer sein, wenn ich ihr Clarissa vorstelle. Aber sie ist
ein Kind. Kinder kommen schneller über die meisten
Dinge hinweg als wir Erwachsenen. Ihre Seelen sind
einfach noch viel freier als die unseren.

Ich hebe Riley hoch, und sie schlägt flatternd die Augen
auf. „Dad. Du bist endlich zuhause." Dann schließt sie
die Augen wieder, und ihr Atem wird langsamer, weil
sie in den Tiefschlaf dämmert, aus dem sie gerade auf-
gewacht ist. Ihr *endlich* versetzt mir einen Stich, doch
als ich sie in ihr Bettchen lege und leise ein Schlaflied
summe, verschwindet er.

Es ist in Ordnung, sich neu zu verlieben, oder?

Ich gehe ins Wohnzimmer. Mags sitzt mittlerweile
aufrecht und schenkt mir einen mütterlichen Blick.
„Hattest du einen schönen Abend? Du warst noch bei
ihr, oder?" Ich nicke schuldbewusst, und sie streicht
mir über die Schulter, als ich mich neben ihr nieder-
lasse. „Wann bringst du sie mit hierher? Du musst sie
nicht verstecken. Riley wird es verstehen."

Meine Augen brennen leicht. „Clarissa weiß nichts
von Riley. Ich habe sie einmal deswegen angelogen und
komme aus diesem Sumpf jetzt nicht mehr raus."

Mags sieht mich schockiert an. „Du hast ihr wirklich
verschwiegen, dass du eine Tochter hast? Das ist nicht
dein Ernst, Matthew. Damit hast du wirklich großen
Mist gebaut."

Ich nicke, reibe mir mit den Händen über mein Gesicht. „Ich weiß, Mags. Aber wie soll ich ihr jetzt die

Wahrheit sagen, nachdem wir zueinander gefunden haben? Ich liebe sie. Wirklich."

Mags nimmt mich in ihre Arme. Meine Verzweiflung ist groß. Ich weiß nicht, wie es weitergehen soll. Ich weiß gar nichts mehr. In diesem Augenblick fühle ich mich wie ein Versager.

„Es ist immer besser, eine Lüge aufzudecken, wenn sie noch klein ist. Doch jetzt ist sie zu einem Bären geworden, der mit ausgestreckten Pranken vor dir steht und dir seine Krallen präsentiert. Er ist größer als du, doch du vergisst, dass du noch die Liebe in dir hast."

Ich weiß, was Mags mir sagen will: Ich muss dem Bären in die Augen sehen. „Lass die Liebe für dich kämpfen", sagt Mags leise. „Auch ein Bär wird ruhig, wenn er merkt, dass du ihn nicht bedrohen willst."

„Aber ich habe mich geschützt und nicht sie. Wie soll ich ihr das denn klar machen?"

„Du hast vor allem deine Tochter beschützt. Zudem dein Herz, und es gibt niemanden, der das nicht verstehen würde. Du solltest dir selbst ein bisschen mehr vertrauen und dem Mädchen aber auch die Zeit geben, um es zu verdauen."

„Sie heißt Clarissa", sage ich und klammere mich an Mags. In diesen Sekunden ist sie mein größter Halt. „Ohne dich wäre ich schon lange in meinen Sorgen untergegangen. Danke, Mags."

„Das stimmt nicht. Riley hält dich über Wasser, mein Junge."

„Sie ist der Rettungsring, und du bist das Boot dazu."

Sie küsst meine Wangen. Ich fühle mich so geliebt. Ich habe das alles nicht verdient, immerhin konnte ich meine Frau damals nicht retten. Und die Frau, die ich heute liebe, verletze ich mit jedem Wort, das ich an sie richte, ohne ihr die Wahrheit zu sagen.

„Jetzt bist du wirklich Chief. Ich kann es nicht glauben, Matt. Wir bilden einfach ein unfassbar starkes Team. Es ist an der Zeit, es der Mannschaft zu erzählen." Lane klopft mir auf die Schulter und Stolz liegt in seinen Augen.

Meine Hände zittern. Die Übergabe war intensiv; viele Informationen schwirren mir im Kopf herum. Ich muss nun so viele Fristen beachten, und die Inventur der Wache muss eingehalten werden. „Du kannst noch einmal stolzer sein, deine ist nun fast die höchste Position!"

Lane lacht. „Ich glaube das alles noch gar nicht."

Wir umarmen uns kurz, bevor wir die Mannschaft zusammentrommeln. Ich versuche, mir in Gedanken noch einmal die Worte zurechtzulegen, die ich an sie richten möchte.

Wir stehen wieder zwischen den Wagen, und die Mannschaft von neun Leuten hat sich vor uns versammelt. Sie tuscheln miteinander, bis Bry die Stimme erhebt.

„Ach, sieh mal an, die offizielle Zeremonie. Jetzt erzählen sie es uns."

Ich bin baff, öffne den Mund, schließe ihn wieder und erinnere wohl gerade an einen Koi, der versucht zu atmen.

„Ihr wisst es?", entfährt mir dann doch.

„Natürlich. Ihr tuschelt seit zwei Wochen. Heute wart ihr drei Stunden im Büro zusammen, und Bry hat schon erzählt, dass sein Dad aufhört. Wir sind vielleicht doof, aber nicht blind", sagt der Kollege aus der anderen Schicht, der heute zufällig aushilft.

Sie sind nicht böse, denn im nächsten Moment schlägt irgendjemand eine Sektflasche auf die Motorhaube des Löschfahrzeuges, und sie zerspringt. Scherben fliegen umher, und eins ist klar: Der Sekt kann nicht mehr getrunken werden. „Keine Sorge, der Bierkasten steht bereit. Nur die Sektflasche musste symbolisch sein." „Hoffentlich gab das keine Kratzer, Chief", grinst Bry mich frech an.

Und dann werden mir so viele Schulterklopfer und kurze Umarmungen geschenkt, dass ich mich einfach wie Zuhause fühle.

Diese Jungs sind meine Familie, und nun eine andere Stelle anzutreten, ist komisch. Trotzdem bin ich froh, auch hier meinen Karriereweg weitergehen zu können. Die Leiter ist noch lang, und bis zu meinem Ruhestand sind es noch viele Jahre. Es ist klar, dass ich nicht bis zum Ende auf Einsätzen dabei sein kann, aber irgendetwas wird sich schon finden. Hauptsache, ich kann Feuerwehrmann bleiben. Beweisen, dass ich es draufhabe.

Der Wecker klingelt, und es ist wohl das erste Mal in meinem Leben, dass ich mit einem Lächeln aufwache und direkt aus dem Bett springe. Heute ist es so weit. Mein eigener Laden eröffnet in drei Stunden.

Ich stehe von der Couch auf und strecke mich. Ami hat in ihrem Körbchen bei mir im Wohnzimmer geschlafen, und wenn ich die Schnarchgeräusche vernehme, die aus dem Schlafzimmer kommen, verstehe ich auch, warum. Ich werde mich jetzt duschen, umziehen und dann noch eine Kleinigkeit essen. Den wohl kürzesten Arbeitsweg der Welt zu haben, der zweiunddreißig Treppenstufen lang ist, hat eindeutig seine Vorteile.

Die Dusche tut meinen Muskeln gut. Als ich gerade mit einem Handtuch um den Körper vor dem Spiegel stehe, vibriert mein Handy.

Guten Morgen, Ria. Ganz viel Spaß und Erfolg am ersten Tag von #clarctonspetshop! Ich denke an dich.

Das Feuerwehrauto blinkt, als eine weitere Nachricht eintrudelt.

Ich hoffe, ich schaffe es noch vorbeizukommen. Nach dem Tag auf jeden Fall, wir sollten feiern. Ich bin verliebt in dich.

Bis auf das eine Mal, wo ihm *ich liebe dich* herausgerutscht ist, sagt er stets, dass er verliebt in mich ist. Für mich ist das in Ordnung.

Guten Morgen, Matt. Ich denke auch an dich, Chief. Ich auch. So sehr.

Dann klingelt mein Telefon, und Matts Name blinkt mir entgegen. Lächelnd gehe ich ran.

„Ich musste noch einmal deine Stimme hören, bevor du die große Geschäftsfrau wirst, die du eh schon bist."

Ich lache. „Und du, Chief?

„Hör bloß auf. Gestern wollte ich es den Jungs sagen, und sie wussten es alle schon. Für heute habe ich Cupcakes bei Amelia bestellt, um den Einstieg zu feiern." Er seufzt. „Ich fürchte, dass es komisch wird, weißt du?"

Ich nicke, auch wenn er es nicht sehen kann. „Veränderungen fühlen sich oft seltsam an, bis sie dann zur neuen Normalität werden. Der Weg dorthin kann manchmal länger dauern, aber das ist okay."

„Du findest echt immer die besten Worte; das ist doch eigentlich meine Aufgabe." Matt lacht, und mein Lächeln wird immer breiter. „Das stimmt. Du bist echt besonders, Chief."

„Hör bloß auf. Ich bin jetzt an der Cakery. Denk dran, die Eröffnung heute zu dokumentieren."

„Viel Spaß bei deinem ersten Tag als Chief. Ich bin stolz auf dich, Matthew."

„Bis dann, Ria." Er legt auf, und ich presse mir das Smartphone an die handtuchumwickelte Brust. Nun sollte ich mich aber weiter fertig machen, damit ich nach unten gehen kann. Ich wähle eine dunkle Jeans und dazu einen roten Kapuzenpullover. Ich lege nur Wimperntusche auf und stecke mir einen Reifen ins Haar, der mit kleinen Schneemännern bedeckt ist. Die Weihnachtssaison ist offiziell eröffnet. Ich habe keine Ahnung, was man am besten zur Eröffnung des eigenen Ladens anzieht. Klar habe ich jahrelang im Büro gearbeitet, aber jetzt gehört alles mir und eigentlich kann ich herumlaufen wie ich möchte. Diese Freiheit ist neu für mich. Ich kann allerdings kein Kleid tragen, weil ich Angst habe, beim Bücken den Kunden meinen Hintern zu präsentieren. Das wäre suboptimal. Ich erinnere mich genau daran, wie ich als Teenager auf einer Buchmesse war. Damals habe ich wahnsinnig viel gelesen. Ich habe ein „Die Schöne und das Biest"-Kleid getragen und einen Rucksack. Ich weiß nicht, wie viele Stunden ich mit nacktem Hintern, bis auf die Strumpfhose, herumgelaufen bin. Dann hat mich eine nette Dame angesprochen: „Entschuldigen Sie, Ihr Kleid."

Es war der wohl peinlichste Moment in meinem Leben, und hätte ich nicht ein Jahr für die Messe gespart, wäre ich umgedreht und gegangen. Ich hoffe bis heute, dass mich niemand fotografiert hat.

Ich lasse Li und Dad weiterschlafen. Sie sollen sich nach den Strapazen der Fahrt ausruhen. Ami und ich sind schon eine kleine Runde gelaufen und der Laden hat mittags für eine Stunde zu, damit ich mich da wieder um sie kümmern kann. Sie wird natürlich den ganzen Tag an meiner Seite sein, und ich bin gespannt, wie sie mit den Kunden umgeht. Aktuell habe ich vor, sie erst einmal an einer Leine in ihrem Körbchen bei mir zu haben. Ich möchte sie beschützen.

Ich kehre noch einmal den Fußboden und bilde mir trotzdem ein, dass er schmutzig ist. Die Nervosität verwandelt sich in Panik, und der Knoten in meinem Magen wird immer größer. Werde ich es schaffen? Werde ich vielleicht sogar heute schon etwas verkaufen?

Für die Eröffnung am ersten Tag des Adventskalenders habe ich zweihundertgünfzig kleine Päckchen gepackt. Die gibt es exklusiv nur heute, bevor morgen dann wieder etwas Neues an der Reihe ist. In ihnen befindet sich je eine Visitenkarte, ein Button mit meinem Logo, ein Kugelschreiber sowie Rabattgutscheine auf meine eigenen Artikel aus dem Sortiment in Höhe von fünf Prozent für den nächsten Einkauf. Vielleicht kann ich dann die Leute dazu animieren, wiederzukommen. Ich liebe das Logo, das ich gemeinsam mit Jeremia entwickelt habe. Es ist ein Kreis aus Tiersilhouetten, in der Mitte ist in verschnörkelter Schrift *Clarctons Petshop* geschrieben. Darunter ist eine Hand zu sehen, die eine Pfote hält.

Es klopft an der Ladentür, und schockiert blicke ich auf die Uhr. Ich habe noch eine halbe Stunde, bis ich öffne. „Ich öffne erst um neun", rufe ich.

„Ich bin es, Jeremia."

Ich bin verwundert, was will er denn hier? Schnell öffne ich, und die Eintrittsglocke ertönt. Ich habe sie hängenlassen, irgendwie hat sie einen besonderen Charme. Er steht mit drei Kisten auf dem Arm vor mir. „Was ist das denn? Komm erst mal rein." Seine dunklen Haare sind von Schneeflocken bedeckt, und seine Nase ist rot. „Bist du hierhergelaufen?"

„Nein, aber ich habe weiter weg geparkt. Deine Kunden scheinen sich schon Parkplätze gesichert haben." Ich traue mich nicht hinauszusehen, also schließe ich wieder hinter ihm ab.

„Hier, eine kleine Überraschung zur Eröffnung." Er stellt die Kisten ab.

Ich öffne sie. Wow. Viele kleine Cupcakes sehen mich an. Ein Drittel ist mit einer dunklen Buttercreme als Topping bedeckt, darauf sitzen kleine Hunde aus Zuckerguss. Sie sehen Ami ähnlich. Das zweite Drittel ist mit einem grünen Topping verziert, und ich bin gespannt, welche Geschmacksrichtung es ist. Darauf sitzen Katzen. Und dann gibt es noch Cupcakes mit weißem Topping, auf denen Tierpfoten zu sehen sind … und sogar Krallen.

Jeremia kratzt sich verlegen am Hinterkopf. „Ich hoffe, sie gefallen dir. Wir haben die ganze Nacht dran gearbeitet."

Ich falle Jeremia um den Hals und drücke ihn an mich. „Danke. Vielen Dank. Darf ich euch dafür etwas geben?"

„Willst du, dass Amelia mich umbringt?"

Ich lache und schüttele den Kopf. „Natürlich nicht."

„Los, wir bauen das hier noch gemeinsam auf, damit sie schön präsentiert werden." Und dann holt er aus der unteren Kiste eine ausklappbare Etagere. Wir stellen sie in die Mitte des Tisches neben dem Tresen. Es sieht einfach großartig aus.

„So, jetzt platzier dich mal daneben, Ria, nimm noch ein Päckchen in die Hand, und dann mache ich ein Foto."

Mein Strahlen auf diesem Bild hält den Moment für immer fest – die Glückseligkeit gepaart mit der Aufregung in meinen Adern.

Der Uhrzeiger geht auf die Zielgerade und ich atme noch einmal tief durch, bevor ich den Schlüssel im Schloss umdrehe und die Tür öffne. Die Kälte schlägt mir entgegen, und ich muss kurz die Augen schließen, um ein Brennen zu unterdrücken. „Herzlich willkommen in Clarctons Petshop, hier ist jeder Mensch und jedes Tier willkommen."

Als ich mich umsehe, stockt mir der Atem. Es sind viele Menschen gekommen. Mich hecheln Hunde an, und ich lege meine Hand an meine Brust, weil mein Herz so schnell pocht, dass ich Angst habe, es springt gleich heraus.

Und dann applaudieren sie. „Herzlich willkommen in Clarcton!", höre ich vereinzelte Rufe. Die Gänsehaut auf meinen Armen hat nichts mit den frostigen Temperaturen zu tun.

Ich versuche, jedem Kunden zur Seite zu stehen. Eine ältere Dame mit einem weißen Pudel ist die Erste, die den Tresen aufsucht. „Junge Dame, haben Sie auch etwas für Lady Di?" Ich muss ein Prusten unterdrücken. Sie hat ihren Hund nach Lady Diana benannt, wirklich?

Ich überlege kurz und habe eine Idee. „Einen kleinen Moment, bitte." Sie sieht ungeduldig aus, und ich werde leicht nervös, als ich nicht gleich das entdecke, was ich suche.

Dann fällt mir der Mantel im britischen Stil ein; er zeigt die englische Flagge. Ich habe davon nicht viele herstellen lassen, weil ich nicht wusste, wie ich damit in Kanada ankommen werde.

„Wäre das etwas für Ihre Pudeldame?" Ich zeige ihr den Mantel, und sie streicht darüber. „Das ist ja genauso weich wie das Fell von Lady Di. Passt ihr das?" Ich nehme mit dem Auge Maß und nicke schließlich. „Wenn ich darf, würde ich es ihr anlegen, und dann sehen Sie beide einfach, ob es Ihnen zusagt."

„In Ordnung", erwidert die ältere Dame. Ich öffne den Verschluss am Kopf und am Bauch, dann ziehe ich der Pudeldame den Mantel über. Ihr Fell ist spröde, wahrscheinlich hat sie schon einige Jahre auf dem Buckel. Ich entdecke einige kahle Stellen. „Sie ist fünfzehn Jahre alt. Sie begleitet mich immer." Die alte Dame streicht über den Kopf des Hundes, und ich blicke sie an. „Hunde sind einfach die besseren Menschen, nicht?"

„Auf jeden Fall", lacht sie. Es dauert keine fünf Minuten, bis ich meinen ersten Mantel verkauft und dazu noch eine gute Bekanntschaft gemacht habe.

Wow. So scheint sich vollste Zufriedenheit anzufühlen.

Ich lerne an diesem Eröffnungstag so viele verschiedene Persönlichkeiten kennen, so viele Menschen, die dafür brennen, etwas Gutes für ihre Tiere zu tun, dass ich mehrmals mit den Tränen kämpfe. Gerade habe ich das erste Hamsterrad verkauft. Der kleine Junge, er muss ungefähr sechs Jahre alt gewesen sein, war genauso glücklich wie seine Eltern, weil sein Hamster Charly endlich wieder in seinem Zimmer stehen und er dabei schlafen konnte. „Sie könnten die Räder noch mit Kinderliedern anbieten, dann wäre es perfekt", hat der Vater mir vorgeschlagen, und ich denke wirklich darüber nach.

„Was ein wundervoller Laden. Endlich etwas, worin man sich mit seinem Tier wohl fühlt. Besonders mag ich die Entspannungsecke da hinten!" Ein älterer Herr hatte sich für rund dreißig Minuten darauf niedergelassen und das Fell seines Hundes gestreichelt, nun steht er vor mir. Die Ecke ist eines meiner Highlights.

Dort liegen verschiedene Magazine aus, zwei Sofas stehen bereit und die Tiere können etwas fressen oder trinken. „Die Törtchen dazu sind auch wunderbar, die können ja nur von Amelia und Jeremia sein."

„Sie kennen die beiden?" „Natürlich. Frag sie einfach mal nach Jeffrey, Amelia hat bestimmt viel zu erzählen. Ich würde gerne diese Leine mitnehmen und das Hundefutter ohne Zusatzstoffe." Er legt mir viel mehr hin, als es kostet. „Stimmt so."

Und das ist nicht der einzige Kunde, der heute Trinkgeld gibt. Ich bekomme nur positive Resonanz, und es fühlt sich alles an, als wäre es ein Traum.

Li und Dad sehen sich auch immer wieder im Laden um, wobei Dad auf einem Stuhl sitzt. „Hast du noch Flyer übrig? Ich würde uns etwas zum Abendessen besorgen, wenn du magst. Und dabei kann ich ja gleich ein wenig Werbung machen", meint Li.

„Das ist nicht nötig, alles okay", sage ih.

„Doch, ich würde dir dafür deinen Dad als Pfand dalassen."

Ich lache. „Mit ihm derzeit durch eine schneebedeckte Stadt zu fahren ist nicht so gut."

Sie streicht mir liebevoll durch die Haare, nimmt die Flyer von der Theke und stapft los.

Noch eine Stunde bis zum Ladenschluss. Ich bin gespannt, wie der Umsatz aussieht. Zumindest sind die Säckchen fast alle verteilt worden. Zehn Stück sind nur übrig, das ist einfach verrückt.

„Du kannst so stolz sein, mein Schatz." Dads Stimme ist belegt, und am Glitzern seiner Augen erkenne ich die Rührung.

„Danke. Das alles habe ich mich nur getraut, weil du mich auch zwischendrin vor meinen Höhenflügen bewahrt hast."

„Nein. Ich hätte dich mehr fliegen lassen müssen, vielleicht hättest du das alles dann viel früher getan. Ich hatte nur so unfassbare Angst, dich zu verlieren."

Ich kuschele mich an meinen Dad, als die Ladenklingel ertönt. Ich sehe einen großen Strauß roter Rosen und stehe auf. „Herzlich willkommen in Clarctons Petshop." Ein Hund läuft mir entgegen, und ich erkenne Luckey. Matt! Er hat es noch geschafft.

# Kapitel 36 – Matthew

Ich bin wie ein Irrer durch die Gegend gefahren, um Blumen zu besorgen. Eigentlich sehne ich mich nach einer Dusche, meiner Tochter in meinen Armen und ausgestreckten Beinen auf dem Sofa. Trotzdem stehe ich hier, denn ich möchte Clarissa zeigen, wie stolz ich bin.

Luckey war heute mit auf der Wache. Er rennt durch den Laden und scheint Ami zu suchen. Clarissa sitzt bei einem Mann mit einem Gipsbein. Sie hat ihren Kopf an seinen gelehnt und ich bin verwundert. Sie springt auf, als sie mich sieht. Der Mann ist eindeutig zu alt, als dass sie mir mit ihm fremdgehen würde. Oder?

„Matt!" Sie wirft sich in meine Arme, und ich habe Mühe, sie und den Rosenstrauß festzuhalten.

„Und wie läuft der erste Tag?", frage ich sie.

„Es war die ganze Zeit was los! Die ersten Sachen sind verkauft, und die Werbepäckchen sind auch fast weg. Die Cupcakes sind bis auf sechs Stück verputzt, und die stehen oben bei mir im Kühlschrank." Ihre Worte überschlagen sich fast, und ich küsse ihre Stirn, denn so hört sich Glücklichsein an. Sie zerrt an meinem Arm. „Ich muss dir jemanden vorstellen, Matt. Das ist mein Dad. Er und seine Frau haben mich gestern Abend überrascht."

Der Herr mit den Krücken ist mittlerweile aufgestanden und versucht, sein Gleichgewicht zu halten. Er streckt mir die Hand entgegen. „Du bist der Feuerwehrmann, der die Mikrowelle gelöscht hat?"

„So kann man es sagen, Sir. Ich bin Matthew." Ich nehme seine Hand und sehe ihm in die Augen. In mir droht Panik aufzukommen. Bin ich bereit dafür, ihre Eltern kennenzulernen? Jetzt wegzurennen, würde wohl einen schrecklichen Eindruck hinterlassen. Trotzdem bin ich kurz davor.

„Ich stelle die Blumen in eine Vase."

Mit diesen Worten lässt mich Clarissa einfach mit ihrem Vater allein, und ich kann es nicht glauben, dass sie das tut. Die Panik in mir wächst. Die letzten Eltern, die ich kennengelernt habe, waren Mayas. Der Druck auf meiner Brust ist enorm, und ich habe Probleme, ruhig zu atmen.

„Es freut mich, Sie kennenzulernen, aber wenn Sie meiner Tochter wehtun, dann muss ich Sie umbringen, egal wie viele gute Taten Sie als Feuerwehrmann erbringen."

Ich nicke. „Das verstehe ich. Nichts geht über das Wohl des eigenen Kindes."

Er sieht mich argwöhnisch an, und ich würde mir am liebsten die Hände vor den Mund schlagen. Was habe ich getan? „Haben Sie Kinder, Matthew?" Ich schaffe es gerade noch, den Kopf zu schütteln. Wenn ich die Lüge nicht ausspreche, dann ist sie doch nur halb so schlimm, oder?

In diesem Moment kommt Clarissa zurück, und ihre Freude erhellt den Raum. Meine Magenschmerzen melden sich, aber ich sage nichts und strahle sie an. „Es freut mich sehr, dass dein erster Öffnungstag ein Erfolg war. Wie sieht die Aktion für morgen aus?"

„Morgen gibt es für jeden Kauf einer Leine eine Futterprobe gratis."

Ich nicke. „Der Adventskalender wird ein voller Erfolg sein. Sogar die Jungs auf der Wache haben davon gehört." Habe ich gedacht, dass ihr Lächeln nicht breiter werden könnte, so habe ich mich getäuscht.

„Ja, wirklich? Das ist der Wahnsinn!"

Sie küsst mich vor den Augen ihres Vaters, und ich spüre seinen stechenden Blick in meinem Rücken.


Riley springt mir in die Arme, als ich nach Hause komme. „Dad. Können wir einen Schneemann bauen, bitte?"

Draußen ist es zwar schon Dunkel, aber ich kann ihr den Wunsch nicht abschlagen.

Ich küsse ihre Stirn. „Ja. Darf ich mich noch schnell umziehen? Hol deinen Schneeanzug."

Sie rennt direkt in ihr Zimmer.

Ich war nicht lange im Laden, vor allem, weil ich den Blick von Clarissas Dad nicht ertragen habe – als hätte er mich durchschaut. Nachdenklich gehe ich zu Mags.

„Sie hat den ganzen Tag schon darauf gewartet, mit dir einen Schneemann bauen zu können, und sogar schon eine Karotte ausgesucht." Sie lächelt mich an, gleichzeitig liegt Tadel in ihrer Stimme. „Bring sie einfach mit, Matt."

Ich nicke. Das werde ich, ganz bestimmt.

Ich ziehe mich schnell um und schließe gerade meine Jacke, als meine Tochter bereits hüpfend vor mir steht.

„Ich bin bereit!"

Ich lache, und für einen Augenblick sind alle Sorgen vergessen. Wir gehen nach draußen und schlendern die Straße entlang. „Wie war der Kindergarten heute?"

„Gut."

Wow, da fühle ich mich fast, als wäre ich dabei gewesen. Diese detailreiche Beschreibung ist wirklich unbeschreiblich. „Was habt ihr denn Schönes gemacht?"

„Wir haben heute das erste Adventskalender-Türchen aufgemacht." Das Wort *Adventskalender* klingt seltsam. Sie verschluckt einige Buchstaben, und ich muss mir das Lachen wahrlich verkneifen. „In vierundzwanzig Tagen kommt Santa, Dad. Ich habe die Wunschliste noch nicht geschrieben!"

Irgendwie habe ich es vergessen. Als meine Frau noch gelebt hat, haben wir das immer gemeinsam gemacht, noch vor dem ersten Türchen. „Das können wir nachher machen. Santa hat dich nicht vergessen, Liebes."

Sie nickt, und als wir auf einer großen Wiese angekommen sind, legen wir direkt mit dem Schneemann los. Ich rolle die große Kugel, und Riley fängt mit der kleinen an. Dabei summt sie unermüdlich die Zeilen aus der Eiskönigin, bei der die Kinder einen Schneemann bauen. Ich stapele die Kugeln aufeinander, und Riley sieht zufrieden aus.

„Das hast du gut gemacht, Dad."

„Du auch. Richtig toll." Ich nehme sie auf den Arm. Wir stecken ihm die Karotte als Nase und Riley die Steinaugen an. Schon wird dem Schneemann Leben eingehaucht.

„Kannst du ihm deinen Schal ummachen? Sonst friert Mr. Frost."

Ich lache. „Natürlich." Ich nehme meinen Schal ab und binde ihm den Schneemann gemeinsam mit Riley um. „Wollen wir noch eine Schneeballschlacht machen, mein Schatz?"

Und kaum haben die Worte meine Lippen verlassen, da rennt sie schon los. Das erste Geschoss trifft genau auf die Stelle, an der mein Schal gerade noch alles warmgehalten hat. Ich schließe den Reißverschluss meiner Jacke bis zum Hals.

Dann renne ich ihr hinterher und werfe ebenfalls einen Schneeball auf sie, natürlich nicht so hart, und sie quietscht laut, als er sie trifft. „Das ist so unfair!“

Ich verstecke mich hinter einem Baum, mein Atem geht schnell, und ich fühle mich unbeschwert und frei. Riley findet mich natürlich in meinem Versteck und schmeißt mehrere kleine Bälle auf mich. Ich muss herzhaft lachen.

Wir bewerfen uns noch gut eine Stunde gegenseitig mit Schnee, bis uns trotz der Bewegung kalt wird – mir zumindest. Riley würde das niemals zugeben. „Lass uns zuhause essen und den Wunschzettel schreiben, dann ist es Zeit fürs Bett.“

„Aber Dad – ich bin doch noch gar nicht ...“ Das Gähnen verschluckt Rileys letztes Wort. „Trägst du mich nach Hause?“

Ich nehme sie auf meine Arme. „Natürlich. Ich trage dich bis ans Ende der Welt.“

„Wo ist das Ende der Welt?“

„Ganz weit weg.“

„Ich möchte nicht weit weg von dir sein, Dad.“

„Das wirst du niemals müssen, Riley.“

„Ist Mom am Ende der Welt?“

Ich schlucke. „Nein, Mom ist in unseren Herzen, da kann sie nicht gleichzeitig am Ende der Welt sein. Aber ja, leider ist sie manchmal weit weg.“

„Ich vermisse sie. Ich glaube, ihr würde Mr. Frost gefallen, oder Daddy?“

„Sie würde ihn lieben. Genau wie sie dich liebt. Du weißt, dass Mommy dich ganz doll liebhat, oder?“

Sie nickt. „Ich liebe sie bis zum Mond und zurück. Bis ans Ende der Welt.“

„Ich weiß, mein Schatz. Ich auch.“

Die Unterhaltung spielt sich in Dauerschleife in meinem Kopf ab, auch als Riley schon im Bett liegt und ich endlich unter der Dusche stehe. Ich muss ihr viel öfter sagen, dass ihre Mommy sie liebt. Sie darf es niemals vergessen. Der Tag heute war lang und anstrengend, und ich bin einfach fertig. Ich habe Mags schon Gute Nacht gesagt und werde mich nach dem Duschen direkt ins Bett legen. Vielleicht kann ich noch kurz mit Clarissa telefonieren. Das würde mir bestimmt guttun.

Ich steige aus der Dusche und merke, dass ich wohl noch nicht schlafen kann. Am liebsten würde ich zum Steg fahren, doch es ist zu rutschig draußen. Das wäre gefährlich.

Als ich im Bett liege, bin ich kurz davor, Clarissas Nummer zu wählen, doch ich würde es gerade nicht schaffen, nicht von Riley zu erzählen. Mein Herz schmerzt, als ich Jacks Nummer wähle und ich seine Stimme höre anstatt derer, nach der ich mich sehne. „Matt. Alles in Ordnung?“

„Nein“, murmle ich und erzähle ihm von meinen Lügen und von der ganzen Geschichte der letzten Wochen.

Manchmal ist es in Ordnung, Schwäche zu zeigen, um

anschließend Stärke zu beweisen. Man muss Kraft tan-
ken, um zurück in den Kampf des Lebens zu ziehen.

Gestern sind Dad und Li abgereist. Sie waren insgesamt fünf Tage bei mir, und jetzt ist bereits der Abend vor dem Nikolaustag. Ich habe den Brauch damals von meinem Vater übernommen, der vor langer Zeit für zwei Jahre in Deutschland war. Ich finde den Tag super und es ist schade, dass er hier nicht so groß zelebriert wird. Ich bin gespannt, welche Reaktion ich bei den Kunden damit auslöse. Morgen kommen mich zwei Hunde und drei Katzen besuchen. Ich habe in der Ecke des Ladens ein großes Gehege angebracht, in dem sie sich wohlfühlen dürfen. Die Tombola ist vorbereitet.

Seit dem ersten Tag mache ich Gewinne. Es sind noch keine großen Umsatzsprünge, und das erwarte ich auch nicht, dennoch ist es einfach toll zu sehen, wie gut meine Idee ankommt. Ich bin kein kleines Mädchen mehr, das einem Traum hinterherjagt, den es nie erreichen kann. Ich bin eine selbstständige Frau, die das große Glück hat, ihre Leidenschaft nun endlich, nach so vielen Jahren harter Arbeit, zum Beruf zu machen. Jeden Morgen wache ich auf und kann es nicht glauben. Ich bin müde und erschöpft von der vielen Arbeit, dennoch liebe ich jede Sekunde daran.

Ich schreibe Matthew an.

Na? Lust zu telefonieren?

Er war heute Vormittag bei mir im Laden und hat seine Frühstückspause mit mir verbracht. Trotzdem sehne ich mich schon wieder nach ihm und möchte ihn bei mir haben. Das klingt so kindisch, und dennoch entspricht es der Wahrheit. Was würde ich dafür geben, ihn öfter zu sehen? Seine Arme um meinen Körper zu spüren, die mich wieder auf den Boden holen.

Es dauert nicht lang, da klingelt mein Handy, und er ruft per Video an.

„Hey", hauche ich und verliebe mich noch mehr in das Lächeln, das sich auf seinen Lippen bildet.

„Na? Wie liefen die restlichen Stunden noch?"

„Heute war bisher der umsatzstärkste Tag, obwohl nicht so viele Kunden da waren. Ich glaube, dass sich der Petshop langsam rumspricht."

Matthew lehnt sich zurück. Er trägt kein Shirt, und ich kann nichts dagegen tun, dass sich Sehnsucht nach ihm in mir ausbreitet. „Das ist doch wunderbar. Du darfst nicht vergessen, dass du noch nicht mal vor einer Woche eröffnet hast." Er sieht stolz aus, was mir einfach unfassbar viel Kraft gibt.

„Wie war es bei dir?"

„Das Schönste des Tages war die Frühstückspause mit dir. Die Bürokratie bringt mich noch um." Er legt seine Stirn in Falten, und ich muss mir bei seinem gequälten Gesichtsausdruck ein Lachen verkneifen.

„Du wusstest doch aber, was dich erwartet? Wenigstens bist du jetzt nicht so oft in Gefahr."

Er nickt. „Das stimmt, ich wusste, was auf mich zukommt, und dass ich noch viel mehr am Schreibtisch sitzen werde. Trotzdem vermisse ich die Einsätze manchmal. Zum Glück gibt es derzeit nicht ganz so viele. Derzeit sind es eher Rettungsmissionen."

Ich bin nun an der Reihe, die Stirn zu runzeln. „Rettungsmissionen? Was meinst du? Kätzchen von Bäumen holen?"

Er blickt mich böse, an und ich bin mir sicher, er würde mich nun durchkitzeln, wenn er bei mir liegen würde. Genau wie heute Morgen, als er damit einfach mitten im Laden angefangen hat, nachdem ich ihn aufgezogen habe. Ich habe eine kleine Spinne in der Ecke entdeckt und ihn gebeten, sie rauszubringen. Dieser riesengroße Kerl von Feuerwehrmann hat wirklich Angst vor Spinnen! Ich habe mich totgelacht, als er mich nur mit angewidertem Blick angesehen hat.

„Nein, es geht um den See. Die Leute denken, er wäre ausreichend zugefroren, und gehen aufs Eis. Oder versuchen, mit einem Schlitten darüber zu fahren. Manchmal rücken wir auch aus, weil ein morscher Baum wegen der Schneelast umgefallen ist.“

Ich werde ernst. „Verstehe. Im Winter gibt es meist viel mehr Baustellen als nur Feuer, oder?“

Er nickt. „Meistens retten wir Menschenleben und sorgen dafür, dass das Chaos schnell beseitigt ist und die Leute ihr Leben wenn möglich ohne Verzögerungen wieder aufnehmen können.“

„Ich würde dich jetzt gerne in den Arm nehmen“, flüstere ich.

Er nickt. „Ich wäre auch gern bei dir.“

In diesem Moment höre ich, wie bei ihm die Tür geöffnet wird. „Muss Schluss machen.“ Dann legt er auf. Was ist denn jetzt passiert? Hat er Mags nicht von uns erzählt?

Ich lasse unseren letzten Monat Revue passieren. Wir sind entweder unterwegs oder bei mir. Bisher war das für mich völlig normal. Aber nun bin ich doch ein wenig stutzig. Was verheimlicht er mir?

Ich versuche ruhig zu bleiben, wahrscheinlich ist das alles nur ein Missverständnis. Er wird noch nicht die Zeit gehabt haben, Mags von unserer Beziehung zu erzählen, und wollte das nicht am Telefon machen, beruhige mich und versuche dann, in den Schlaf zu gleiten.

„Am liebsten würde ich euch allen ein Zuhause geben!" Ich knie inmitten der Tierheimtiere und weiß gar nicht, wen ich als erstes streicheln soll. Sie sind einfach wunderschön. Es gibt einen Husky, der mich an Luckey erinnert. Eine Perserkatze, die in der Ecke sitzt und mich mit misstrauischen Augen mustert. Die anderen sind ebenfalls zuckersüß, und ich versuche, allen gerecht zu werden.

„Wir haben sie extra ein wenig schick gemacht. Trotzdem werden wir sie dann erst nach der Weihnachtszeit vermitteln."

Ich sehe Marlcy an, die Leiterin des Tierheimes. „Warum?"

„Wir bekommen die meisten Zuläufe in der Zeit zwischen Weihnachten und Silvester. Wenn wir im Dezember vermitteln, ist die Wahrscheinlichkeit hoch, sie spätestens im Januar wiederzusehen." Ich nicke. Das hatten wir bei der Organisation nicht ganz bedacht. „Wenn jemand aber wirklich ehrliches Interesse hat, dann kommt er im Januar wieder, um seinen Liebling abzuholen."

„Ich würde auf euch warten", sage ich und kraule den Husky hinter den Ohren, was er mit einem zufriedenen Kläffen kommentiert. Die Hunde tragen kleine Weihnachtsmützchen, die ich extra für den heutigen Tag entworfen habe. Es sind keine giftigen Inhaltsstoffe enthalten für den Fall, dass sie herunterfallen oder angenagt werden. Den Katzen haben wir Halsbänder mit Glöckchen umgelegt, auf denen kleine Nikoläuse und Weihnachtsbäume aufgedruckt sind. „Danke, dass ihr überhaupt mitmacht. Bei einem so kleinen Laden ist es nicht selbstverständlich."

„Du möchtest ja uns helfen", sagt Marley.

Die Hunde spielen im hinteren Bereich des Ladens, und die Katzen haben sich mittlerweile überall verteilt. Sie begrüßen die Kunden mit einem Schnurren, wenn sie sie sympathisch finden, und mit einem Fauchen, wenn nicht – und dann sind sie froh, wenn diejenigen den Laden wieder verlassen. Bisher ist kein Tier ausgebüxt, was vor allem daran liegt, dass ich ein Schutzgitter an der Tür angebracht habe. Eigentlich ist das eher für Kleinkinder und Treppen gedacht, aber es erfüllt seinen Zweck.

Gerade klingelt es wieder. Ich hebe den Kopf, setze mein schönstes Lächeln auf und strahle, als Luckey den Laden betritt. Hat es Matt geschafft? Er hatte mir heute früh nur eine kurze Nachricht hinterlassen, dass er eine Teamsitzung hat und am Abend vorbeikommen möchte. Ich gehe in Richtung Tür, und Luckey schmiegt sich an meine Beine.

„Tante Mags, sieh mal! Luckey mag die Dame!"

Eine Frau mit graumelierten, langen Locken kommt herein, an der Hand ein kleines Mädchen. Es wird im Kindergartenalter sein, schätze ich. Das scheint also die berühmte Tante zu sein, von der Matthew immer schwärmt. Sie ist so herzlich, wie ich sie mir vorgestellt habe.

„Ja, du weißt doch", sagt die Frau, „Luckey ist ein ganz braver Hund!"

Das Mädchen nickt stolz und sieht mich mit braunen Augen an. Ihre dunkelblonden Locken blitzen unter der Mütze mit dem Paw-Patrol-Logo hervor. „Das muss ich zuhause direkt Daddy erzählen!“

Mein Magen zieht sich schmerzhaft zusammen. Das muss nichts heißen, vielleicht hat auch Mags Kinder oder sie ist die Oma.

„Hey – wie kann ich euch beiden helfen?“

Das kleine Mädchen blickt mich erneut an. „Wir suchen ein Geschenk für meinen Daddy und Luckey zu Weihnachten. Santa hat mir gesagt, dass er Hilfe braucht.“

Mags nickt und streicht ihr über den Kopf. „Das stimmt. Wir haben einen Brief vom Nordpol bekommen, in dem steht, dass Riley dieses Jahr das Geschenk aussuchen soll. Santa hat so viel zu tun.“

Ich nicke und muss lächeln bei der Vorstellung. „Okay, und was hast du dir vorgestellt?“

„Daddy liebt nur Luckey und mich und Mommy natürlich. Deshalb muss es was für Luckey sein!“ Die kleine Maus lässt die Hand ihrer Tante los und läuft aufgeregt durch den Laden. Sie hält bei den Hunden an und streichelt sie ganz ohne Furcht.

Mags sieht ihr hinterher. „Sie ist mit dem Hund groß geworden“, sagt sie. „Nach dem Tod ihrer Mutter war er für Riley eine große Stütze.“

Mein Magen zieht sich erneut zusammen, das darf nicht wahr sein. Das würde er mir niemals antun, oder? Diese Lüge wäre so schwerwiegend, dass alles Positive, was wir gemeinsam erlebt haben, in den Schatten gestellt würde.

„Sieh mal, Kleines." Ich gehe auf sie zu, schlucke alles hinunter, was gerade aufkochen will. Professionalität steht vor dem inneren Schmerz, der mich gerade zu zerreißen droht. „Wir haben ein Halsband für Luckey, da könnten wir doch deinen Namen, seinen und den deines Dads draufstanzen? Was hältst du davon?"

„Oh ja", ruft sie und nimmt meine Hand. „Gibt es auch eine Leine dazu? Luckey mag die nicht besonders, aber sonst rennt er nur wieder weg."

Ich fühle ihre viel zu kleine Hand in meiner großen und streiche darüber. „Natürlich. Wollen wir gemeinsam eine Farbe aussuchen?"

Sie nickt, und wir gehen zu dem Regal. Ich blicke mich nach Mags um, doch sie ist in ein Gespräch mit Marley verwickelt und hat dabei die Perserkatze auf dem Schoß, die mich vorher so misstrauisch angeblickt hat.

„Müssen das Halsband und die Leine dieselbe Farbe haben? Wie heißt du überhaupt?"

„Ich bin Clarissa. Nein, das kannst du aussuchen."

Sie nickt. „Dann nehmen wir das fürs Halsband und das für die Leine." Sie zeigt auf ein grelles Grün und ein dunkles Blau, eine gewöhnungsbedürftige Farbkombination. Ihr Vater wird sich bestimmt freuen.

„Was sollen wir auf die Leine schreiben?"

„Ich liebe dich, Dad. Frohe Weihnachten."

„Das ist super."

„Verrätst du mir noch den Namen deines Daddys, damit ich es für dich gravieren kann? Ihr könnt es dann nächste Woche abholen."

„Er heißt Matthew, aber alle nennen ihn Matt."

In diesem Moment bleibt die Welt stehen, die sich gerade noch gedreht hat. Mir wird schwindelig, und ich habe das Gefühl, ohne Fallschirm von einem Hochhaus zu stürzen und hart auf dem Boden aufzukommen. Ich glaube, mir wird schlecht. Jegliches Vertrauen in mir ist verschwunden, und das Herz, das bis gerade für den Feuerwehrmann geschlagen hat, mit dem ich heute früh noch geschrieben habe, zerbricht.

# Kapitel 38 – Matthew

Der Tag ging mit einer glücklichen Riley zu Ende. Sie war ausgiebig mit Mags einkaufen. Ich habe heute noch einen straffen Tag auf der Wache, bevor ich morgen frei habe. Leider ist Riley zum Übernachten bei einer Freundin – das erste Mal schläft mein kleines Mädchen nicht im Zimmer nebenan. Heute Abend bringe ich sie hin und möchte dann direkt weiter zu Clarissa. Sie hat gestern nicht auf meine Nachrichten reagiert, vermutlich war der Tag sehr anstrengend für sie. Die Tierheimaktion scheint ein voller Erfolg gewesen zu sein. Ich blicke auf die Zeitung in meinen Händen, die mir heute Morgen auf den Schreibtisch gelegt worden ist.

Von der Titelseite lächelt mir Clarissa entgegen, die neben drei Hunden kniet und eine Katze auf dem Arm hält. Neben ihr ist eine Frau zu sehen, die ebenfalls in die Kamera strahlt. Ich lese mir den Artikel durch. Die Zeitung berichtet von einem tollen Erfolg, den Leuten das Tierheim in Erinnerung zu rufen. Clarissa wird in den höchsten Tönen gelobt, und mein Herz platzt vor Stolz. Ich muss sie heute unbedingt sehen, außerdem ist es das erste Mal, dass ich bei ihr übernachten kann. Weil Riley eben nicht da ist.

Seit ich unser letztes Telefonat beendet habe, wirkt Clarissa ein wenig reserviert. Gestern Vormittag haben wir noch gechattet und sind nicht weiter in die Tiefe gegangen; seit gestern Mittag kommt keinerlei Reaktion mehr.

Ich lasse mich davon nicht beirren, also fotografiere ich den Zeitungsartikel ab.

Ich bin so stolz auf dich, Ria. Kann es nicht erwarten, mit dir heute Abend zu feiern und dann am nächsten Morgen beim Frühstück noch stolzer zu sein. Ich bin so verliebt in dich.

Ich sende die Nachricht ab und warte wie gebannt auf eine Antwort. Ich starre mein Smartphone in der Hand so an, dass ich mich nicht wundern würde, wenn ich ein Loch mit meinen Blicken hineinbrennen würde. Keine Reaktion.

Am Abend hat sie sich immer noch nicht gemeldet. Ich habe Riley gerade bei ihrer Freundin abgesetzt und noch einmal eindringlich darauf hingewiesen, dass man mich kontaktieren soll, wenn etwas ist. Ich glaube fast, dass ich nervöser bin als meine Tochter. Sie meinte nur beim Aussteigen: „Alles wird gut, Daddy. Ich komme ja morgen schon wieder." Dabei hätten das doch meine Worte sein sollen.

Der Schnee ist heute sehr dicht, die Schneeflocken umarmen sich und versperren einem die Sicht. Die Straßen sind glatt und ich bin gespannt, wie lange der Meldeempfänger an meinem Gürtel ruhig bleibt. Der Winter ist eine gefährliche Jahreszeit, die so manchen Leuten das Leben gekostet hat. Die Äste der Bäume können der Schneelast oftmals nicht standhalten, dann brechen sie ab und landen auf Straßen. Ich weiß nicht, wie oft wir allein in dieser Saison schon mit der Kettensäge am Werk waren. Ob Clarissa Lust hat, morgen eine Runde Rodeln zu gehen? Um die Ecke hat eine neue Bahn eröffnet, die riesige Reifen zur Verfügung stellt.

Doppelreifen für den doppelten Spaß und einzelne für das alleinige Vergnügen.

Ich kann es nicht erwarten, ihr davon zu erzählen. Ich bringe Poutine mit, Pommes mit Bratensauce, eines meiner absoluten Lieblingsgerichte. Mags hasst es, deshalb kommt es bei uns nie auf den Tisch, und ich hole es mir manchmal nach Feierabend. Natürlich esse ich dann anschließend noch eine Portion von dem, was sie gekocht hat. Unhöflichkeit liegt mir nicht.

Ich parke vor Clarissas Laden, der mittlerweile schon geschlossen hat. Heute ist Samstag, und da hat sie nur bis zum Mittag geöffnet. Den freien Tag morgen hat sie sich mehr als verdient, wobei ich mir fast sicher bin, dass sie bald eine Angestellte braucht. Wenn der Laden weiter so läuft wie in den ersten Tagen, stehen die Aussichten gut, dass sie eines Tages vergrößern kann. Ich werde an ihrer Seite sein und sie unterstützen.

Ich klingele. Die Gegensprechanlage hat sie noch immer nicht repariert. Vielleicht sollte ich ihr eine zu Weihnachten schenken? Wäre das unromantisch? Ich denke nicht, immerhin möchte ich sie schützen. Ich sehe durch die Scheibe, wie sie die Treppen nach unten läuft. Als sie mich erblickt, reißt sie die Augen auf. Hat sie etwa geweint? Dann dreht sie sich um und geht die Treppen wieder nach oben. Bilde ich mir das ein oder wankt sie leicht dabei?

Was ist los? Sie hat mich bestimmt nicht erkannt.

Ich klingele erneut. Und erneut. Und wieder.

Das kann nicht sein, was ist denn passiert? Ich nehme mein Handy und versuche, sie zu erreichen, das muss ein riesengroßes Missverständnis sein. Die Tasche mit dem Essen hört irgendwann auf, in der kalten Winternacht zu dampfen. Sie lässt mich nicht rein, sie reagiert nicht auf meine Anrufe. Ich bin verwirrt. Ich habe Angst und bin wahrscheinlich der größte Idiot der Welt.

Ich weiß nicht, wie lange ich vor ihrer Tür stehe und klingle. Das Smartphone zeigt dreiundvierzig ausgehende Anrufe, und sie hat keinen beantwortet. Ich klopfe immer wieder gegen die Tür. Irgendwann gibt mein Handy einen Ton von sich. Ich sehe darauf, das Essen ist längst vergessen.

Geh nach Hause zu deiner Tochter, Matthew. Ich möchte mit deinen Lügen und mit dir nichts mehr zu tun haben.

Ich sinke auf meine Knie in den Schnee und schlage die Hände vors Gesicht. Mein größter Alptraum ist wahr geworden.

Sie hat es erfahren, und zwar nicht von mir. Woher weiß sie es nur?

Das alles spielt keine Rolle, denn ich habe sie belogen und war zu feige, um ihr die Wahrheit zu sagen. Ich kann vor lauter Tränen kaum etwas sehen, als ich mit zitternden Fingern eine Nachricht tippe.

Ich kann dir alles erklären, bitte lass uns reden.

Sie hat das Handy wahrscheinlich ausgestellt, denn es erscheint nur noch ein Haken unter meiner Nachricht. Meine Welt bricht zusammen, und ich knie hier, inmitten eines Schneebergs, und meine Tränen gefrieren.

Alles tut so weh.

# Kapitel 39 – Clarissa

Alles in mir schmerzt noch immer. Es fühlt sich an, als hätte die Wahrheit mir mit einem Vorschlaghammer den Schädel eingehauen, und ich kämpfe damit, das Blut zu stoppen. Ich habe ihn weggeschickt. Wie konnte er es überhaupt wagen, hier aufzutauchen?

Das Ganze ist eine Woche her. Noch immer verkrieche ich mich nach der Arbeit in meinem Bett; die Euphorie der ersten Tage nach der Eröffnung ist verschwunden. Ich muss mich während der Öffnungszeiten zusammenreißen, um nicht in Trauer zu versinken. Ich habe das Gefühl, so tief im Selbstmitleid zu stecken, als wäre es Treibsand, und mit jeder Bewegung mache ich es nur schlimmer. Noch immer ist der Petshop gut besucht. Manche Kunden fahren extra zwei Stunden her; die Werbetrommel scheint zu funktionieren. Das alles würde mich im Normalfall zur glücklichsten Frau der Welt machen, doch das tut es nicht. Ich bin die größte Idiotin, weil ich es zugelassen habe, mich in einer solch wichtigen Phase meines Lebens zu verlieben. Wie kann man nur so anfällig sein? Wie konnte ich es zulassen, dass er überhaupt in der Lage ist, mein Herz in Stücke zu reißen? Und wie kann es sein, dass ich ihn noch immer liebe und mit jeder Faser meines Seins vermisse?

Ich wische mir die Tränen weg, die über meine Wangen laufen. Es ist zwecklos, denn sofort kommen neue nach. Ich habe bisher niemandem davon erzählt. Als Amelia und Jeremia heute Vormittag im Laden waren, habe ich mein Bestes gegeben, ihnen die glückliche Geschäftsfrau vorzuspielen. Als ich kurz auf der Toilette war, habe ich den Tränen freien Lauf gelassen. Liebeskummer ist einfach ein mieser Sack. Hinterhältig und immer bereit, dir erneut die Krallen ins Herz zu rammen.

Es klingelt und ich wünsche mir, dass ich diese blöde Anlage repariert hätte. Ich schäle mich aus dem Meer aus Decken, in das ich mich eingewickelt habe, und laufe die Treppenstufen nach unten. *Bitte lass es nicht Matt sein, das ertrage ich nicht.* Ich sehe durch die Ladentür. Es ist Amelia. Was macht sie denn hier?

Hat sie mich schon gesehen oder kann ich noch umdrehen, ohne dass sie etwas merkt? Sie winkt mir zu. Ich habe also keine andere Wahl, als ihr zu öffnen.

Ich drehe am Türknauf und blicke sie an.

Sie mustert mich eingehend. „Ich habe Wein dabei, eine Menge Schnulzen und Schokolade. Jeremia hat Zwillingsdienst. Darf ich reinkommen?"

Ich schniefe. Meine Schauspielerei scheint nicht funktioniert zu haben. Also nicke ich, vielleicht braucht mein gebrochenes Herz gerade genau diese Freundin, um einigermaßen weiterschlagen zu können.

„Warum hast du mir denn nichts gesagt? Vor einer Woche? Wie konntest du denn die letzten sieben Tage überleben, ohne irgendwo deine Wut rauszulassen?"

Amelia und ich liegen in meinem Bett, und sie hat die Arme so fest um mich geschlossen, dass ich das Gefühl habe, sie würde mit dieser einzigen Umarmung die vielen zerbrochenen Teile wieder kleben.

„Ich konnte nicht. Vielleicht will ich es einfach nicht wahrhaben, dass er mich die ganze Zeit über angelogen hat.“

Sie streicht über meinen Arm. „Vielleicht hatte er Angst, dich zu verlieren, bevor er dich überhaupt richtig haben konnte. Verstehst du?“

Ich blicke sie an. „Du bist auf seiner Seite? Wirklich?“

Sofort hebt sie entschuldigend die Arme, nachdem ich mich aus ihrer Umarmung gewunden habe. „Ich bin auf keiner Seite, Clarissa. Natürlich hätte er dir direkt die Wahrheit sagen müssen, aber vielleicht solltest du ihn anhören, nur damit du seine Sicht der Dinge kennst.“

Sie hat recht, doch das würde ich in diesem Augenblick nie zugeben. Natürlich ist sie die Erwachsenere von uns beiden, auch wenn sie nur ein Jahr älter als ich ist. Immerhin hat sie Kinder und einen Mann. Ich habe einen Feuerwehrmann, der mir das Herz gebrochen und dazu eine wunderschöne Tochter hat, mit der ich mich auf Anhieb verstanden habe.

„Vielleicht stimmt das, was du sagst“, schniefe ich. „Trotzdem hätte er mir eine Wahl lassen sollen, ob ich mich in ihn verlieben möchte, wenn er eine solche Verpflichtung hat.“

Amelia zieht eine Augenbraue nach oben. „Du meinst doch nicht wirklich, dass man eine Wahl hat, sich in jemanden zu verlieben?“

Es ist an der Zeit, bockig mit dem Fuß aufzustampfen. Ich unterlasse es, immerhin bin ich zwar wütend, aber nicht mehr im Kindergartenalter. „Wahrscheinlich nicht, du hast recht. Aber ich hätte es einfach gerne von Anfang an gewusst.“

Sie nickt. „Das verstehe ich. Da kann dir nur einer helfen: Patrick Swayze und seine wundervollen Tänze.“

Mit diesen Worten erspart sie mir weitere Diskussionen. Wir sehen uns Dirty Dancing an, und ich trinke dabei die Flasche Wein. Umso mehr mir der Alkohol die Sinne betäubt, desto besser fühle ich mich. Nur so lange, bis ich wieder an Matt denke und alles anfängt zu schmerzen. Betäubung durch Alkohol ist bestimmt der beste Freund von Liebeskummer. Beide hinterhältig.

# Kapitel 40 – Matthew

Es wäre eine Lüge, würde ich sagen, dass es mir noch nie im Leben schlechter ging. Der Tod meiner Frau tat noch mehr weh als der Liebeskummer wegen Clarissa. Dennoch sind die seelischen Schmerzen so groß, dass sie mir direkt auf den Körper schlagen. Ich habe schon immer auf schreckliche Dinge und emotionalen Schmerz mit Krankheit reagiert, das ist so ziemlich das Beschissenste, was einem Menschen passieren kann. Hinzu kommt noch, dass ich irgendwann mitten in der Nacht nach Hause gekommen bin und ich trotz der Kälte nicht geduscht, sondern mich direkt ins Bett gelegt habe. Jetzt plagen mich Halsschmerzen und Fieber. Körperliches Leid und emotionales Leid ist in Kombination wirklich das Effektivste, um dich auszuknocken. Ich bitte Mags, Riley abzuholen, und genehmige mir einen Tag im Bett. Die Tränen kommen immer wieder hoch. Ich kann nicht glauben, dass ich mir das alles selbst eingebrockt habe.

Ich bin erstaunt, dass es schon Abend ist, als es leise an meiner Tür klopft. „Dürfen wir reinkommen, Dad? Wir haben Suppe mitgebracht.“

Ich krächze ein *Ja* und wische mir schnell die Tränen von den Wangen. Riley öffnet die Tür, umklammert ihr Skye-Kuscheltier und krabbelt direkt zu mir ins Bett. Ich möchte sie nicht anstecken, aber gerade tut ihre Nähe einfach nur gut.

Mags folgt ihr und stellt ein Tablett mit Suppe und Brot auf meinen Nachttisch. „Was ist passiert?“ Sie blickt mich an, und ich versuche es ihr, mit Blicken zu erklären. Sie nickt, wahrscheinlich ist ihr die ganze Sache längst bewusst. Warum sonst sollte ich mich hier verkriechen?

„Ich habe nicht gewusst, dass es ihr Laden ist. Riley wollte unbedingt dahin.“

Riley blickt mir entgegen. „Psst, Tante Mags, du darfst doch nichts verraten!“

„Ich sage nichts, aber erzähl doch mal von der lieben Frau, Schatz.“

„Du meinst Clarissa? Daddy, sie ist so toll! Sie hat mir so gut geholfen, dein Geschenk, also Santas ... und sie ist so, so hübsch! Luckey hat sie direkt gemocht, und sie hat sogar meine Hand gehalten, als wir gelaufen sind.“

Ich reiße die Augen auf. Daher weiß sie es. „Hast du ihr Daddys Namen gesagt?“

Sie nickt. „Aber ich darf dir nicht sagen wofür.“

Ich muss mich zusammenreißen nicht wieder in Tränen auszubrechen, also drücke ich Riley einfach nur an mich.

„Alles okay, Schatz.“

„Daddy, du bist traurig. Lass mich dich glücklich machen.“ Eine Träne rollt meine Wange hinunter. Mags setzt sich an den Bettrand und legt die Hand auf meine. „Weißt du, Schatz? Daddy hat eine ganz tolle Frau kennengelernt, die er sehr mag.“

Riley blickt mich an. „Eine Freundin oder eine Frau, mit der man Liebe macht, Dad?“ Seit sie den Kindergarten besucht, kennt sie solche Begriffe, auch wenn ich mir fast nicht vorstellen kann, dass sie weiß, von was sie spricht. „Eine Frau, die ich liebe.“

„So wie Mommy?“

Da ist sie: die Frage, vor der Ich mich die ganze Zeit schon fürchte. „Nein, anders als Mommy. Mommy werde ich niemals vergessen, und die Frau wird nie eine neue Mommy für dich sein. Aber vielleicht eine gute Freundin, hm?"

Riley blickt mich an. „Eine Freundin ist gut. Und vielleicht kann sie irgendwann einfach meine zweite Mommy sein, oder Daddy?"

Und damit kuschelt sie sich einfach wieder an meine Seite. Ich kann nicht glauben, was ich gerade gehört habe. Das war der ganze Sturm, den ich erwartet habe?

Ich habe gelogen, weil ich Angst vor Rileys Reaktion hatte, und jetzt ist das wirklich alles? Unfassbar, dieses kleine Mädchen. Ich küsse ihre Stirn.

Sie schmiegt sich enger an mich. „Du musst sie aber glücklich machen, Dad. Das ist wichtig, hat Mommy immer gesagt."

Ich nicke. „Das muss ich." Vielleicht, wenn ich je wieder die Chance bekomme, auch nur ein Wort mit ihr zu wechseln. Denn im Laden vorbeizugehen ist keine Option.

Ich habe ihr schon ihr Vertrauen genommen, da muss ich ihr nicht noch vor Kunden eine Szene machen. Ich mag zwar ein Lügner sein, aber kein Arschloch.

# Kapitel 41 – Clarissa

Der Samstag mit Amelia hat unfassbar gut getan. Sie hat mir zugehört, meine Tränen getrocknet, wenn sie dann doch wieder geflossen sind, und mich mit Leckereien vollgestopft. Wenigstens habe ich begriffen, was wahre Freundschaft ist, wenn ich schon nicht in den Genuss kommen durfte, die wahre Liebe zu erleben. Klar, mein Leben ist nicht vorbei, irgendwann wird sich die Erde im normalen Tempo weiterdrehen, aber gerade fühlt sich einfach nichts normal an.

Trotzdem geht es mir heute schon ein wenig besser, ich wache nicht verweint auf, und mit ein wenig mehr Schminke im Gesicht als sonst sehe ich ziemlich ansehnlich aus. Ich kämme meine mittlerweile über die Schultern reichenden Haare; ein Friseurbesuch wäre mal wieder dringend notwendig. Dann gehe ich nach unten und bereite die üblichen Dinge vor. Samstag früh habe ich Mags Bescheid gegeben, dass sie das Zubehör für Luckey abholen können. Ich hoffe einfach, dass Matthew – allein der Gedanke an seinen Namen schmerzt – ihr nichts von unserem Desaster erzählt hat. Heute wird sie ihre Bestellung bestimmt abholen kommen, und ich bin sehr nervös. Wird sie mich darauf ansprechen? Hat man Matthew überhaupt etwas angemerkt oder hat er ihnen genauso etwas vorgespielt wie mir?

Ich kann nicht begreifen, wie sehr ich mich in einem Menschen täuschen konnte. Vielleicht hätte er lieber Schauspiel studieren sollen, anstatt Feuerwehrmann zu werden. Immerhin habe ich nur in wenigen Momenten gezweifelt. Wahrscheinlich bin ich blind, naiv und dumm.

Der Morgen vergeht, und bei jedem Klingeln der Türglocke zucke ich zusammen und atme erleichtert aus, wenn es nicht Mags ist. Ich weiß nicht, ob sie die Kleine mitbringt und ob ich es überhaupt ertragen werde, sie zu sehen.

Es ist kurz vor Feierabend, als es einmal mehr bimmelt und ich Mags erblicke. Ich versuche, mein schönstes Lächeln aufzusetzen und scheitere kläglich, als ich Riley bemerke. Sie hat Matthews Nase, warum ist mir das nicht vorher aufgefallen? Ihre dunkelblonden Haare muss sie von ihrer Mom haben und die Augenfarbe ... ich kann es nicht genau erkennen.

„Hey, ihr beiden. Wollt ihr Luckeys Zubehör abholen?"

Riley nickt. „Aber wir müssen auch mit dir reden, wegen Daddy."

Mir rutscht das Herz in die Hose und ich ringe nach Luft, habe keine Ahnung, was ich dazu sagen soll. Sie wissen es also. „Ja?" Es klingt mehr wie ein Krächzen als ein normaler Satz. Ich trete hinter der Theke hervor und Riley blickt nach oben, also knie ich mich vor sie. „Was ist mit deinem Dad?"

„Er hat gesagt, er hat eine Frau kennengelernt, mit der er Liebe gemacht hat, und jetzt ist er ganz traurig, weil die Frau nicht mehr da ist. Ich glaube, Dad hat gesagt, er hat geschwindelt, und deshalb ist sie gegangen."

Ich ringe nach Worten, weiß nicht, was ich sagen soll, und versuche, nicht zu weinen. Riley zwirbelt an einer Haarsträhne. „Er hat mir von dir erzählt, und auch wenn Schwindeln wirklich böse ist, würde ich mich freuen, wenn du meine Freundin sein würdest. Ich vermisse meine Mommy ganz doll, und auch wenn du nicht sie bist, kannst du ja trotzdem toll sein.“

Mags räuspert sich. „Was sie damit sagen möchte ist: Du wärst in der Familie herzlich willkommen, Clarissa. Nur wenn du das möchtest, aber sprecht euch doch wenigstens noch einmal aus, du und Matthew.“

„Magst du Paw Patrol?“, rutscht es dem kleinen Mädchen heraus.

Ich nicke. „Natürlich. Mein Liebling ist Skye.“

„Siehst du Mags, sie ist jetzt schon eine tolle Freundin!“ Mit diesen Worten wirft sich die kleine Maus in meine Arme, und mein Herz schlägt schneller. Jetzt muss ich nur noch Matthew verzeihen. Aber ich habe keine Ahnung, wie.

Mags schmunzelt. „Er ist noch auf der Wache. Luckey würde sich bestimmt freuen, mit deiner Hündin, Riley und mir eine Runde spazieren zu gehen.“

Ich bin ganz aufgeregt. „Aber erst bekommt ihr noch eure Bestellung – das Geschenk für Matt.“ Wir erledigen rasch das Bürokratische, und dann sehe ich auf die Uhr. In zehn Minuten ist sowieso Feierabend, also macht das wohl keinen großen Unterschied, wenn ich schon jetzt schließe.

„Jetzt geh schon.“ Mags nickt mir zu. Kann ich einer fremden Frau wirklich vertrauen? Ich bin mir nicht sicher, aber in diesem Moment muss ich es einfach tun.

Ich fahre zur Wache und überlege mir auf dem Weg dorthin, was ich zu ihm sagen soll. Verzeihe ich ihm wirklich, nur weil dieses kleine Mädchen mich um den Finger gewickelt hat? Ich glaube, es braucht noch Zeit, ein paar Gespräche, um wieder zueinanderzufinden. Dennoch möchte ich ihm die Chance geben, mir die Wahrheit zu sagen und seine Sicht der Dinge hören – diesen Drang hatte ich schon am Samstag nach dem Gespräch mit Amelia. Irgendwie war ich dann aber doch zu stolz. Zwar habe ich seine Nummer in der App blockiert, dennoch hat er mir jeden Morgen und jeden Abend eine SMS geschrieben. Eigentlich könnte es ziemlich romantisch sein, wenn ich nicht so unfassbar verletzt wäre.

Ich klingele an der Wache. Hier war ich noch nie. Sie ist nicht sonderlich groß; in der Garage stehen zwei Einsatzfahrzeuge. Hoffentlich macht jemand auf. Und wirklich, die Tür wird geöffnet. Bry.

„Hey“, sage ich nervös. „Ist Matt da?“

Bry blickt mich komisch an.

„Was ist?“, fauche ich aggressiver als beabsichtigt.

„Nichts. Ich kann nur nicht glauben, dass du hier bist, nachdem Matt die ganze Woche so am Ende war. Ich hoffe, ihr findet wieder zueinander.“ Er bittet mich mit einer Handbewegung herein.

Ich nicke nur und gehe an ihm vorbei. Ich habe mir die Feuerwache spektakulärer vorgestellt. Mein Blick gleitet durch den Raum.

„Die Stange geht direkt in die Garage, das ist der Eingangsbereich.“

Meine Wangen färben sich rot, da Bry meine Gedanken gelesen hat. „Rutscht ihr da wirklich runter?“

„Das dürfen nicht alle, das erste Mal muss man sich verdienen.“ Ich muss mir das Lachen verkneifen. Bry deutet nach vorn. „Geradeaus und dann die zweite Tür links.“

Ich nicke und sammele mich noch einmal, indem ich die Augen schließe. Es ist an der Zeit, die Wahrheit zu erfahren – warum er mich angelogen hat. Und vor allem, wieso er mir nicht an irgendeinem Punkt die Situation erklärt hat.

Ich hätte schon längst Feierabend machen können. Was tue ich stattdessen? Ich starre seit einer halben Stunde auf das weiße Blatt Papier vor mir und versuche in Worte zu fassen, was ich empfinde. Ich möchte Clarissa noch einen letzten Brief schreiben, ihr alles erklären, und kein Wort ist genug, um auszudrücken, was ich für sie empfinde. Um dem Tornado der Angst Ausdruck zu verleihen, der in mir wütet. Und um ihr den Treibsand zu beschreiben, der mich immer weiter in die Lügen gezogen hat, obwohl ich ihr so oft die Wahrheit erzählen wollte.

Es klopft an meiner Bürotür, und ich räuspere mich. Ich bin noch nicht lange Captain, doch in der letzten Woche habe ich wirklich versagt. Ich habe Dinge vermasselt, die ich eigentlich nie verhauen würde. Meine Gedanken sind einfach nicht hier. „Ja", rufe ich.

Die Tür geht auf, und ich sehe Clarissa. Ich blinzele zweimal. Das kann nicht sein. Was tut sie hier? Will sie zu mir?

„Hey, hast du Zeit zu reden?" Ihre Stimme zittert, nicht so sehr wie meine Finger in diesem Augenblick, doch ich höre die Nervosität heraus.

„Klar. Komm rein."

„Wollen wir vielleicht lieber eine Runde spazieren gehen?"

Ich bin kurz davor, *Alles, was du willst* zu murmeln, aber ich nicke nur und räume rasch meine Sachen zusammen. Sie wartet geduldig neben der Tür und blickt mich stumm an. Bitte, sag doch etwas, irgendwas, flehe ich in meinem Inneren. Ob ich damit sie oder mich meine? Da bin ich mir nicht sicher. Ich finde keine Worte, die ich an sie richten könnte, obwohl es so viel zu sagen gäbe.

Wir verlassen wortlos Seite an Seite die Wache, und ich würde so gerne ihre Hand nehmen. Ich gebe die Richtung vor, wir laufen aus der Stadtmitte heraus, damit es ruhiger wird. „Es tut mir leid, Ria." Meine Stimme ist brüchig, und ich bin froh, dass man sich aufgrund des Schneefalls sowie des hier und dort glatten Untergrundes auf das Laufen konzentrieren muss und ich sie daher nicht ansehen kann. Ich will sie nicht ansehen, weil ich dann den Verstand verlieren würde. Ich will sie einfach nur in meine Arme ziehen und um Verzeihung bitten.

„Deine Tochter und Mags waren heute bei mir im Laden. Riley ist wirklich ein Goldschatz. Wieso hast du gelogen?" Ihre Worte klingen durchdacht, ihre Stimme fest. Sie sitzt am längeren Hebel, da ich sie verletzt habe.

„Erinnerst du dich daran, dass wir uns ganz am Anfang über Kinder unterhalten haben und du meintest, dass Ami dir reicht?" Sie nickt und möchte mich unterbrechen, aber ich hebe eine Hand. „Da habe ich Schiss bekommen. Du bist die erste Frau, an der ich wieder Interesse habe, und ich wollte es nicht gleich in den Sand setzen. Und kaum war die erste Lüge erzählt, kam ich nicht mehr raus. Ich war wie in einem Spinnennetz gefangen."

„Du hättest doch aber bei Amelia und Jeremia reagieren können. Du hast mich hingestellt wie eine Idiotin und durchweg belogen. Wer weiß, welche Lügen du noch erzählt hast!"

Nun bleibe ich doch stehen und blicke sie an, drücke mit meinem Finger ihr Kinn nach oben. In ihren Augen glitzern die Tränen, die den Weg über meine Wange bereits gefunden haben. „Der Rest ist wahr. Ich bin verliebt in dich, ich liebe dich, verdammt noch mal, Schluss mit den Floskeln. Du bist mir so viel wert, und ich möchte, dass du ein Teil unserer Familie wirst. Meine Angst war größer als mein Mut, und das tut mir leid."

In ihren Augen flackert kurz Dankbarkeit auf, ehe der kühle Ausdruck zurückkehrt. „Ich habe ebenfalls noch Gefühle für dich, aber ich werde Zeit brauchen. Ich muss erst lernen, dir wieder zu vertrauen, Matt. Du hast mich mit Füßen getreten."

Ich nicke. „Ich werde dir jeden Tag beweisen, wie leid es mir tut. Schluss mit Geheimnissen."

„Schluss mit Lügen." Und dann nimmt sie mich in den Arm, und ich halte sie fest. Es fühlt sich an, als wäre ich wieder vollständig.

„Wir müssen zum Shop zurück. Mags und Riley sollten wieder dort sein. Sie wollten eine Runde mit den Hunden laufen." Mein Handy klingelt, und Mags' Nummer erscheint. „Sie ruft mich gerade an, warte kurz."

Warum sind die beiden in ihrem Laden?

„Wir sind zuhause", sagt Mags, nachdem ich mich gemeldet habe. „Ami und Riley haben gefroren. Kommt doch zum Abendessen." Diese Schlitzohren haben genau gewusst, dass sie nach Hause gehen. Ich sehe Clarissa an, halte das Handy von meinem Ohr weg und verdecke den Lautsprecher mit meiner Hand. „Wird es dir zu viel, mit uns zu Abend zu essen? Mags hat gerade gesagt, dass sie daheim sind.“

Sie reibt ihre kalten Hände aneinander. „Das wäre schön.“

Und dann lächelt sie mich zum ersten Mal seit meinem Lügenmärchen, an und mein Herz beginnt schneller zu schlagen.

Wir fahren in getrennten Autos, damit Clarissa nachher selbst heimkehren kann. Außerdem wäre es Unsinn gewesen, meinen Wagen an der Wache stehen zu lassen, immerhin muss ich morgen wieder hin. Ich fahre voraus, man kommt nicht sonderlich schnell vorwärts, und ich bin darauf bedacht, immer wieder in den Rückspiegel zu sehen, um mich zu vergewissern, dass Clarissa noch hinter mir fährt. Vielleicht setzt sie gleich einfach den Blinker und überlegt es sich anders? Selten in meinem Leben war ich so unsicher im Umgang mit einem anderen Menschen. Wie soll ich es schaffen, dass sie sich komplett fallenlassen kann? Das wird wahrscheinlich nur die Zeit zeigen. Immerhin heilt die doch viele Wunden, oder nicht?

Wir parken hintereinander an der Straße vor Mags’ Haus. Als Clarissa aussteigt, schenkt sie mir ein zögerliches Lächeln, und ich erwidere es. „Ich kann es nicht erwarten, dir Riley richtig vorzustellen.“

„Ich bin nervös. Ich habe keinerlei Erfahrung mit Kindern.“

„Sei einfach du selbst“, sage ich und nehme ihre Hand. Ich halte sie locker fest, sodass sie sie mir jederzeit entziehen kann, wenn sie das wünscht. Entgegen meiner Erwartung verschränkt sie unsere Finger miteinander.

Mit der freien Hand schließe ich die Tür auf. „Wir sind da!“, rufe ich, und sofort rennen uns Luckey und Ami entgegen. „Na, meine Kleine? Hast du deinen Luckey wieder?“

Clarissa hockt sich auf den Boden und lässt sich von den Hunden ausgiebig mit Küssen begrüßen. Ich hänge derweil meine Jacke auf und ziehe meine Schuhe aus, und nachdem ich damit fertig bin, tut es mir Clarissa gleich. Wir gehen die Treppen nach oben in den Wohnbereich, und mein Herz schlägt bis zum Hals. Sie wird jetzt meine Familie kennenlernen. Es ist Jahre her, dass ich in solch einer Situation gesteckt habe. Nicht, dass ich Riley je irgendeine Frau vorgestellt habe.

Wir kommen in die Küche. Riley sitzt auf der Arbeitsplatte und bepinselt gerade mit schokoladenverschmiertem Gesicht einen Kuchen. Wann haben die beiden es auch noch geschafft, Gebäck zu besorgen? Ich schüttele ungläubig den Kopf. Riley verziert grundsätzlich auch gekauftes Gebäck mit Schokolade, das hat Maya immer mit ihr gemacht. Backen konnte sie nie, aber im Verzieren waren die beiden ein unschlagbares Team.

„Hallo, Daddy und Clarissa.“ Sie strahlt uns an, und ich streiche ihr über die Haare.

Mags nickt uns lächelnd zu. „Wir haben noch ein Begrüßungsgeschenk für unseren Gast vorbereitet.“

„Einen großen Kuchen!“ Riley strahlt noch mehr. „Aber der ist nicht für dich, Daddy. Sondern für Clarissa.“

Mags hebt Riley von der Arbeitsplatte und sie geht auf Clarissa zu. „Du hast schokoladenverschmierte Hände, Schatz. Lass sie uns erst waschen gehen.“

„Kein Problem", murmelt Clarissa und kniet sich hin.

Und dann passiert das, was ich mir tief im Inneren seit dem Tod meiner Frau gewünscht habe. Riley kuschelt sich in Clarissas Arme und bedeckt sie mit Schokolade. Clarissa schließt die Augen und drückt meine Tochter an sich.

„Ich freue mich auch, dich zu sehen."

„Du bleibst jetzt drei Tage bei uns und wartest heute Abend mit mir auf Santa, oder, Clarissa? Bitte." Riley nimmt meine Hand in ihre und springt immer wieder nervös auf und ab. Sie haben mich gerade von der Arbeit abgeholt.

„Ja, ich bleibe die kompletten Feiertage über bei euch, versprochen." Ich spüre eine warme Hand auf meinem Rücken und blicke zu Matthew auf, der mich anlächelt.

„Wir können es nicht erwarten, Weihnachten mit dir zu feiern."

„Ich auch nicht." In zwei Tagen kommen mein Dad und Li uns besuchen. Sein Fuß ist noch immer im Gips, doch er lässt es sich nicht nehmen, mich zu sehen. Matthew und ich haben mit ihm vereinbart, dass wir gemeinsam mit Mags und Riley feiern, und es ist für ihn in Ordnung. Er hatte so was schon geahnt, sagte er. Ich habe nicht weiter nachgehakt.

Wir fahren gerad gemeinsam in Matts Pick-up zu den Dreien nach Hause, und ich sitze bei Riley auf der Rückbank.

Riley reißt die Augen auf. „Weiß Santa denn dann überhaupt, dass du bei uns bist?"

„Natürlich. Wir können heute noch den Baum zusammen schmücken, was hältst du davon?" Matts Stimme ist voller Vorfreude. Er hat mir gestern Abend erst erzählt, wie sehr er Weihnachten vergöttert.

Es ist kurz nach sieben, und ich habe den Petshop gerade abgeschlossen. Seit klar ist, dass ich Weihnachten mit Matthews Familie verbringe, bin ich von einem Laden in den nächsten gerannt und habe gehofft, ein passendes Geschenk zu finden, das ich ihm in den Socken stecken kann. „Dad hat gestern deine Socke aufgehängt, also denke ich, Santa wird den Weg finden. Ich würde gerne den Baum gemeinsam schmücken“

Ich lache. „Dann ist ja gut.“

Wir sind angekommen und gehen die Treppen nach oben. Ich drücke Mags einen Kuss auf die Wange. „Danke, dass ich hier sein darf.“

Sie tätschelt meine Hand. „Ich freu mich sehr.“ Ich lächle. Das alles wird perfekt werden.

Es ist schon stockdunkel draußen, und die Schneeflocken treiben ihr Unwesen. Riley kommt mit ihrem Schlafanzug auf mich zu.

„Morgen können wir doch auch wenn Weihnachten ist einen Schneemann bauen, oder?“

Ich streiche ihr übers Haar. „Gerade weil Weihnachten ist, bauen wir einen, okay?“

Riley nickt und gähnt herzhaft. Wir haben gerade noch eine Kleinigkeit gegessen, und nun sitzt sie zwischen mir und Matthew eingekuschelt auf der Couch. Ich glaube, das mit dem Baum könnte heute schwierig werden, denn auch ich bin sehr müde.

Auf einmal reißt Riley ihre Augen auf. „Wir müssen den Baum schmücken, Dad. Ich bin gar nicht müde, ich werde auf Santa warten!“

Eine Stunde später haben wir viele LED-Kerzen angebracht, die buntesten Kugeln am Baum verteilt und Lametta in Unmengen angebracht. Riley liegt auf der Couch und ist erschöpft eingeschlafen. Im Glanz der Lichter streiche ich ihr über die Haare. In den wenigen

Tagen habe ich mich schnell an sie gewöhnt, ihr gehört jetzt genau so ein Teil meines Herzens wie ihrem Dad. Ich habe einen Schutzinstinkt entwickelt, von dem ich nie geglaubt habe, ihn je erleben zu dürfen. Ich liebe dieses kleine Mädchen, und auch wenn ich nie ein Mutterersatz für Riley darstellen möchte, freue ich mich umso mehr, ihr jeden Tag eine gute Freundin sein zu dürfen.

„Ich bringe sie kurz ins Bett, du kannst es dir hier bequem machen." Matt küsst meine Schläfe und hebt Riley vorsichtig hoch.

So viel dazu, dass sie Santa noch sehen möchte. Ging es uns nicht allen als Kindern so? Wir haben so darauf gepocht, wach zu bleiben, die Rentiere landen zu hören, und sind doch zuvor immer ins Land der Träume gewandert. Ich erinnere mich gut daran, wie mich mein Dad am Abend vor Weihnachten, wenn ich gar nicht müde war, in die Wanne gesteckt hat. „Du musst doch ein sauberes Mädchen für Santa sein." Danach war ich immer so müde und erschöpft, dass ich es gerade noch geschafft habe, Milch in das Glas zu gießen und die Kekse bereit zu legen. Irgendwelche Methoden gibt es immer, die Kids müde zu machen.

Mags kommt mit zwei Tassen in der Hand ins Wohnzimmer. „Hast du Lust auf einen Becher Eierpunsch? Selbst gemacht, nach dem Rezept meiner Mutter."

Ich nicke. „Klar, super gerne." Ich nehme ihr eine Tasse aus der Hand, und sie lässt sich neben mir nieder.

„Für Matt habe ich noch einen in der Küche stehen, es dauert meist ein bisschen, Riley ins Bett zu bringen. Er muss sie auch noch umziehen." Sie zögert. „Ich bin sehr froh, dass du Weihnachten mit uns verbringst. Matt habe ich seit damals nicht mehr so ausgeglichen und froh erlebt. Außerdem liebt Riley dich jetzt schon.“

Ich lächle. „Ich sie auch. Dieses kleine Mädchen muss man einfach lieben.“

„Sie hat mich heute schon gefragt, ob sie mal nach dem Kindergarten bei dir im Laden helfen darf.“ „Natürlich. Ich würde mich riesig über Besuch freuen.“

Sie lächelt und legt eine Hand auf meine. „Du bist eine große Bereicherung für unsere Familie. Ich bin froh, dass du Matt verziehen hast.“

„Ich auch“, murmele ich, als der Mann ins Wohnzimmer kommt, der mein Herz gestohlen hat und mir das Gefühl gibt, endlich angekommen zu sein.


„Ich bin wach, Dad! Ria! Santa war bestimmt da, ich glaube, ich habe heute Nacht die Rentiere gehört! Könnt ihr aufstehen, bitte?“

Ich winde mich aus Matts Armen, die er, seit ich bei ihm übernachte, immer um mich schlingt und mich so in Sicherheit wiegt. Es ist ein stummes Versprechen, dass er mich festhält und bei mir bleibt.

„Eine Runde kuscheln und dann sehen wir nach?“ Matts Stimme klingt verschlafen. Wir haben gestern Abend noch ordentlich Eierpunsch getrunken, und ich spüre heute die leichten Anzeichen von Kopfschmerzen an meinen Schläfen.

„Aber nur ganz kurz, Dad.“ Sie wirft sich zwischen uns und kuschelt sich an uns, als wäre es schon immer so gewesen. Die Kleine macht das toll; innerhalb von wenigen Tagen hat sie mich als Familienmitglied akzeptiert.

Matt streicht über ihre Haare. „Sollten wir uns erst mal was Passendes anziehen? Weißt du noch, du hast doch extra etwas besorgt." Ich sehe Matt verwundert an. Was zum Teufel? Er küsst mich, was Riley mit einem lauten „Igitt" kommentiert, um dann aus dem Bett zu springen.

Mags, Matt, Riley und ich stehen in Weihnachtspyjamas um den Baum herum und singen *Stille Nacht*. Es klingt krumm und schief, doch Rileys Kichern zwischen den Strophen ist so zuckersüß, dass man jeden noch so schrägen Ton vergisst. Nachdem die letzten Silben verklungen sind, rennt Riley auch schon zum Kamin. Natürlich ist ihr Strumpf am prallsten gefüllt, genau wie es sein soll.

„Dürfen wir jetzt nachsehen, was Santa uns gebracht hat? Bitte, Dad!" Riley ist so aufgeregt, dass es sich auf mich überträgt und ich selbst gespannt bin, was ich bekomme und vor allem, wie Riley mein Geschenk gefällt. Ich habe mir lange überlegt, was ich für sie besorgen soll, und dann hat es klick gemacht.

„Klar." Wir setzen uns alle auf eine große Decke vor dem Kamin, und jeder legt seine Strümpfe vor sich. Riley hat insgesamt drei Stück, von jedem von uns einen, und ihre Augen werden immer größer. „Darf ich anfangen?" Der Hundeblick, den sie uns zuwirft, lässt keine andere Antwort zu, als zu nicken. Sie nimmt als erstes den dunkelblauen Strumpf, den Mags gefüllt hat. Ich selbst taste meinen schon einmal ab und bin ganz aufgeregt, was sich darin verbirgt. Luckey und Ami haben es sich mit uns auf der Decke bequem gemacht. Die beiden haben jeweils einen Strumpf voller Leckerlis bekommen, die sie schon fleißig futtern.

Riley öffnet den Strumpf, und ihre Augen werden immer größer. Sie zieht das erste Geschenk heraus, faltet ein Kleid auseinander und strahlt über beide Ohren. „Das ist ja der Wahnsinn", ruft sie. Darauf sind die Paw-Patrol-Hunde abgebildet mit Skye in der Mitte. Es ist zuckersüß gemacht und aus einem dicken Sweatstoff, sodass sie es jetzt gut tragen kann. „Danke, Santa!" Wie glücklich man ein kleines Mädchen machen kann. Außerdem befindet sich noch ein Puck darin. „Santa hat uns gesagt, dass du ein Andenken brauchst, bevor du eine berühmte Eishockeyspielerin wirst."

„Da steht was drauf! Kannst du es mir vorlesen, Clarissa?" Sie gibt ihn mir, als wäre es ihr größter Schatz.

„Wir lieben dich, kleine Eisprinzessin", lese ich die Gravur vor.

„Das Geschenk hat Santa in unserem Namen gebracht", sagt Matt schnell, als sie zweifelnd die Lippen zusammenpresst.

„Danke", lacht sie. „Tante Mags – du als nächstes!" Sie möchte nicht gleich ihren zweiten Strumpf öffnen? Wahrscheinlich ist sie das netteste Mädchen der Welt.

# Kapitel 44 – Matthew

Dieses Weihnachten ist etwas ganz Besonderes. In meinem Bauch fliegen die Schmetterlinge, und ich wünschte, meine Frau würde sehen, dass wir es noch einmal geschafft haben, glücklich zu sein. Ich denke, das ist das größte Geschenk, das wir ihr machen können.

Mags fasst in ihren Strumpf und zieht zuerst eine Schürze heraus, die Riley und ich gestaltet haben. Sie war ursprünglich weiß, doch Riley hat sie bemalt und ihre Handabdrücke darauf verewigt. Ich habe dann daruntergeschrieben: *Danke für alles, Tante Mags. Du bist die Beste!* Riley hat ein Herz daneben gemalt, was man mit viel Fantasie auch als solches erkennen kann. Ich lächle, als ich Tränen in Mags' Augen erkenne.

„Wir haben es Santa mitgegeben, damit er es dir schenkt. Freust du dich?"

Mags nickt und küsst erst Riley, dann mich.

„Da ist noch was drin", murmelt Clarissa.

Ich habe keine Ahnung, wie sie es in der Kürze der Zeit noch geschafft hat, für uns alle Geschenke zu besorgen. Sie ist sowieso das Beste von allem und hätte sich den Stress nicht machen dürfen.

Mags zieht eine Teekanne in ihrer Lieblingsfarbe – dunkles Blättergrün – heraus, die sie sogleich ehrfürchtig betrachtet. *Mags* ist darauf eingraviert.

„Wow, dankeschön."

„Damit dein Tee zukünftig immer warm bleibt", lächelt Clarissa.

Mags hat sich manchmal darüber beschwert, öfter Eistee zu trinken als heißen Tee. Sie wird immer abgelenkt, kaum dass er fertig ist. Ich denke, das kennen wir alle.

„Jetzt bin ich wieder dran", strahlt Riley und greift nach dem Strumpf, den ich für sie gefüllt habe.

Ich schenke ihr eine Holzachterbahn, und wir werden einen Ausflug zum Snowtubing machen – der Ort mit den Schneereifen, den ich eigentlich mit Clarissa besuchen wollte, bevor die ganze Katastrophe passiert ist. Sie freut sich, aber nicht so übermäßig, wie ich es vielleicht erwartet habe.

„Das ist super, ich weiß nur noch nicht, wie das gehen soll." Sie hält die einzelnen Teile in der Hand und blickt verwirrt hinein.

„Was hältst du davon, wenn wir die Achterbahn nachher zusammen aufbauen? Nur du und ich?" Die Zeit mit ihr ist die kostbarste. „Okay! Jetzt du, Dad."

Ich nicke, öffne meinen gelben Strumpf, ziehe eine Leine hervor und muss lachen, als ich sie erkenne. Sie ist aus Clarissas Laden und graviert. Ich freue mich riesig. „Wart ihr deshalb im Petshop?"

Riley nickt. „Ich durfte es niemandem verraten."

Eine Leine für Luckey hat also alles durcheinandergebracht. Ich blicke in den Socken, es ist nichts weiter drin. Ein kleiner Stich der Enttäuschung durchfährt mich. Anscheinend gibt es nichts von Clarissa für mich, aber das ist in Ordnung. Ich bin nicht sonderlich traurig, nur irgendwie enttäuscht.

„Das andere bekommst du später", lacht Clarissa, als sie meinen Blick bemerkt.

Ich bin plötzlich nervös und nicke. Ich kann nichts gegen das Kopfkino tun, das sich vor meinen Augen abspielt. Clarissa in einem Santa-Outfit, das nicht gerade viel verdeckt. Ich schließe kurz die Augen, als ich einen Schlag auf meinem Oberarm spüre.

„Doch nicht sowas, du Idiot", sagt Clarissa.

Riley springt auf. „Clarissa hat Idiot gesagt, Dad. Darf ich auch Idiot sagen?" In der nächsten Minute plappert sie das Wort auch schon in Dauerschleife, und Clarissa schlägt sich mit der Hand vor den Mund. Nun ist Clarissas Socke für Riley dran und Clarissa wirkt nervös. Riley freut sich einfach nur. Sie holt eine Skye-Figur heraus, die in ihrem Auto sitzt, und dazu die passende Fernbedienung. Ich fasse es nicht. Sie hat es echt geschafft, das beste Geschenk zu besorgen.

„Woooow! Kann sie wirklich fahren?"

„Sie kann sogar sprechen", sagt Clarissa und schaltet das Spielzeug ein. Skye sagt: *Paw-Patrol, der Einsatz läuft!*

„Ria, jetzt du!" Man sieht, wie hibbelig Riley ist und dass sie am liebsten aufspringen würde, um loszuspielen, doch so habe ich sie nicht erzogen. Sie bleibt brav sitzen, und ich bin stolz auf sie.

Clarissa öffnet ihren Strumpf und zieht ein Holzschild heraus. Darauf steht *Clarctons Petshop*. Riley und ich haben es zusammen mit Mags gebastelt. Mags kann gut zeichnen und hat einige Tiersilhouetten beigesteuert.

„Das kannst du in deinen Laden hängen", sage ich, und Clarissa läuft eine Träne über die Wange.

„Dankeschön", haucht sie und greift noch einmal in den Strumpf.

Ich bin nervös wegen des kleinen Schächtelchens, das sie darin finden wird. Ist es zu viel? Sie öffnet es und blinzelt ungläubig. Ich mache ihr natürlich keinen Heiratsantrag, nicht jetzt, aber die Geste ist ungefähr dieselbe. Es ist ein Anhänger für das Armband, das ich ihr geschenkt habe. Er zeigt eine Familie sowie einen Love-Schriftzug. Die beiden Erwachsenen halten ein kleines Mädchen an der Hand. „Es steht symbolisch dafür, dass du ein Teil von uns bist.“

„Wir haben dich lieb, Ria“, sagt Riley.

Sie zieht uns alle in eine Gruppenumarmung, und ich höre genau, dass sie gegen die Tränen kämpft, als sie „Ich euch auch“ murmelt.

Zu Weihnachten gehört für uns dazu, Mayas Grab zu besuchen. Es ist komisch für mich, Clarissa dabei an der Hand zu halten, aber es ist okay. Sie hatte angeboten, zuhause zu bleiben, Riley war allerdings der festen Überzeugung, dass auch sie Mommy *Frohe Weihnachten* wünschen muss. Also sind wir drei zusammen auf dem Weg, während Mags sich zuhause um die Hunde kümmert. Seit ihr Mann vor mehr als zwanzig Jahren verstorben ist, hat sie eine Abneigung gegen Trauerstätten, und ich verstehe sie. Für mich ist der Gang auch nicht leicht, doch irgendwie schulde ich es meiner Tochter. Mayas Grab ist verschneit, und Riley legt behutsam das kleine Paket darauf, das wir gebastelt haben. Wie jedes Jahr bekommt sie einen Brief von uns beiden und ein gemaltes Bild von Riley. Damit es nicht so schnell durchweicht, packen wir es gut ein.

„Frohe Weihnachten, Mommy.“

„Frohe Weihnachten", murmeln Clarissa und ich im Einklang.

Riley streicht über den Grabstein. „Mommy? Clarissa ist jetzt bei uns und ich weiß genau, dass du sie uns geschickt hast. Weil du ein Engel bist, Mom. Und deshalb ist es bestimmt auch okay, wenn ich sie liebhabe, oder?"

Ich blinzele die Tränen weg, die sich bilden, als Riley mit ihrer Mutter redet, als würde sie vor uns stehen. „Du bleibst für immer meine Mom, zum Eishockey würde ich trotzdem gerne Clarissa mitnehmen, wenn die anderen Kinder nach meiner Mom fragen. Ich möchte nicht immer traurig sein."

In diesem Moment spüre ich Clarissas Hand in meiner, und die Sonnenstrahlen durchbrechen die Wolkendecke. Es fühlt sich fast an, als würde meine Frau uns in den Arm nehmen und leise flüstern: *Ich liebe euch, aber es ist an der Zeit, loszulassen.*

Der Weihnachtstag war aufregend, und mittlerweile liegt Riley in ihrem Bett. Das Kleid hat sie nicht mehr ausgezogen, und sogar mit der Eisenbahn haben wir gespielt. Unsere Mägen sind voll von der Menge an Truthahn, die Mags zubereitet hat, und ich könnte glücklicher nicht sein. Ich gähne herzhaft. Auch heute gab es wieder viel Eierpunsch, und die Müdigkeit sitzt mir in den Knochen. Mags ist bereits auf ihrem Sessel eingeschlafen, obwohl wir gerade erst beim Ende von *Kevin – Allein in New York* angekommen sind.

„Wollen wir auch langsam schlafen gehen?", frage ich Clarissa. Sie nickt und blinzelt müde, also gehen wir in mein Zimmer und ziehen unsere Pyjamas an. Dann tritt sie ans Fenster und ich stelle mich neben sie.

„Siehst du die Schneeflocken da draußen? Jede ist ein Unikat, und trotzdem finden sich welche zusammen und fallen gemeinsam zu Boden."

Ich nicke.

„Du bist meine passende Schneeflocke, Matt. Ich liebe dich, mehr als ich es je erwartet hätte. Riley ist ein zauberhaftes Mädchen, und ich bin unendlich froh, ein Teil eurer Familie sein zu dürfen. Wir werden bestimmt noch viele Höhen und Tiefen erleben, aber ich bin mir sicher, mit vielen Gesprächen und vor allem Ehrlichkeit können wir sie überwinden."

Der Seitenhieb tut kurz weh. Dann dreht sie sich um, kramt kurz in ihrer Tasche und übergibt mir ein Päckchen, das fast so groß ist wie das, in der sich ihr Anhänger befunden hat. Ehe ich es öffne, blicke ich ihr in die Augen. Sie ist so wunderschön. Dann konzentriere ich mich auf mein Geschenk. Es ist ein Schlüsselanhänger.

Als ich lese, was darauf steht, bildet sich auf meinen Armen eine Gänsehaut. In diesem Augenblick könnte mich nichts glücklicher machen. Ich ziehe Clarissa an mich und küsse sie, schmecke ihre Lippen und die Tränen, die mir die Wange hinunterlaufen. Dann hauche ich die Worte, die auf dem Herzanhänger stehen.

„Ich vertraue dir. Ich liebe dich. Immer."

# Kapitel 45 – Clarissa

Silvester. Das Jahr ist unglaublich schnell vorbeigegangen, was ist nur alles passiert? Ich blicke zu Matthew, der neben mir am Tisch sitzt und meine Hand hält. Ich lächle, weil ich es einfach nicht glauben kann, was das Jahr alles für mich bereitgehalten hat.

In zehn Minuten ist Mitternacht, und wir sitzen hier mit Amelia und Jeremia in ihrem Wintergarten, den sie liebevoll dekoriert haben. Natürlich gibt es die passenden Cupcakes zum Neujahr, schlicht in Gold und Schwarz gehalten. Die Zwillinge schlummern schon in ihren Bettchen, und Riley sitzt auf Matthews Schoß. „Bald ist ein neues Jahr, oder?"

Sie hat eine Weile auf der Couch geschlafen, und jetzt ist sie munter genug, dass wir mit ihr eine Rakete in den Himmel schießen können.

„Ja, mein Schatz. Und in vier Tagen ist dein erstes Turnier."

Riley ist schon ganz aufgeregt: das erste Eishockeyturnier ihrer Mannschaft. Matthew hat es nicht gefallen, als die Leiterin anrief und uns davon erzählt hat – oder vielmehr ihm. Riley hat sich allerdings so darauf gefreut, dass *Nein* einfach keine Alternative war.

„Wir werden gewinnen. Clarissa, du kommst auch, oder?"

Zum Glück ist das Spiel an meinem freien Tag, also nicke ich. „Natürlich."

Das kleine Mädchen lächelt mich an, und ich kann noch immer nicht glauben, dass ich nun Teil dieser

Familie bin. Weihnachten war wunderschön und emotional, und auch jetzt könnte ich wieder vor Glück weinen, als ich an die Szene mit meinem Dad und Riley denke. Sie hat seinen kompletten Gips bemalt. Er ist jetzt Grandpa, zumindest nennt sie ihn so. Und auch wenn ich es kaum glauben kann: Ich bin ihre beste Freundin und tue damit alles, um ihr weibliche Unterstützung zu liefern. Ich liebe dieses kleine Mädchen, genau wie ich diesen Mann an meiner Seite liebe. Bedingungslos.

## Matthew

Ich nehme Riley auf den Arm und schlinge den anderen um Clarissa. Jeremia und Amelia halten sich ebenfalls fest umklammert und dann zählen wir gemeinsam runter.

3 … 2 … 1!

„Frohes neues Jahr", rufen wir, und ich drücke erst Riley einen Kuss auf, dann Clarissa. „Das neue Jahr soll unseres werden."

Sie nickt. „Es ist der Anfang der Unendlichkeit."

Ich streiche ihr über die Wange. Riley windet sich in meinen Armen, und schnell lasse ich sie hinunter. Sie springt zu Jeremia und Amelia. Kaum zu glauben, dass sie unsere Freunde heute erst kennengelernt hat. Es war sofort eine Verbindung da, und als sie vorsichtig eines der Babys – ich glaube, es war Clarity – halten durfte, da war es um sie geschehen. Meine vierjährige Tochter hat sich als Babysitterin angeboten, falls die beiden *mal Liebe machen wollen.* Ich scheine dieses Kapitel doch noch einmal mit ihr durchgehen zu müssen, oder kann ich das Clarissa überlassen?

„Meinst du, du könntest Riley bald erklären, dass man zwar gerne *Liebe macht*, es aber noch nicht in ihren Sprachgebrauch gehört?"

Sie grinst und erinnert mich damit an die letzte Nacht. „Sehr gerne sogar."

„Jetzt machen Daddy und Ria wieder Liebe mit den Augen, das ist so nervig!"

Ich höre meinen kleinen Quälgeist meckern und laufe auf sie zu. „Hier kommt das Kitzelmonster, wenn du nicht gleich aufhörst zu stänkern." Sie rennt kreischend in Clarissas Arme, die sie sogleich beschützend an sich drückt.

Und während die Funken um uns sprühen und das Feuerwerk den Himmel in den buntesten Farben leuchten lässt, drücke ich die beiden an mich, und das Glück könnte kaum größer sein.

Bis Riley leise murmelt: „Clarissa, Mom hat mir letzte Nacht gesagt, es ist okay, wenn ich dich auch Mommy nenne, dann habe ich zwei."

Clarissa nickt. „Natürlich, wenn du das möchtest."

„Ich hab euch lieb, Mom und Dad."

# Danksagung

Ich kann es gar nicht wirklich begreifen, dass ich ein Jahr nach *Winterzauber in den Rocky Mountains* noch einmal nach Clarcton reisen durfte. Das ist also mein zweites Buch, welches ich euch präsentieren darf und ich hoffe ihr konntet die Kleinstadt noch ein bisschen besser kennen- und lieben lernen.

Nun ist es an der Zeit Danke zu sagen. Allen voran vielen Dank an den dp Verlag, dass ihr Clarcton eine Chance gebt. Ich möchte mich von Herzen bei Francesca Hintz bedanken. Du bist die beste Ansprechpartnerin, die ich mir wünschen kann. Danke, dass ihr an die Geschichten in der Kleinstadt glaubt.

Danke natürlich auch an Alisha Bionda für die erfolgreiche Vermittlung des Romans.

Steffi Lasthaus: du bist die Lektorin der Geschichte und hast den ein oder anderen Brand bekämpft im Buch. Danke für deine konstruktive Kritik. Gemeinsam haben wir aus der Geschichte so viel mehr rausgeholt. Beim nächsten Buch versuche ich noch Synonyme für Lächeln zu finden – ich verspreche es!

Dieses Buch habe ich in einer Phase geschrieben, wo es mir selbst schwer gefallen ist, den Sonnenschein im Nebel zu sehen. Du bist meine Sonne. Robin. Ich kann gar nicht begreifen, dass es nun schon das zweite Buch ist, bei dem du mich immer wieder in den Hintern getreten hast. Du hast mir deinen Schreibtisch überlassen und mir aber vor allem die Inspiration gegeben für die große Liebe. Denn du bist meine. Ich liebe dich bis nach

Kanada und zurück und hoffe auf viele weitere Jahre an deiner Seite.

Mama? Du bist diejenige, die meine Geschichten auf eine Art liest, wie es keine Lektorin tun kann. Du bist streng, aber mit einem so unfassbar großen Herzen. Danke, dass du jeden einzelnen Satz von mir liest, dabei meistens auch was auszusetzen hast und mir dadurch hilfst mich zu verbessern.

Papa? Dir danke ich vor allem dafür, dass du noch immer hier bist und jeden einzelnen Tag kämpfst. Du bist mein Superheld und beflügelst mich in jedem meiner Geschichten. Danke fürs endlose Diskussionen über die verschiedensten Themen.

Und dann muss ich noch meinem zukünftigen Schwiegerpapa danken. Als er die Cakery gelesen hat, da hatte ich wirklich Bammel und dann? Hat er mir Mut gemacht zu mir zu stehen und zu meinen Geschichten. Danke Ralph, für alles.

Larissa? Dir wird immer einer der größten Danksagungen gehören, weil du meine Schreibseelenverwandte bist. Danke für deine Kritik, deine Sprachnachrichten. Danke für deine Begeisterung, wenn ich wieder kurz davor bin mit allem aufzuhören. Ich hab dich lieb.

Und zu guter Letzt, darf ich mich bei dir persönlich bedanken. Ein Autor ohne Leser wäre wie ein leeres Blatt. Ich schreibe zwar, um ein Ventil zu haben und vor dem Alltag zu flüchten, doch es gibt nichts schöneres als zu wissen: Du hast es gelesen. Ich würde mich unfassbar darüber freuen, wenn du mir deine Meinung hinterlässt. Meld dich einfach bei mir über Instagram

oder über <u>melody.rose.autorin@outlook.com</u>! Ich hoffe
wir lesen uns bald wieder.

# Veganes Pancake-Rezept

Liebe Leserinnen,
Liebe Leser,
wünschen wir uns nicht alle manchmal einen Sonntag, an dem wir entspannt frühstücken können mit der Familie – ähnlich wie an dem Frühstückstisch von Mags, Riley und Matthew?
Da in diesem Buch die Tiere im Vordergrund stehen, findet ihr hier ein veganes, tierfreundliches Pancake-Rezept, welches euch in Gedanken in die Rocky Mountains führt.

**Zutaten:**
- 125 g Mehl
- 1 EL Rohrzucker
- 1 geh. TL Backpulver
- Abrieb einer halben Zitrone
- Tonkabohnenpaste
- 150 ml vegane Milch
- 1 TL Essig am besten Apfelessig
- 1 Prise Salz
- 1 EL Stärke
- 1 EL Kokosöl flüssig
- Öl zum Anbraten

1. Vegane Buttermilch herstellen: Die Milchalternative mit dem Essig vermischen und etwa 5 min stehen lassen, bis sie leicht gerinnt.

2. Alle trockenen Zutaten – Mehl, Zucker, Backpulver, Salz, Zitronenabrieb und Stärke – in einer Schüssel vermischen.
3. Falls das Kokosöl noch hart ist, einfach kurz in einem Topf oder in der Mikrowelle schmelzen lassen.
4. Die vegane Buttermilch, die Tonkabohnenpaste und das flüssige Kokosöl mit einer Gabel unter die trockenen Zutaten mischen, bis alles gut verrührt ist. Hier könnt ihr nun variieren, je nachdem auf was ihr Lust habt: Kakao für Schoko-Pancakes, Vanille für Vanille-Pancakes usw.
5. Öl in einer Pfanne bei mittlerer Hitze erhitzen.
6. Pro Pancake etwa 2 EL Teig in die Pfanne geben und leicht verteilen. Danach Ausbacken.
7. Mit Ahornsirup, frischen Früchten, etwas Schokocreme oder anderen leckeren Toppings genießen. Hauptsache euch schmecken eure Pancakes!

Ich freue mich auf Fotos eurer Leckereien an [melody.rose.autorin@outlook.com](mailto:melody.rose.autorin@outlook.com) oder über Instagram @melodyrose.autorin unter dem Hashtag #ClarctonsPancakes. Ich bedanke mich hier nochmal herzlich für die Unterstützung.

Eure Melody